怪異故事集

人間出版社

中國作家協會

李浩

目錄

封在石頭裡的夢

一

你找一找墨綠色的石頭，黃土路說。他用一根枯掉的樹枝敲打著山上的石塊們，林白、李約熱、朱山坡他們走到了前面，身影已被高大的樹遮住但笑聲卻是遮不住的。只有墨綠色的裡面才有，黃土路又重複了一遍，他說，那樣的石頭裡有古代的人做過的夢。如果你找到，敲碎它，你就會夢見那些古人的夢，那時候的人，都願意把自己的夢封在石頭裡，希望幾百年幾千年後，有人把它再次夢到。

「這個說法有趣。」我說，黃土路一向有些奇思妙想這我是知道的，某些奇怪的、有趣的念頭總是從他的頭腦裡突然地冒出來，像雨點打出的水泡。弋舟還在後面吧？我問，問過之後我突然意識到這句話根本不需要——弋舟沒有跟著我們一起爬山，昨晚他喝得更為糊塗，我們出發時他剛剛起床——「現在還是昏昏的，」我找到一根同樣枯掉的樹枝，學著黃土路的樣子在石頭上敲打，天堂山上，盡是些灰色、青色、暗紅色的石頭，墨綠色——「土路，你看，這裡真有塊！」

黃土路回過身子，這時前面的聲音已經消失，彷彿從來沒有過，這條路上只有我和黃土路兩個旅人。不是，黃土路用他手裡的枯枝在石頭上敲了敲：那是苔蘚。「怎麼不是？」我再次學著他的樣子，枯枝並不能把石塊上的綠色磨下來——「我覺得它就是塊綠石頭。」為了進一步驗證我的說法，我伸出自己的右腳，用散著臭味的旅遊鞋擦了擦，擦了擦：石頭上面的綠依然沒有掉，它們本就沒有苔蘚狀的小突起。土路，你看——我再用了些力氣——

我沒有想到它有那麼滑。滑，是突然從石頭的綠色裡生出的，剛才我踩過去的時候並不是這樣。啊！我重重地向一側摔了出去。

簡直是飛翔。我確切地感覺自己是在飛翔，拖著笨而重的身體，然後是巨痛和一片混亂的轟鳴。

二

還好你醒啦，我看到了黃土路的臉，朱山坡的臉，吉小吉的迷彩，雖然彷彿隔著一層有霧氣的玻璃。李浩，你怎麼啦？林白也擠過來，你沒事吧？摔傷了沒有？

這時我才恍然自己的狼狽——沒事，沒事，我沒事——我想翻身坐起，可自己的手腳並不聽使喚，它們似乎在摔倒的時候就黏在了地上，已經不再屬於我……「你別急著起來，先躺著」「你的頭沒事吧」「倒是沒有流血，萬幸，你看就摔在石頭上了一定很痛」……我的耳邊有幾百條游動的舌頭，它們同樣顯得有些遙遠。我沒有事，我衝著面前的眼睛和舌頭們笑了笑，抬起頭——「你慢著，慢著點」，李約熱伸出手來扶起我的頭和身子：「你動動，疼不疼。」

沒事，沒事，我試圖讓自己顯得輕鬆，但巨痛還是驟然到達我的肩部和腰部，不過在它消散之後，我的胳膊，腳趾，都脫離了遭受詛咒的魔法，能夠活動了。「我沒事」，我在臉的下半部擠出一絲笑容，併起自己的腿……長話短說，我在朋友們的攙扶下走了幾步，再走幾步——還好，還可以走，只是有些疼而已，它可以忍受。算了，先送你下山吧，要不去醫院看看——「好吧，我下去。不過到了天堂山沒見到天堂，還是挺遺憾的。」我說著，我聽見了笑聲。

下山時已經沒有了上山時的顛簸，應是司機有意慢了些，畢竟他的車上有一個摔傷的人。我向同時下山來的梁曉陽表示歉意，本來他還可以繼續他的遊興——「沒關係的，李老師，只要沒把你摔壞就好，這座山我來過多次了。」為了向我證實他的確來過多次，梁曉陽說山上有一座廟，從我摔倒的地方到那裡還有一個小時的路程，廟，有些荒敗，破四舊的時候砸過。在廟的後面住著一個老太太，有二三十年了一直住在那裡，一個人，就一個人，我們多次見到過。她不肯說過去的事，只說，多年前神仙託夢，讓她來這修行，她就來了。吃什麼？原來她還會下山來，現在八十多了吧……反正我們每次去，都給她帶點吃的，有些旅友也會。當時還想領你們去看看，作家，不是要體驗生活嘛，說不定可以寫成小說呢。梁曉陽從車座的前面探出半張臉，「馬上到了。李老師，我們要不要去北流的醫院看看？要是傷著你，我們的罪可就大了。」

沒事。確實沒事，除了皮肉的疼，這個無可避免。在我的堅持下回到了住處，上到三樓——我先睡會覺。我對梁曉陽說，兄弟，感謝你。躺到床上我就睡著了，絲絲縷縷的疼痛並不能把我從睡眠中扯醒。把我扯醒的是巨大的敲門聲，弋舟在屋外喊，李浩，出來吃飯了，都等你啦。

牛肉，狗肉，野豬肉，野生的筍，野生的韭菜，以及，略有渾濁感的自釀米酒，它們被存放在一個個塑料桶裡。坐下去的那刻我竟有些恍惚，彷彿這一幕在昨天就曾發生過，當然這樣的念頭只是閃了一下。倒上酒。第一碗下得很慢，昨天也是如此，但接下來的第二碗第三碗就變得迅速起來，我向馮豔冰敬酒：詩歌聯展的事你放心，我回去一定好好做。我向林白敬酒：這次能來你插隊的地方，很是高興，剛才弋舟還和我說到，在我們開始寫作的時候，閱讀你的詩歌和小說，根本想不到有一天會陪你到此。說到這裡我又有些恍惚，弋舟說這些話的時候應是昨天，今天一天他都不曾和我在一起……算了，不管它，我重重地喝了一大口，弋舟也是。走出房門，李約熱拉住弋舟：你們去敬酒？多喝點，沒事，就怕你們喝不慣。我和他們談起我在紹興喝黃酒的經歷，這時一隻黑色的小狗突然叫起來，牠衝著一條白狗，而另外的三條白狗也跟著衝過來——四個打一個，弋舟笑了，他說多年沒有看到狗打架了，李約熱說也是。這時弋舟開始貶損玉林的狗，他說在我們北方的狗都張牙舞爪的，見到陌生人早早地就叫，而一路上我們見到玉林這邊的狗，都軟塌塌的，連看人一眼的興趣都沒有，「牠們都知道，不定哪天就給宰了，也折騰不上勁。」這時我再一次有些恍惚，似乎昨天我們說過類似的話，還談到了知識分子的區別——

我想，天堂山上的這一跤，真摔得我有些暈，怎麼會是昨天呢。吉小吉的酒碗迎過來：各位大作家，喝得慣我們的米酒不？咱們來個豪爽點的，乾！這酒好喝，度數不大。我再去屋裡敬酒。沒事沒事，你們能來我們就高興。

我們幾個人上樓，弋舟坐倒在沙發裡，然後是李約熱和我。誰有筆？我問，我看了一眼電視牆，那裡還沒有電視，但留出了位置，樓房的主人為它嵌上了一塊正方的木板。「李浩一喝多了就愛寫字，一喝多了就愛寫字，你昨天寫了今天還寫，」弋舟笑起來，「在魯院寫了三個半月還沒寫夠。」「看來寫字解酒。我有筆。」黃土路拍拍我的肩膀，「你還疼不疼啦？摔了那麼一跤。當時可把我嚇壞了。」我晃晃脖子，不疼，哪都不疼了，如果不是他提醒我都忘了自己曾在山上摔倒過，「喝了酒就沒事了。」我說，哥，給我拿筆過來。在樓下呢。「你去拿。」李約熱叫住走到樓梯口的黃土路：下去的時候告訴他們，送上一桶酒過來。「還喝啊，」我搖搖頭，「我都吐了兩次啦。你們喝，我寫字。」

「你就寫，曾因酒醉鞭名馬，生怕情多累美人。」黃土路把粗大的簽字筆遞給我，乘著酒興，我飛快地寫下——哥，不對，我寫錯了。是錯了，下面的一橫實在過長，它難以變動——「你就寫吧，寫什麼都行。」我停滯了一會兒：這兩點一橫，再改成「曾」字會異常難看，也罷，我在橫的下面添了個「自」——首先，曾因酒醉鞭名馬，生怕情多累美人。「哥，有了首先就得有其次，」說到這裡我又生出了恍惚，似乎昨夜也是如此，他給我的其次應當是——坎坷人生拚命酒，大膽文章斷腸詩。「我昨天曾這樣寫過，」我說，「土路兄，你還有別的詞吧？」「就這句。我喜歡這句。」

樓下一陣雜亂的腳步。還在喝酒？那好，我們接著喝。邊喝邊聊天，應是人生一大快事。來來來，讓他們再弄點下酒菜來。

三

重上天堂山是吉小吉的提議，反正，餘下的這一天也沒有別的事做，作為地主，他希望我們能留下來多玩一天，「你們也不急於返回南寧。」李約熱表示贊同，我也是，我這個胖子，在家裡總不運動，如果有機會我還是希望能走走路。好吧好吧，葛一敏也跟著附合，她說她把樓上我們寫的字都拍了下來，「你寫了整整一牆。能搆到的地方都寫上了。」她說得我無地自容——真是醉了，真是喝大了。怎麼就沒有人制止我。這時梁曉陽走過來，一本正經在向我們介紹一種新吃法，他信誓旦旦，說是本地特色，無非是，讓我們在吃菜的時候蘸一點酒。好吃吧？他的嚴肅認真並沒有換來多大的成功，大家紛紛拒絕——弋舟呢？我問，李約熱說他不下來了，也不準備和我們爬山。——我怎麼覺得，像之前發生過一樣。我喃喃自語，這種恍惚讓我有些不安，也許，昨天那跤摔得實在有些太重——可因為摔跤，我就會把時下的發生看成是之前的重複麼？實在有些費解。

咱們走吧。去坐車。路不好走。石才夫、非亞也走過來，哦，我去拿水杯。我跑到樓上，在下樓的時候看了看自己寫在牆上的字——它們實在讓我羞愧，我感覺自己已經重重地羞愧了兩次，上一次，發生於昨天……我這是怎麼啦。摔糊塗了。為了驗證今天不是昨天我故意在樓梯口那停了幾分鐘，看時間會不會按昨天的樣式把我推走……沒有。我可以停在那裡，也可以重新上樓。不過，我怎麼會在同一面牆上兩次寫下同樣的字？弋舟！我衝著屋子裡喊，他還在睡著，沒有應答。

我們再次來到天堂山。這一次，我又落在了後面，肥胖總是一分甩不掉的累贅，即使涼風習習，我的後背也已滲出汗水。「你要多運動啊。要不，你先別走啦，跟我去巴馬吧，我帶你爬山，走原始森林。」黃土路停下來等我，「我領你去見我爸。」「哈，你昨天說過了，」我拍拍黃土路的肩膀，「我跟你去。你看，這些新葉，真讓人有種生機勃勃的感覺。原來，我以為南方一年四季都綠，那樹木是不落葉的，所以也不會有新葉——真不知道自己當時是怎麼想的。」「你多來幾次南方就知道了。可能，和你生活的北方很不一樣。」黃土路蹲下去，拍了三張照片——你找一找墨綠色的石頭，他說。只有墨綠色的裡面才有，那樣的石頭裡有古代的人做過的夢。如果你找到，敲碎它，你就會夢見那些古人的夢，那時候的人，都願意把自己的夢封在石頭裡，希望幾百年幾千年後，有人把它再次夢到。

你昨天說過。背後涼風習習，淡淡的霧垂到了樹梢上，它們緩緩移動，朝著風的方向。「是麼？我怎麼記不起來。」黃土路用手上的枯枝敲擊著石頭，它們沒有中空的迴響，那裡面，似乎並不能貯藏住任何的夢。我也學著他，用一根撿到的枯枝敲打著石頭，把落在上面的枯葉掃下去——弋舟是不是在後面？話說出來的那刻我就開始後悔，但即使努力，我也只吞掉了最後的尾巴。這是怎麼回事，莫名的恐懼像一些慢慢爬上我身體的蟲子，我想，下一步，我就會發現一塊墨綠色的石頭，但這一次，我一定不能過去踩它⋯⋯

墨綠色的石頭！它真的赫然出現，被一大堆潮濕的松針圍繞，一副欲蓋彌彰的樣子。「土路兄，」我的聲音不自覺地發顫，「你看！你看，這石頭⋯⋯」有夢的石頭，他點點頭，用手裡的枯木敲擊著：你聽，裡面是中空的。你聽見它的迴響了吧？我想了想，最好是實話實說：我聽不出來。我覺得它和別的石頭沒有區別。「怎麼會。」他湊得更近些，試圖用腳去踢那塊綠石頭——不！我衝著他喊，不要！小心摔倒！

怎麼會摔倒呢。他用一種奇怪的眼神看著我，多少有些渾濁的複雜，不過最終他還是收回了腳，而是俯下身去試圖搬動：「真重。」他直起身子，「這裡的夢是有重量的，我覺得。」

——那我們砸開它。一起。

一起。

我們各自找到可以使用的石頭。一起，一二三——

四

我做了一個夢。我感覺自己似乎是殺了某個人，當我進入夢中的時候那種緊張在，憤怒在，似乎血的氣息也還在，甚至還異常濃郁，它把我的視線都染成了淡淡的紅色。我試圖甩掉它，甩掉那分黏稠的氣息，可是它們就像我的影子，風也吹不散它們。這時官兵們循著追過來，他們穿著鐵環的鎧甲，提著長矛和盾牌，但沒有人騎馬……我穿過兩條巷子，竄入到一片玉米地裡，沙沙沙沙，後面的追趕並沒有減緩，而我的雙腳卻又被地面的一大團蓬草纏住，我掙扎，焦急地掙扎，恐懼而絕望地掙扎，然而那團蓬草越纏越緊，我根本掙不脫，它們就像有意識的繩索。而後面的追趕也越來越近。我甚至聽見前面士兵粗大起來的呼吸，玉米葉子發出的沙沙聲也掩蓋不住。「在這！」一個沒有戴頭盔的士兵發現了我，他的手伸向我，就在即將抓住我的衣領的那刻，我的身體前傾——糾纏的蓬草一片斷裂之聲，真是有種千鈞一髮感！我終於掙開了它們，朝著更深處鑽下去。

玉米的葉子劃破了我的衣服。它們甚至劃破了我的皮膚和肉，我覺得自己在奔跑的過程中幾乎被分割成不少的碎片，然而並不覺得疼痛，自始至終這個夢裡都沒有疼感，可巨大的恐懼一直在著，就像是另一塊石頭。我奔跑著，奔跑著，是奔跑在帶著我走，直到我肺裡的空氣越來越少，直到我口裡的空氣越來越少。不知過了多長時間。我跑出了玉米地。被劃碎的身體重新聚攏，但它的裡面已經沒有多少力氣，我把自己已經跑得空空蕩蕩。一條河橫在面前。如果在平時，我也許可以游到河對岸去，然而把力氣跑光了的此刻我根本不敢如此，湍急的流水一定會把我沖走，就像沖走一塊乾枯的樹枝，一團草，一條魚。影影綽綽，後面的追兵也趕過來，他們的長矛高得過玉米，他們的長矛搖搖晃晃，使得玉米們也跟著搖搖晃晃。我不想再跑，即使我想，我的腿也不肯再跑，我的腳也不肯再跑，何況還有這條阻擋的河。大口地喘著氣，這時我竟有些小小的釋然，背上石頭的力量也略有減輕。這時，這時，我突然發現在河對岸，一片蘆葦的叢中，一條小船悠悠地划了出來。船家！我大喊，用出了僅剩的全部的力，從腹部到喉嚨都有強烈的撕扯感，船家，渡我！渡我！

「這並不能說明什麼，這樣的夢我也做過。我是被警車追，至於自己做了什麼倒沒那麼清楚。」「就是，我也做過被人追的夢，追我的是土匪，好像我偷了他們什麼情報。」「你就是緊張。有什麼事讓你緊張。」林白插話，「這和石頭沒有關係。我也做過類似的夢，追我的是日本鬼子。他們還朝我開槍，就是打不中我。」——沒想到林白老師還有英雄夢。很是低調的覃瑞強插話，我小時候看《雞毛信》，晚上也做過類似的夢。「你就是緊張。不知道出於什麼事情，你就是緊張。」

「我知道他緊張啥。」酒意剛醒的弋舟臉上帶著笑意，「他在想，給人家牆上畫得亂七八糟，實在沒辦法見人。人家宋江酒後題反詩——你要知道宋江酒醒了之後多後悔。」「這有什麼可緊張的，」葛一敏翻弄著她的相機，「我把你們寫的字都拍下來了，人家主人也說，他想好好地保留著，人家比我有眼光。」「人家是顧及我們的面子，不得不這樣說。」我想繼續談我的夢，它的後面還有一段兒，可是周圍的七嘴八舌完全把它堵住了。「你說你做的夢是紅色的？我在微信上看過，說做彩色的夢的人，可能是身體有些問題，譬如紅的粉的，可能是脾。藍的是胃還是肺……」「你爬山累了，又喝了酒。」當地詩人呂小春秋把臉從琬琦的後面探過來，「去年，你們那的李南老師來過廣西，我很喜歡她的詩。」是是，她也是我欣賞的詩人，我儘快終止這個話題，想把我做的夢和他們說完——

「我做了一個夢。夢見我在古代，殺了一個人。」伸著懶腰的黃土路從另一側出現，他說，剛剛他去河邊了，那裡的水流很響，而主人家的狗一直跟著他。「我就跑，後面有追兵追趕，他們把我趕到了玉米地裡。」

——你看到的官兵，穿的是什麼衣服？

「布衣，但外面有鎧甲，一個個相扣的鐵環。他們還拿著長槍，對對對是長矛，像電視裡的紅纓槍。」

——你是不是被一團草給纏住啦？

「是啊，我怎麼掙也掙不脫。一個士兵，在就要抓住我的時候，我一掙，才掙開的。在夢裡，我都把自己嚇得半死。心都跳出來啦。」

——跑出了玉米地，你是不是到了一條河邊？

「是啊，你怎麼知道？」

我掃了周圍一眼，按住自己的小激動：我再講下面的發生，你看，和你的夢是不是一樣。船夫把你渡到了對岸。而追兵，竟然也找到了船，那些插著旗幟的船完全是從水裡生出的，之前它們沒有，不存在。你急急地跑到岸上，而擺渡你過河的船夫，被追過來的官兵踹進了水裡。你跑，繼續跑，可始終不能擺脫掉他們，他們總是不遠不近地出現，讓你不得喘息。後來，一竄進一家人的院子，院子裡有一隻⋯⋯

「一隻大白鵝！」

是的，一隻白鵝。屋裡沒人。你想藏到屋裡去，這樣的念頭只是一閃，然後你就掉過頭來鑽進盛放柴草的偏房，讓柴草蓋住身子⋯⋯

「追兵追過來，但沒有發現我。」

他們沒發現，他們走了。這時你鬆了口氣，終於，鬆了口氣。你看到外面陽光燦爛，已經沒有了先前的紅色，只是大片大片的白，晃動著的白。

「到這裡還沒結束，後面還有⋯⋯」

後面還有，你聽到鵝在叫，有些淒厲，彷彿看到了什麼讓牠恐懼的東西。

「後來變成了笑。」

變成了孩子的笑，咯咯咯咯……裡面好像有磨牙的聲響，骨頭碰著骨頭。

「那我倒沒聽出來，就是挺瘮人的。」

然後，你探著頭，偷偷朝後面看去。你發現，那隻白鵝——

「那隻白鵝變成了長脖子的鬼。」「穿著白衣，顯得有些臃腫。」「對對，它沒有腳，看不見腳。」「沒腳的鬼卻有長舌頭。舌頭露在外面。」「它晃著，不是飄，也不是蹦。走得挺慢。」「它慢慢走近了你所在的柴屋。這時，你醒了。」「是。我就是那時候醒的。」黃土路拉住我的手，「我做的夢你怎麼知道？我從來沒想過我還能夢見自己是個古人。」

——我也做了同樣的夢。那塊綠石頭，是咱倆一起砸開的。

五

我們商議，石才夫、覃瑞強、馮豔冰、非亞、葛一敏他們先走，北流的詩友們也先走，我們不能讓所有的人都留下來陪我們，大家都有自己的事。朱山坡也要走，他的孩子在上小學，不然他是一定要留下來的。梁曉陽留下，我們在當地的住處是他聯繫的，而主人是他好客的同學，他堅持留下陪我們，「我也想砸石頭去。我還從來沒做過古代的夢呢。」覃瑞強讓李約熱留下照顧我們，畢竟，此次尋訪作家故鄉的活動是由他們《廣西文學》組織的，當然不能有始無終。猶豫半天，弋舟還是決定要走，機票是早訂好的，不能給人家主辦方添麻煩，而且他還有另外的行程。「那個古人一定是受到了驚嚇。恐懼延綿了這麼多年，現在終於散去了，你倆做了件好事。」他拍拍我的肩，「要有有趣的夢、新奇的夢一定告訴我，微信留言，別光給自己留著。你多待些日子吧，以後也別寫小說了，當個心理學家得了，你也寫一本《夢的解析》，多好。」隨後他發出感嘆，「北流真是個神奇的地方，要不，怎麼會出林白、朱山坡、吉小吉呢。」

臨上車的一瞬，兩個同樣猶豫著的人有了傾斜，她們決定留下：「我和琬琦作伴。我們也想夢見古人的夢。」呂小春秋拉著自己紅色的箱子，「這樣的事，我們也是第一次聽說，第一次碰到。實在太神奇了。黃土路，是誰告訴你的呢？」「我奶奶。是她說的，她說了很多稀奇的事。不過她就是隨口說說，沒人聽她的。」

好吧，我們繼續尋找墨綠色的石頭，山上一定還有，那樣的石頭不可能是完全孤單的，儘管它們可能顯得稀少一些。這次的開始並不順利，我們被堵住了，有村民建房，沙子、石子和攪拌機固執地橫在路中，前去交涉的人看上去頗有些為難。百無聊賴的凝固時間，車上的空氣越來越渾濁，低頭看微信的人已經把剛剛的微信瀏覽了三遍——你們說，古人為什麼會做那樣一個夢？

——驚嚇。弋舟老師說的對。有次我聽收音機，裡面就說，全世界不同民族的許多人都有過大洪水的夢，收音機裡說那是全世界人的集體記憶，一定有過一場非常大的洪水暴發，像《創世紀》裡說的那樣。我們原來也做過類似的夢，被什麼纏住，被追殺，它很可能也是我們的集體記憶。或者叫集體無意識。我們總是受到驚嚇，而這樣的夢，就一代一代地保留下來……

——可能是驚嚇，但在夢裡，驚嚇是後來的事，它的前提是我殺了人。不管怎麼樣都是我殺了人，我有殺人的心。說明這個古人在當時一定有一個恨透了的人，他總想除掉他。

——嗯，這個解讀有意思。我？我想不出來。

——我？我能不能更進一步，這個夢，不管是古人的還是今人的，我不管，它完全可以是現在的人的，我也做過類似的夢。我覺得，我說的不一定對，我覺得除了前面已提到的，它還可以看成是……一個遊戲，一個奔跑的狂歡。夢裡的我有意讓危險靠近，然後又甩開它，等著它再次靠近，又甩開它，如此反覆——我覺得這裡暴露了做夢者的心理意圖，他期待某種危險。懼怕是有，當然，但核心可能不是這個……他可能希望自己在和危險的這種迷藏中獲得冒險的快感。所以我覺得它有狂歡的性質。因為我也做過類似的夢，我覺得那時我就是試圖冒險，它出現在我上學的時候，我想追我們系主任老師的女兒，這樣的夢就在那時反覆出現……

「你是？」

——各位老師還不認識我。我是……

車開了，前面的交涉並不成功，我們的車輛只得轉回，從另一條更險峻的山路上去。我沒聽清他的名字。「你在哪裡上的學？」林白問，「這個小夥子的說法挺有意思。」

他的回答我又一次沒聽清楚。但他後面強調的那一句倒是清晰的，我學的是心理學。他盯著我的眼，他的眼裡有一種暗暗的吸力：我喜歡榮格，不喜歡弗洛伊德和布洛伊勒爾。

「林白老師，你怎麼看，這個夢？」我拉了拉坐在我前面座位上的林白，她側著半張臉：「我沒多想。小夥子的這個想法我就從來沒想到過。」「我也沒想到過，」我說，「但它也有它的道理。」——別忽略裡面的任何細節。任何一個細節，對心理分析來說都是極為有用的。是方是圓，是紅是藍，向左旋轉還是向右旋轉……其實都是重要的暗示。那個學心理學的青年說，現在，他在學著詩人。「我不是好詩人。不是謙虛，我不是，當然我希望自己能寫得更好些。」

這條臨時選擇的路有些坎坷，中途，我們有幾次不得不下車，讓空載的汽車自己衝上去。「他就不懂坐車人的心理，」李約熱指著最前面的那輛，「他非要拉著我別下來。他不怕，我還怕呢。」李約熱的這句話又讓我恍惚了一下，我記得，前天，不，大前天，朱山坡也說過同樣的話。我晃晃耳朵，右耳那邊的蟬聲還在，經過晃動之後又多出了幾個分貝。「你怎麼啦？」「耳鳴。兩年了。一次去寧夏，我笑出來的毛病。」

「你說我們會不會再找見綠石頭？」

「我覺得行。試試吧，應當會有。」

六

用了整整一天的時間，收穫應當還算不菲，這一次，我們得到了三塊，雖然看上去都小了些，墨綠的顏色也沒那麼重。將它們搬到車上運回去是林白的主意，她說，山上坡太多，地面不夠光滑，我們很難保證每個人砸下去都能砸中這塊石頭。「最好是大家都夢得到。」這當然是個好提議。

我們夢到的是——下面的敘述，是經歷了各自補充和修訂之後的版本。大家的敘述小有差別，譬如是釜是甕還是鍋的問題，譬如崖壁上有沒有一棵樹的問題。為了避免可能的混亂，我要使用我的個人視角。

第一個夢：我夢見一座大營盤，周圍是來來回回的士兵，而我，坐在一口大甕的邊上燒水。沒有人注意到我，他們都在忙，他們大約有自己的分工，我的職責把我固定在這口厚厚的大甕的一側。我點火，加柴。煙冒起來，它有些嗆，在夢裡我也感到了嗆人的氣味，在李約熱和呂小春秋的描述中也是如此，他們也聞到了。這時，我突然發現，在甕裡坐著一個孩子，六七歲大小，他赤裸著全身，用手拍打著水花。水在慢慢變熱，先是少量的氣泡翻出來，後來氣泡越來越多，那個孩子似乎毫不在意，而氣泡的冒起在他看來簡直是種難得的玩具，他嘗試著抓住它們，把它們按回到水裡去。這裡面，怎麼能有……我只是這樣想了一下，它真的是種閃念，隨後，我繼續加柴。氣泡還在增多，而水越來越熱——坐在甕裡的小孩也感到了不適，他不再捕捉泛起的、更大的氣泡，只是扭動著身子，但他始終不哭不鬧，也沒有任何想到逃出來的努力。孩子，你走，你走啦，我在心裡默念，似乎出於某種限制，我不能幫他，也不能把話說出來。孩子還在扭動。我覺得，他的身體就要化了，化到水裡去——這時，他回頭，用一種有些幽怨的眼神看著我——這時我突然意識到，在水裡煮著的，是小時候的自己，那個孩子是我（所有人中，只有呂小春秋對此有些異議。她說剛開始她也感覺大甕裡面的是她，後來她又覺得是自己的弟弟）。可職責要求，我不能把他從水裡抱出來，我也不能有半點的懈怠——不由自主，我依然朝著甕下的火焰裡添柴，四周的士兵們來回走動仿若沒有腿的遊魂。我抽泣著，但無法阻止手上的動作，又有兩根粗大的木柴被我插入火中……

第二個夢：我在攀登一座陡峭的山峰。每一步都異常艱難。下面是山崖，它深不見底，只有雲朵在我腳下飄移著，聽聲音，很可能有一條咆哮的大江在下面流經。我從黑暗的縫隙裡向上爬，不，我不可能再上一步，只是在那裡吊著，而手指和腿都已開始顫抖。一縷光從頭頂上升起。我看得到，它距離我一步之遙，然而我搆不到它。

第三個夢：我夢見眾多的腿，眾多的肩膀，它們形成一個不斷向前的叢林，我被裹脅在裡面——在夢中，我是和家人失散的少女或者少婦，在逃難的奔忙中，我被踩掉了一隻鞋子，在由腿和肩膀組成的叢林中我無法將它再找回來。在夢中，我是柔弱的女子，無力的女子，被裹脅於眾人中的女子，被慌亂壓垮的女子，應當還有些嬌生慣養……當然現在還來不及哀傷，這是我即將的顛沛流離的第一步，在之後的日子裡我也許再無家人的消息，有沒有之後的日子還說不定。我拖著兩條發木的腿，有了水泡的腳，走著，就落在了後面，走著，我的腿就成為了海綿，支不起我的身子。我只得擠出叢林，在一棵孤單的、不動的樹旁依著，任憑心裡的百感交集變成水流，把我淹沒在水中。

你是誰？有人問我。他騎在馬上。後面是他的士兵們。

我忘了我是怎麼回答的，似乎我並沒有回答，他就知道了全部的緣由。上馬吧，他說，他把轡繩遞到一個士兵的手裡，然後徑直朝前面走去。上來吧，你就跟著我們的隊伍走吧，也許能逃過這劫。

騎馬，我是第一次，所以笨拙，何況我還少了一隻繡花的鞋子。我不知道這匹更顛簸的馬會把我帶向哪裡，而我的家和家人們……又一次，悲從心裡緩緩泛起……

——為什麼那個爬山的夢那麼短？黃土路在溪水邊尋找被我們昨晚丟棄的石頭，他試圖從石頭的裂痕裡找出理由，但，那幾塊碎開的石頭已經不見。

早飯來啦，梁曉陽衝著我們呼喊，都來啦都來啦！這一次，他再次向我們推銷他的發明：把炸好的油團用筷子撕開，然後將它泡進酒裡，半分鐘，在鹽盒裡面蘸上鹽——好吃，特別好吃，這可是當地最有名的，你在別的地方吃不到。我挪開手上的碗：曉陽，別再給我啦，你一天示範一次累不累。是嗎？沒有吧！這種吃法只有本地有，北流沒有，玉林也沒有。特色，這可是真正的特色呢。

聽著這話，我又產生了些微的恍惚感，這些話，我在前天聽過，昨天聽過，似乎那表情動作也極為相似。而剛才離開飯桌的那些人中，我似乎又看到了石才夫、凡一平，此時他們應當已在南寧——那，剛才的身影？我直起脖子，那些一晃而過的身影早已消失，留在院子裡的多是當地的男女，他們在遠處站著或偎在牆角處，遠遠地看。「石頭們都沒有了。」黃土路洗淨了手，「你們說，這夢，都是什麼意思？」

「先讓那個專家談吧。」林白提議，「學心理學的。」

然而我們並沒能找到他，沒有誰有他的電話，梁曉陽說他也跟這個人不熟悉，只知道是北流的詩人，好像在電力部門上班。「也許是吉小吉叫的。他們走啦。」

——我先說第一個夢。它幾乎是一個完整的寓言，有著很深的寓意在。它甚至有某種的現實性，我覺得這個夢不是古人的而應是我的。我真這樣想。一個人在煮水，他煮的是小時候的自己，即使知道這一事實他也停不下來……似乎是卡夫卡、貝克特或者馬爾克斯的故事裡才有的，而我們的古人，竟然在夢裡夢到了……怎麼說呢，他實在具有遠見，而且抓得住本質……

「馬爾克斯不會寫這樣的小說，」李約熱插話，「他的小說裡沒有這樣的故事，這不是他的風格。」

嗯，是的，馬爾克斯沒有這樣風格的小說，卡夫卡可以有，布魯諾．舒爾茨可以有……

——要是咱們的先人，把這樣的夢寫下來，該有多牛。

——你們說，那些來來回回的士兵……有什麼寓意嗎？我覺得他們的存在和不存在一樣。就是些背景。

——我覺得，它們屬於……一種潛在的威懾，就像我們常說的，自我審查的憲兵們。你可以當它們不存在，它們也的確不存在，然而如果一旦你有越矩之處，他們馬上就會變得具體起來，我覺得是這樣。夢裡的那個古代人，我，為什麼明明知道甕裡有個孩子，那個孩子就是沒有長大時的我，還要按規則向裡面添柴？很可能就是因為這些影子士兵。它表示，表示……

——聽不明白，太深奧啦。我覺得做夢的那個人沒這麼想，不會這樣想。在他那裡，這就是一個奇怪的夢。反正在現實中也不可能發生。李老師，你太愛……我覺得你應當學心理學才對。昨天那個人的分析，根本就不靠譜。

——反正讓他一說，我就更不明白啦。有時，我看詩歌評論，本來詩是懂得的，可看完評論，我發現我就不懂了。主要是不明白評論說的是什麼，和這首詩有什麼關係。

「作家和評論家，完全是兩套思維。」黃土路說。他盯著相機，翻看著自己拍下的照片。

七

我們約好第二日繼續上山，然而不湊巧，凌晨的時候下起了雨，它把我們阻擋在房子裡。外面劈劈啪啪地響著，打在樹葉上，芭蕉葉上，石頭上，屋頂上，青灰的雨滴讓我感覺我們的房子就像是個孤島。電也停了，停電的上午更讓我們與世隔絕——「我們把他們叫過來聊天吧。」李約熱敲開我的房門。

好，當然需要。很快，所有人就都聚在了一起。我們說著房子和雨，路，舊事，林白的圍巾和土路的鞋子，文壇逸事、趣事、髒事亂事，林白當年養的、會跳躍的豬，飢餓最終也迫使牠特立獨行……很快，話題又繞回到夢的上面。梁曉陽說自己在新疆的時候總是做一個黃沙瀰漫的夢，四處都是黃沙，他根本辨不清哪裡是路，自己走的對不對。後來他又總是能看到遠處有一個模糊的影子，女性的，他就拚盡全力朝影子的方向走，可又一直走不到她的身邊。黃土路說自己做過一個很奇怪的夢，夢見自己過河，可到水中央的時候一隻螃蟹拖住了他，非要把他抓到水裡去，他怎麼也掙不開。呂小春秋的夢是，在高三那年，她有兩次做了相同的夢：她夢見自己的身子上生滿了綠豆大小的痘，現在想起來還——全身癢。「壓力大。」林白說，「你一定是壓力太大。」「那我給你們也講一個關於壓力的故事。」琬琦低著眉毛，她說，她根本不知道自己是在做夢。她夢見自己回到高中，上課，可她太累太睏了，儘管強打精神也無濟於事。老師敲她的桌子，她是聽見的，但抬不起眼皮。老師推她，她是知道的，可她的眼皮厚重，依舊抬不起來。「起來！考試啦！」考試，她一驚，馬上睡意全無：考試？我不是考過了嗎？我不是在讀研嗎？我不是在做夢吧？不是夢。老師用很堅定的聲音告訴她，不是夢，這是二模，試卷馬上發。可我在讀研，不要再上一遍高中啦！依然是老師，他說，你現在在這個時間裡。能不能考上大學還不一定。不，即使在敘述中，琬琦也突然地改變語調，有著小小的顫音：不，不行，我得回去！我不再上一遍高中！——可沒有路，她出不去，門也是鎖著的。老師，面容模糊的同學們都靜靜地看著她，頗有些幸災樂禍的感覺。她只好撞牆，用肩膀，用頭，試圖回到後面的時間裡……「我也做過考試的夢。」我說。「我也做過。」「我也有。」——看來，考試對我們的影響太深遠啦。要是我們的夢也可以封進石頭裡，後面的人，只得一遍遍地考試去了。

我們又說起墨綠色的石頭，天堂山，樹林和山上的廟，以及住在廟後面的老人。「你們那天見到她啦？」不，沒有，沒見到。呂小春秋說，為此，她還寫了一首詩，〈尋隱者不遇〉。能不能給我們讀一下？我問。寫得不好。呂小春秋有些忸怩，她掃過周圍的人，不好，不讀啦。讀一下吧，我們想聽，李約熱插話，對，讀一讀。眾人當然一起慫恿，她無法拒絕。

隱者姓甚，名誰，不知
隱者山中一住二十年

房屋一間，破牆半堵
屋前墳堆，屋後亦是
其餘草木萬千
乃世人所見

某日，跟隨一匹風上山意欲尋隱者
披荊扺，不遇
唯山山輝映
木木相見

「吾等俗人，豈可有幸遇之」
同行者拓夫曰，小果曰

另有同行土路者，拍照一，拍照二
認真，細緻，側拍，跪拍
草木、香爐、房屋

皆安靜於鏡頭
爾後，各各下山
隱者遇或不遇
心中有，或不同。

好詩。我們說。心中有，或不同，我們說。很現代，又很古典，我們說。屋外的雨下得似乎更加熱烈澎湃，遠處的山和樹都已不見，只剩下灰，或濃或淡的灰。短暫的冷場。我們喝茶，在這個冷場的時間裡，有一股淡淡的寒意——你說古人，怎麼會做那樣的夢。他竟然夢見煮的是自己。——其實這也沒有什麼好奇怪的，似乎，似乎在古羅馬或希臘的傳說中，有一種蛇，就是不斷地吞食自己的尾巴，直到把自己變成一個圓形的環。現代性不是憑空出現的，所有的現代性都可在古典中找到最初的支點，嗯，好像是羅素說的。——對了，前年，是前年吧，我聽說安陽挖掘出了曹操墓，可裡面有一具小孩的屍骨，他們給出的解釋就是，這是少年曹操。是這樣吧？——哈哈那是個段子，夠狠，我想安陽有關部門聽到這個段子會氣瘋的。很長一段時間，我們都說曹操墓應在邯鄲，因為那裡有古鄴城遺址，曹操的墓一定離得不遠。但還是被安陽給率先搶到。這個世界充滿了各樣的荒謬。所以夢到荒謬也不奇怪。——是啊荒謬也不是現在才出現的，肯定早就有。——就是，現在想起來，夢裡的自我殘害還是讓我渾身發冷。

這時樓下響起了敲門聲。我們支著耳朵，門開了，樓下的人慢慢上樓，他的腳步有種濕淋淋的感覺——沒錯，上樓來的人已經全身濕透，他的雨傘只護住了很少的一片位置——啊，你是那個……那個專家！你是學心理的專家！林白認出了他，剛才我們還提到你，你到哪裡去啦？

我出去走走，結果遇上了雨。他甩著身上的水點，喝下剛端給他的茶。梁曉陽的夢說明他有期待，但他不知道期待的具體是什麼，是哪一個，所以才有那樣的夢；黃土路老師，你的這個夢，和榮格的治療筆記裡一個病人的夢有些相似，當然我沒那個意思說你是病人，不是。好像是《無意識心理學》裡面提到的。我覺得這個夢說明，你和你的好友或者家人有嚴重的分歧。你們無法相互說服。這位小老師……哦，呂小春秋，你的夢不是緊張感，可能不是那樣的解釋，我認定那時你在暗戀。你怕遭受拒絕。當時，你肯定有一個自己喜歡的男生而他很可能正被另外的人喜歡著，他們之間更親密。琬琦的夢……

——你別說我的夢啦，你說，我們共同夢見的，第一個夢……

通常，對夢的解析，心理學角度的解析不同於社會學的，我們可能從中找出的是另一種……另一種貯藏，象徵，暗示。在心理學的角度，這個故事可能說明，做夢者正面臨艱難的選擇，而任何一種選擇都將使他受損，財產上，名譽上，欲望上，或者別的。這裡有選擇上的強迫，我們看到他失去了控制。

——那第二個夢呢？

山崖。它是英雄情結的，在西方，把自己想像成普羅米修斯的「人類拯救者」多數做過這樣的夢。孤獨的竊火者。很可能，做這個夢的，是一個不得志的官員或者詩人。

第三個。裡面有一匹馬。弗洛伊德《夢的解析》裡有一節，夢的肉體方面的來源，其中也談到了馬。駕馭，是和性心理聯接最為緊密的，包括騎馬的人。我願意把它解讀成一個有著期待感的春夢。做這個夢的人應當是一個少女，十二三歲的樣子。所以它顯得幻美些，並沒有直接的、裸露身體的提示。和家人的失散更加重了這種期待，也反映出做夢者心理上的糾結。她希望脫離注視，只有這樣，她才可能釋放剛剛發育出的另一個自己……

——我不，我不認可，在陰影中，呂小春秋臉色有些潮紅，小的時候我也做過類似的夢，好像是民國。我的朋友說那是我的前世。我不信，不太信。但在夢裡，我沒有半點……那時我也不懂。它和性心理性幻覺一點兒關係都沒有。我們那時候和男生都很少說話。

那時，你是……十二三歲？

——是。差不多。可能還在上小學。還有一個同學也做過這樣的夢，是我們班的另一個女孩。

那，為什麼，你們這個年紀，你們女孩們會更多地做這樣的夢呢？

雨還在下著，打在樹葉上，芭蕉葉上，石頭上，屋頂上，我們各自的沉默上。但窗外的天色亮出很多，灰濛濛的天堂山也顯得近了。雨怎麼還下。林白站起來，她湊近窗口：這雨得下到什麼時候。

你是不是依然不同意我的說法？那個被雨淋濕的人對著呂小春秋笑了笑，我說的，只是一種片面解釋。如果使用《周公解夢》，它預示著或吉或凶，或者將要發財也說不定。德國的W．伊瑟爾說過，「作品的意義不確定和意義空白促使讀者去尋找作品的意義，從而賦予他參與作品意義構成的權利。」——夢，給人留出的闡釋空間是巨大的，心理學能揭示的，僅是一小部分而已，何況，還總是出錯。你完全可按照你的理解去闡釋它。

我走上前，用右手輕輕拍了兩下他的肩膀：兄弟，你應當是好作家，好詩人。「不，我不是。」他的臉色馬上有些黯淡：「我身上有太多……無法調和的東西。它讓我寫下一個字，一個詞，都非常非常地艱難。我知道我不是。」

八

在雨停歇之後不久我們就又開始新的酒宴，房子外面極為乾爽，幾乎看不出有下過雨的痕跡，我們用手機給忙碌的人們拍照，給處理鵝血的中年女人拍照，給穿梭於腿邊的黑狗白狗拍照，給遠處的山和樹拍照，彷彿一切都是新鮮的，我們剛剛來到這裡。一碗。兩碗。我再一次找不到廁所，只得叫李約熱和梁曉陽陪同——第一天，我也是這個樣子，當時我並不知道米酒其實很烈。席間，我向林白敬酒，很高興能來。她說希望我們玩得愉快，「明天我要回去啦。你們繼續留在這裡吧，不回北京，我是去北流。」要有有趣的夢、新奇的夢一定告訴我。你多待些日子吧，以後也別寫小說了，當個心理學家得了，你也寫一本《夢的解析》，多好——這話似乎聽人說過，當然也可能是酒醉後的錯覺，管他呢！我一飲而盡。琬琦和呂小春秋過來，向林白敬酒，我和土路也就走到了外面。屋子後面的狗在咬，五六隻，牠們在撕咬，一隻白狗已經落敗——很久沒有看到狗打架了。不知由怎樣的緣頭，我們談到知識分子，中國的和西方的，「我們使用的不是一個概念。它們很不同。但我們總以為是一個，總混在一起來談。」

第三碗。第四碗。我的腦袋裡出現了馬達的轟鳴，儘管它是間歇的。不行，我醉了，我說，我要上樓。「好吧好吧，我們一起上去。」

我又要來了筆。哥，寫什麼？曾因酒醉鞭名馬，生怕情多累美人。郁達夫的句子。好，我寫。我在電視牆的邊上蹲下，正準備胡寫——哥，我昨天寫的字呢？黃土路揮了揮手，不管它啦！你寫，你再寫。或許是酒醉的緣故，那面電視牆，那塊方方的木板，都像是新的，從來沒被塗畫過一樣。點。點。橫。不對，它已經無法更改——首先，曾因酒醉鞭名馬，生怕情多累美人。其次，其次是……

誰還喝酒？李約熱把酒杯遞給我，碰了一下，肉，他們馬上拿過來。咱們喝。聊天。我說你先簽上自己的名字，黃土路，你也去。要是主人怪罪，也別只怪我一個人，對吧。

我們喝著，可酒並不見少。我們砸開的，都是些逃跑的夢，爬山的夢，躲避的夢，無奈的夢……這些夢裡，都有些危險。危險，你們發現了沒有？是是是，真是，你不說我還沒意識到。就是危險。這地方太偏僻，瘟疫，洪水，大大小小的戰亂也多，所以他們就總是做些危險的夢。老百姓們提心吊膽。在你們河北、北京、河南、山東，石頭裡的夢可能就很不一樣，有的夢會夢見自己升官，發財，當皇帝……黃粱夢，是在河北吧？邯鄲，河北邯鄲。北流也出過一個皇帝你知不知道？不是古代，是八〇年代，一個有力氣的農民，都設計了國旗國歌。朱山坡家和他家離得很近，還有親戚。我知道我知道，那件事轟動得很，只是我不知道就在這裡。所以這裡也應該有當皇帝的夢才對。那個有力氣的農民，應當是哪一天砸開石頭，夢見了古人的夢，他就覺得看來是上天讓他來當皇帝……那天來的時候我聽他們講過。說，這個皇帝外出巡遊，看見鄰村一個在田裡插秧的少婦很有姿色，就和人家的老公商量：你讓她當我的娘娘，我讓你當丞相。結果怎麼著，還真成了。那個丞相最後還是這個有力氣的農民的鐵桿兒，據說最後也判了刑。真是鬧劇。是鬧劇，可就是有人信。他的信徒有幾百人，最多的時候。還有海外的捐款。瘋啦。都瘋啦。

——明天，我們上山。

好，我們上山。為了上山，乾一杯。不喝了吧？喝！

九

墨綠色的石頭。墨綠色的石頭。墨綠色的石頭。我們在路邊尋找，在樹林裡尋找，在草叢裡尋找，在廟牆的後面。他們在尋找的路上散去沒了蹤影，陪同我的僅剩下李約熱一個。我用手裡的枯枝探尋，用我的鞋子——「李約熱，你快來看！」

一塊巨大的石頭，全身泛著墨綠的光，簡直像一塊落在泥土裡的玉。這是吧？是。他的聲音也有些發顫，這麼大。我們快把他們喊過來。

一遍一遍，樹林裡動盪著我們的回音，但就是沒有別人的回應。都去哪啦？「可能太遠了，聽不見。其實轉一個坡就聽不到，樹林會把我們的喊聲阻斷的。這樣，我們等等他們。山上也沒信號，電話打不通。」好吧，我們就坐下來等。脫掉鞋子，躺在山坡上等。再坐起來，站起來等。再呼喊一遍，站著等。坐下等。重新脫掉鞋子，躺在山坡的草地上，等。沒有人來，沒有人知道我們的位置，除了風，樹，一兩隻孤單的鳥，我們再也看不到任何身影。幾點啦？一點。大約一點鐘了。

二點二十。他們也許根本不會找到這裡。「我們再等一會兒。」

三點零五。算了，我們，我們不等啦，我已經餓壞啦。這樣，不如我們倆將它砸開——反正它是搬不動的。我也怕，我們找到了他們，卻再找不回這裡了。「是啊。我也有這樣的擔心。我們轉述也沒問題，砸開吧！」

我夢見，我們出現在一座高大的山上，三個人，三個相遇的人，三個相見恨晚的人……我們模仿桃園三兄弟，或者，我們就是那三兄弟：劉備，張飛，關羽，至少在打扮上有些類似。我們結拜為兄弟。當然要飲酒，當然要贈送相互最最珍視的物品，當然要繼續我們的長談——大哥，前面——前面有一座高大的古堡，我們仨手拉著手走進去，那時，陽光在我們肩上飄浮就像落下來的羽毛，那時，我的心情也如這陽光一般，我甚至能感受它滲進衣服裡皮膚裡的暖意。我當然無法想到，這是我的噩夢的開始。

古堡裡面空曠而簡陋，有一縷細細的光從高處瀉下，地面上是雜亂的柴草，裡面有一張木質的床，一張被厚塵土覆蓋的桌子，上面，還有一盞被更厚的塵土覆蓋起的油燈——沒有酒，也沒有菜或者肉，當然也沒有半個人影。走吧，我們準備去另外的地方，這時天色已慢慢變暗——可是，當我們轉身，才發現剛剛還開著的門已經不見。我們，被封在了這座圓形的古堡裡面。

我們尋找，從一個牆縫到另一個牆縫，用手，用腳，用腰間的劍或背上的斧頭——無濟於事，我們損耗它很少，但損耗自己卻很多，我們沒了力氣，而那牆，卻似乎能夠重新長回。「怎麼辦？」我們也嘗試向上：它太高了，沒有人能爬得上去。

只得等待機會。一天。一天。沒有一滴水，沒有一粒米。我們只得嚼一點地上鋪著的柴草，或者掉落下來的牆皮。那一天，使斧子的老三終於再也忍不住，他衝著流瀉著細光的上面大喊，老天爺，你是個什麼東西！你幹嘛這麼折磨我們哥幾個！能來得痛快一點嗎！城堡裡盡是他的回聲，一遍一遍，聽得我和長鬚的二弟都感到恐懼。這個魯莽的老三！他揮動斧頭，朝著上面甩去——

斧頭旋轉著，閃光旋轉著，然後飛快地下落——啊！我聽到了慘叫聲，那聲音一直透進我的骨頭——魯莽的老三，斧頭深深地插進了他的右腿裡。快，快，我們把他抬到床上去，這時老二和我對了一下眼神，我們都已經心領神會。我按住老三的頭。長鬍鬚的二弟把手伸向被老三的腿骨咬住的斧子——他撕下了一小片肉。他用斧子將肉分開，分成兩片，把其中的一片放進了自己嘴裡。對不起，我對老三說，對不起。不是哥哥們要害你。對不起。哎喲。三弟說。

之後的日子，一天一天，我們天天如此，我走過去對著老三說，對不起，兄弟們也不想，不是哥哥要害你，老二就把斧子拿過來，割掉一小片肉：我們都儘量節省。躺著的老三不哭不鬧，只有在割肉的時候才會咧一下嘴，哎喲。哎喲。時間過得很慢，在夢裡依然如此，不去割肉的時候我和老二就抱在一起，儘量不朝床邊的老三看。我們，怎麼可以。老二喃喃地問我。我們，怎麼可以，我也這樣問他。問一次，我們就會滿眼的淚水。

一天一天。我們吃盡了他腿上的肉，手臂上的肉，後背的肉，而他自己好像也在瘦著。只剩下臉上的和額頭上的了，這時老三也沒有了力氣，他的眼神空洞，連哎喲也不吐了。老三，你有什麼心事未了，跟我們說，哪怕我們兄弟只能出去一個，也會……他沒說什麼。不哭也不鬧。他安靜的樣子讓人心酸。

牆依然是牆，我們一遍遍地摸索，期待奇蹟出現，可奇蹟就是不來——其實摸索已完全是例行，做做樣子，哄騙一下而已。對不起，兄弟們也不想。我又說，這時老二把我拉開：大哥，老三臉上的肉，還是給他剩下吧。我們吃完了這點兒就沒有啦。下一步呢？——走一步看一步吧。不行，大哥，要不我現在就殺了我，我身上還有些肉，我們不能看著等死。——兄弟，大哥體質弱，你還是吃我的肉吧。我們倆又抱在一起，我發現，老二的右手始終緊緊握著那把斧子。

也就是從那時起，夢裡的我失掉了睡眠，我剛剛睡著，馬上就會被噩夢驚醒，我把它看成是上天的懲罰，作為大哥，應當先吃我的肉才對。不是，大哥，不是，老二一邊哭著，一邊剃盡了老三臉上的肉。大哥……

我實在難以再熬下去。我感覺自己的身體在燒，像一塊燒紅的碳。坐在牆邊，我睡著了，剛剛睡著我就墜入到噩夢裡去，我夢見了古堡，我夢見長鬍鬚的老二爬到我身側，朝我舉起了斧子——我的身體膽顫了一下，睜開眼：長鬍鬚的老二已經爬到了我的身側，高高地舉著手裡的斧子——老二啊。他吃了一驚。我當然看出了他的慌亂：大哥，你看，斧子鏽了。他把斧子遞到我的面前，我不看。老二啊，你吃我的肉吧。咱們總不能一起等死吧。

大哥，你說的什麼話。你還是不相信我啊。他團起自己的鬍鬚，蒙住了臉，哭泣起來：大哥，我怎麼會吃你呢，我怎麼會……這樣吧，斧子放在你這，你，你總放心了吧？

我們都不肯再靠近斧子。它是凶器是仇人，是罪惡是魔鬼，我們都距離它遠遠地，把它拋出很遠。可是，可是我們依然低估了飢餓的力量。一天，一天。這一天，分辨不清是早晨還是正午，我和已經骨瘦如柴的二弟幾乎同時，朝著斧子爬過去。我，略略地領先半步，把斧柄抓在了手上，而抬著鬍鬚的二弟安靜地看著我，把斧子和上面的寒光舉起來——就在這時，一縷光，一縷強烈的陽光突然灑過來，我發現古堡的門突然塌下去，從那縷不斷加厚的光裡，走出了許許多多的人……

十

我感覺，在那縷光的照射下，我完全是赤裸的，赤裸得近乎透明，無可掩飾。我感覺，在那縷強烈的光中，我的身體又輕又薄，彷彿是一片就要飄到地上的紙片。

——是，是。李約熱的臉上也有細細的汗，我和你的感覺一樣，我也覺得，自己沒有衣服。而光裡面進來的人有男有女。羞愧得我啊。

我也覺得羞愧，非常羞愧。看來，這個羞愧本來就是夢裡的。可醒來的時候它還在著。我說，現在，我還是……感覺自己沒有穿衣一樣。「真是個奇怪的夢。它這麼長，還這麼完整。」

李約熱直著身子，他朝著林外面看：「寫成小說都行了。要不，你給我們刊物寫吧，我們爭取頭條發。這類的題材，應是你感興趣的。」

好，我還真有興趣。我點點頭，要不，我們一起寫，就像我曾和朋友們一起寫過〈我在海邊等一本書〉和〈會飛的父親〉一樣。我願意這樣遊戲。文學本來就是遊戲，儘管它是嚴肅的遊戲——這是那個博爾赫斯說的。

行，我也寫我也寫。李約熱點點頭，要是，黃土路也在這就好啦，他也會感興趣的。——多虧他不在。不然，我們倆就先吃了他了。我打趣，可說這話的時候我感覺背後涼風凜凜，竟然有種……你說，這個夢……我急急岔開，但那股涼風似乎還在，它追趕著我……你說，我們回去和不和別人談？

我們商定不談，和誰也不說。隨後我們又商定，我們也不把它寫成小說，它有些怪異，過於怪異，而且讓人……不舒服，很不舒服，有種一談起就芒光刺背的感覺，彷彿，我們就是其中的那個人，真的做過那件事——太逼真了。李約熱說，我現在都不敢再想。我根本沒意識到那是夢。我覺得，自己的嗓子裡還有股血的腥氣……我們不談。一句也不說。

車來，我們坐到車上去，這時呂小春秋和琬琦也跟過來，在琬琦黑色的布包裡有兩個墨綠的石頭，其中一個略略大一點，上面還有塊紅褐色的斑——你們想，這裡面會有怎樣的夢？呂小春秋把它遞給李約熱，紅斑點，這塊石頭上的紅斑點會不會和夢有關係？它會不會暗示什麼？

李約熱把石頭遞回來，他沒有回答。我也沒有，我的腦袋依然被剛才的夢塞得滿滿的，其中的細節一遍遍複現，它反而使眼前的發生不夠真實。車很顛簸，路途中還有和另一輛的錯車，我們的車只得開到山崖危險的一側以便讓上山的車經過——那一刻，我的心和身體在城堡裡，兄弟的斧頭正拋向高處，接下來是四濺的血。我們來到路口，趴在草堆上的狗眼神慵懶，伸著的爪子也不肯縮一下。再繞，停車場，打開車門之後就是連綿的喧鬧，可我的心和身體在城堡裡，這時，我正按住三弟的頭和肩膀。他只是咧了一下嘴。

——你們先休息會。再見。他們說，她們說。我再一次感覺恍惚：這是什麼時候？我們怎麼在這裡？怎麼，我感覺和古堡有些相像？我定定神：不，不一樣，古堡中沒有這麼多間房子，沒有電也沒有牆上的瓷磚，所謂的近似處只是漸漸暗下來的天色。走，我們上樓。李約熱湊近我，他壓低著聲音，只有我們兩個能聽得見：我總在想那個夢。剛才，我覺得我們又回到古堡裡啦。不是，我也拉著他向上，夢裡沒有樓梯。你想想，夢裡沒有。沒有拖鞋。玻璃的杯。這樣的鎖。都沒有。所以不是。

我們走上三樓。弋舟曾睡過的那間房間的門是敞開的，裡面還有輕微的鼾聲——也不知道是誰。李約熱制止住我的好奇：也許是這家的主人。這麼多天了，也夠累的。我們別打擾人家啦。咱們也去睡會兒。

又是酒宴，依然有牛肉狗肉野豬肉，野生的筍，野生的韭菜，以及，略有渾濁感的自釀米酒，它們被存放在一個個塑料桶裡。第一碗，苦而辣，我嚥得生澀，等到第二碗，第三碗——

弋舟！我突然發現到他，他正端著酒碗和吉小吉聊得火熱——你，你不是走啦？明明是……我急急把黃土路和李約熱拉到身邊：他不是走了嗎？怎麼，怎麼……是不是我在做夢？你們給我作證——你們能看見他吧？

我走到半路又回來的。弋舟說，修路，我們在路上堵了四個小時。飛機是趕不上啦，所以我就和司機說，咱們回去。我們也剛從天堂山上下來。我們也撿石頭來著。

——你可嚇死我啦，李約熱拉住弋舟，我剛才也被你嚇到了，你不是明明走了嗎怎麼又出現了……「來，我們喝酒，」帶著幾分酒意，梁曉陽衝著我們呼喊，「都來啦都來啦！感謝各位老師。都乾了吧！」接著，他叫我們到另一張空了大半的餐桌旁：我給你們介紹我們當地的名吃，你在別的地方吃不到！我們都說算啦算啦，曉陽，你天天推銷，我們知道你的意思，你這個壞人。我們喝酒就是啦。

桌子邊上，一隻黑狗叫起來，露出短小的牙齒，而另外的三條白狗也跟著衝過來——四個打一個，弋舟笑起來：在我們北方，大狗小狗都張牙舞爪的，見到陌生人就跟見到仇人似的。而你們玉林這邊的狗，都軟塌塌的，連看人一眼的興趣都沒有，「牠們都知道，不定哪天就給宰了，也折騰不上勁。」——你說過這話！我拉住弋舟的手臂，腦袋裡的酒開始翻滾，你說過，肯定說過。你走啦，你早走啦。我覺得，我們這是回到前幾天啦……

沒有。我們不可能回去，雖然它有相似處。聲音從我的背後傳來，轉過身，那位學過心理學的那位詩人又一次出現在我們面前，這次，他穿著一件有著模糊圖案的黑色風衣：我們不可能在一生中兩次跨進同一條河流，時間當然也是如此。不過，太陽每天都是那個舊的，舊太陽底下的事總有重複，也是正常的。李老師，你可以少喝，我乾了。我昨天剛讀了你的一首詩，很不一樣。下午六點，喚回歸鴉／用沙啞的音樂。我的呼喚緊張而且徒勞，就像一個被釘穿了手掌的巫師，就像我喜歡那種疼痛……這樣的句子我寫不出來。

謝謝你的誇獎。不過，我不能信任你。我依舊拉著弋舟和李約熱的手，彷彿我的手一鬆開他們就會消失掉，把我拋在這個充滿著詭異和心悸、責任和鬼火的世界上——你，你總是突然出現，也總是忽然消失，我不知道你是不是就是幻覺……

不是，不是，李約熱掙開我的手，而把這位詩人的手抓住：我知道他，他是當地的作者，在我們刊物發過詩歌。去年還發過一篇散文，挺不錯的，寫得不錯。李約熱拍拍我的肩膀：他和我們都挺熟的。和土路，和凡一平都熟悉。走，你喝多啦，咱們上樓吧。去聊天。米酒的後勁太大。

十一

我要來了筆。我在懸掛著木板的電視牆上寫下，首先，曾因酒醉鞭名馬，生怕情多累美人。其次，大膽文章拚命酒，坎坷生涯斷腸詩。得承認，這些字裡充滿了讓我暈眩的酒氣，我的頭有種將要裂開的感覺，更早要裂開的是我頭上的血管，它們一跳一跳，彷彿要把全身的血都壓縮到頭部的血管裡——

不行，我說。

等我從衛生間出來，樓上已經布滿了更多的人，他們或坐或依，主人又提來了酒桶。不喝了，剛剛又……我說著，腳下似有雲朵飄浮，我就站在讓人發軟的雲朵上，只能依靠不斷地移動才能保持平衡：我喝多啦。我不喝啦。我的腦子裡滿是奇怪的夢。

沒事沒事，我們也不多喝。他們紛亂地說著，似乎有更多條舌頭。我們就是來談夢的。你說吧，你說吧。

什麼夢。我看了李約熱一眼，這時又是一陣恍惚：周圍的人突然消失，身體和腦袋似乎重新又回到了古堡裡。那個被稱為三弟的人只剩下頭上的肉，他略顯漠然地盯著我們兩個，刀子劃過的時候咧一下嘴。兄弟，對不起。我被他盯得心酸，要不是你被砍傷了，我們也不會，不能。可你被自己砍傷了。我們沒藥。就是我們不吃你的肉，也只得眼睜睜地看著你等死……

「你沒事吧，」李約熱推我一把，「你坐下，真不讓你喝了。要不，你回屋裡歇著去吧。我們再聊會兒。」

把他拉進我住的房間裡，打開燈：哥，我不知道你怎麼樣。我總是在想那個夢。來來回回。也許，我們把它說出來會好些。反正，我們做的這個夢也是古人的，也不是我們真的殺了兄弟……我也是，李約熱點點頭，我剛才也又。和他們說話喝酒，也是想沖淡一下，可一愣神兒，就又覺得自己是在古堡裡，正在挖肉來吃。「這樣下去，非把咱們逼瘋了不可。」

於是，我們重新回到外面，回到嘈雜之中。今天我們發現了一塊大石頭。你們都不在。我們也搬不動，我們想過搬回來，可搬不動。我們一直在喊，聽不見，我們等了很久，想去找人，又怕……又怕找到了人，石頭又找不見了。所以，我們就只好砸開它。我們兩個，旁邊沒人，再沒別的人了。一個很可怕的夢。

聽著都有些瘮人，梁曉陽說。他抖抖肩膀，我靠，我都不敢回自己屋啦。土路和我一屋睡吧。不，不和你一屋，我怕你。黃土路笑了笑，他用筆在餐巾紙上畫著大大小小的圈兒：我又沒有太多的肉。咱們最好吃一個胖子。

胖子肥肉多，不好吃。我站出來，試圖用自嘲調解：胖子的腳也太臭了。不如，我們吃弋舟。對了他在哪兒？剛才他還在這裡呢。

——他睡著了。穿黑風衣的詩人從弋舟屋裡走出來：我剛把他扶進來。看來他也沒我想像地那麼能喝。我還以為他酒量不錯。他自己倒上一杯酒，和李約熱碰杯，和黃土路，梁曉陽，和另外幾張臉。然後，走到我的面前。「咱們乾了。」

兄弟，你怎麼看待，我們剛才講的這個夢？我的話裡或多或少有挑釁的性質，我還是不能信任他，總感覺他是莫名的闖入者，彷彿是夢的一部分：我感覺，自己如同處在一個持續的、循環的夢中，而這個有神祕感的人，很可能是夢境安插給我的監視者，控制者……我說不清為什麼會這樣想，可它就是固執地在著，並且變得越來越強烈。

「你覺得自己被封在夢裡面了是不是？感覺自己這些天的經歷，完全是在夢境中。從一個夢裡出來，你會再進入到別一個夢中，如此往復，可始終出不去，這樣的感覺從一開始就有，而此時越來越強烈了。」他又一次給自己倒上米酒：「李老師，你甚至，懷疑我是夢的一部分，是一個祕密的……使者，對不對？」是的，因為，你剛才說的這些是我心裡想的，我根本沒有把它說出來。而且，似乎，前幾次，我們談夢的時候你根本不在，卻一進入到房間裡，就給我們解夢，好像你是在場的一樣。我實在不知道該怎麼解釋。

「我是在樓下避雨時聽到的。當時，我一直猶豫是不是要上來。你說的是下雨那天的事吧。」他晃動著酒杯，裡面的米酒在晃動中變得更加渾濁，甚至有股淡淡的煙冒出來——學過心理學的人，多多少少會一點讀心術，我想李老師應也聽說過。我們可以根據你提供給我們的夢來猜測你的心理，也可以根據你的說話、表情、語調、動作，判斷你的心理，你在想什麼你想要什麼。這沒什麼困難。「不過你想的也沒有什麼大錯，我們反覆地說人生如夢，夢如人生，當然可以把我們的一生都看成是一場連環不斷的夢。這些夢有的是大顆粒有的是小墨點，有的密密麻麻有的疏朗得幾乎可以走馬。它們連結著纏繞著向前跑向前跑。等糾結解開了，線拉直了，夢做完了，這人生也就……」

眾人不再說話，他們的舌頭似乎被禁錮住了，能夠移動的只剩下黑風衣詩人嘴裡的那條。他似乎突然意識到了這點，你們，我就是瞎說。好吧，我就來談一下我對這個夢的看法。不過這次，我不想再按什麼心理學的套路……

說著，突然從弋舟的房間裡傳來抽泣之聲。這聲音越來越大。「怎麼啦，弋舟，你怎麼啦？」我們問，我們一一伸長了脖子。

搖搖晃晃的弋舟從裡面走出來，他的右腳上穿著一隻拖鞋，而臉上已經滿是不斷的淚水。

「我夢見，我剛才夢見……」

車司機由於將頭伸出車窗看天使出現，不慎扭傷了頸椎，不得不向急救中心和汽修廠、保險公司求救，最終由汽修廠的工人師傅割開車門才將他救了出來，但醫生說完全的復位已不可能。《啞石週刊》的報導則更為奇特，它們一向以奇特而著稱。上面說，某居民樓內一癱瘓多年的老人聽到天使出現的消息，按捺不住好奇，下了床，然後下了樓，他的疾病竟然奇蹟般不治而癒；上面還說，同樣是在這座居民樓，一位患有心臟病的肥胖女人在看天使經過時過於激動而發病身亡，她的心臟比平時大約大了六點七倍，突然增大的心臟堵住了她的喉嚨，使她窒息，終至不救。

好了，我們接著說那個下午的天使。它在天空中游弋，像一尾魚。我只接受這一個比喻，想看其他的比喻你可以查一下那天的晚報和第二天的所有報紙。那些五花八門的比喻讓我厭倦，我只接受我自己想到的這個，像一尾魚。一尾魚。一尾魚。它背後的羽毛極其像魚的鱗片，在下午四點的陽光中閃著細細的光。我不再過多描述，反正報紙上有，電視上有，互聯網上有，城市市民舌頭尖上有，A城市史料彙編上有……我會詳細給你介紹那些的，要是你真的感到好奇。下午四點四十分，左右——關於確切時間請看當時的報紙。上面有市民的說法，氣象局和衛星觀測中心的說法，等等等等。現在仍在眾說紛紜，甚至為此引發過暴力事件。使用一些相對模糊的概念是明哲保身的做法，我可不想被某個堅定的「真理捍衛者」將我捍衛掉——天使經過城市的上空，然後慢慢消失。

天使飛過了我們的城市！

天使飛過了我們的城市！

天使，天使，天使……有一位核物理學家，學科帶頭人，經過認真細緻而周密的計算，得出一個驚人的結論：這條新聞所具有的爆炸性，相當於兩千一百四十五枚「恐龍級」核彈同時引爆的當量。他把全世界大小媒體的報導均稱為「衝擊波」，將我們經久不息的談論爭吵看作是「核塵」……是的，在一個相當漫長的時期，我們將嘴巴撕開就不由自主地談論那天下午的天使，天使，天使，以至於不得不依靠器械或他人的幫助，才能將牙刷或者米粒塞入自己的嘴裡。天使，天使，天使。我的眼裡只有你，我的心裡只有你，我的口中只有你……

天使的出現使《A城晚報》的某位記者一夜成名，後來，A城的「天使公園」裡還建起了一座銅像，那位記者舉著相機，正仰望著蒼穹。雕塑的名字經過了多次修改，《捕捉》、《敏感》、《發現》、《天使出現》等等等等。無論哪個名字都受到過攻訐指責，以至於它的名字每半年就會更改一次，後來，一個被「雕塑名字」弄得焦頭爛額的市府官員提議，只保留雕塑取消它的命名——這個提議雖然依然備受指責，但最終還是被接納了下來。那位晚報的記者早已離開了A城，成為一家國際時報的記者，只是他從此再也沒有寫出什麼像樣的東西，直到老去。

那篇後來引起「爆炸」、「轟動」的新聞被《A城晚報》安排在Z版的一個角落裡，占有兩塊豆腐塊大小的篇幅，題目即是〈天使飛過了我們的城市〉，沒有驚嘆號。使用驚嘆號是第二日的其他報紙，隨後這個符號越用越多，在《世界牙科醫學報》的那篇〈發現天使〉中，竟然使用了九個驚嘆號，並使用了不同的顏色。一夜成名之後，那位記者曾接受《德國甲蟲之聲》的採訪，上面說，那位記者曾向採訪者抱怨，抱怨報社領導的麻木和官僚，如此重大的報導竟只安排在Z版很不起眼的地方，並將天使的照片刪除。同時他還透露，這則新聞一經發表馬上受到某部門的指責，他還就執行新聞紀律不嚴寫過檢查……但很快，這位記者在A城電視台和舊狼網、搜鯨網等發表聲明，駁斥了《德國甲蟲之聲》那篇歪曲事實、不負責任的說法。他說，他能捕捉到這條新聞，完全是平時領導幫助教育、同事鼓勵的結果，成績不是一個人的，絕不是。至於排在Z版，是因為其他稿件都已發排，無法變更，在領導的高度重視下這篇稿件才擠上了版面，將另一篇也非常重要的稿件擠了下來。「他們怎麼能那麼，那麼不顧事實，那麼無中生有！」在電視上，這位記者義憤填膺，最後哭出了聲來。

《A城晚報》的報導中，那天的天氣，A城的景色，天使的樣子都未曾提及，而在談到天使的時候，那位記者不知處於何種考慮用語非常審慎，「從我們所處的位置看，它很像傳說中的天使。」「是不是天使真的在A城出現了？這有待科學家們進一步的考證。」

那天的天氣確實相當不錯，這點毫無疑問，只是在我們仰望飛過上空的天使的時候是否「萬里無雲」則很難說清，它引發了激烈的爭吵，兩方乃至三方四方都拿出各自的照片為證，然後指責對方，第三方、第四方運用電腦技術進行了修改，這個問題最終被上升到「捍衛真實」和「維護真相」的高度，隨後相互攻擊各自的人格，治學態度，猜度他們是故意炒作，提升知名度，獲得種種利益……謾罵和戰鬥依次進行。日本《朝賣新聞》在採訪過一個叫「胡途先」（音）的人之後得出結論，天使飛過A城時帶來一股酸酸的類似米醋和六六粉混合的氣味，經久不散。而《B城都市報》則對此進行了批駁，它說，A城曾是一座化工城市有眾多的製藥廠、硫化廠、水泥廠，那種酸酸的氣味只能說明是A城環境汙染較重而已，並不能證明天使攜帶了何種氣味。《B城都市報》的這一論點很快遭到《A城日報》、《A城晚報》、《A城都市週刊》和電視台、新聞管理局《環境監察治理旬刊》的批評，眾多生態學家、作家、環境學家撰文，A城的環境治理和化工廠廢水治理工作是卓有成效的，空氣中的可吸入顆粒物已累年減少，說A城環境汙染較重，空氣中有異味純屬無稽之談。同時A城各家媒體也共同指出，在整個A城有四萬六千多「胡姓」市民，但無一人叫「胡途先」，《朝賣新聞》的報導完全是不顧事實的杜撰，是別有用心的。（它甚至引發了一場抵制日貨的熱潮，好在，在政府的控制下沒有發生成特殊事件。）

許多的A城居民，許多的頭和眼睛，許多玻璃和玻璃後面的臉，許多望遠鏡、近視鏡、老花鏡、夜視鏡、墨鏡，許多攝影機、照相機、手機都看見了天使的飛過。我們從各自的角度出發向他人，向媒體，向各大研究機構和考察團訴說我們所看見的天使，混亂以至越來越多地出現讓我們都感到驚訝。就以天使的翅膀為例，有人說它是白色的，也有人說它金黃、暗褐、大紅、淡藍，並有各自的照片為證，即使沒有拍到照片的也信誓旦旦，說自己在維護「良知」和「真相」，其他的均是在篡改，有人以照片為證，說天使的翅膀像天鵝的翅膀，另一些人則依據另外的照片判定天使的翅膀像禿鷲的翅膀，在經過一系列的爭吵之後，A城、C城分別成立了「天鵝派」和「禿鷲派」，兩派制定了各自的行動綱領、服裝要求和不同徽章，如果不是政府行動及時，兩派很可能會發展壯大，引發暴力事件。這並非聳人聽聞，多年之後，「天鵝」和「禿鷲」之爭蔓延到Q國，強硬的「禿鷲派」，Q國陸軍總司令發動軍事政變，囚禁了屬於「天鵝派」的Q國總統，「天鵝派」的支持者在遊行示威中和軍方發生激烈衝突，造成上千人的死傷。棲息於Q國的幾十隻天鵝也先後遭到了屠殺。後來發動政變的Q國總司令的弟弟和女兒在一次集會中被槍殺，凶手供認，他屬於「天鵝」。

多年之後，那個爬到路燈桿上維修路燈的電工也成為了英雄，是他第一個發現了天使並指給了我們。（當然，據說在他之前有一個中年女人和一個在街上遛彎兒的老頭也看見了天使，三個人的名譽權官司也打了幾年，最高法院最終裁定，老頭和中年女人證據不足，不予採信。然而民間的、網絡上的論爭遠未結束。）前文說過，那個電業工人喊出來的只是「啊，啊啊」，就是這樣的嘆詞，沒錯，當時我就在現場。可後來經過渲染演變，他發出的聲音成為了這個樣子：「看！天使！」或者：「你們看，快！天使！」或者：「你們看，飛天！」（這是一家敦煌內部詩刊在編者按中的說法，後來有些報刊也沿用了它）或者：「快來看！烏拉木！」（這是歐洲一家報紙的報導，據說它屬於某個祕密宗教組織）……

讓這些紛爭、紛紜暫告一段落吧！我知道，你的耳朵裡已塞滿了繭子。

天使的出現嚴重影響了我們的生活。那天下午，天使的出現造成了「事實罷工」，所有能行動的A城人都湧到了街上，包括工人和官員、學生、教師、醫生，患有感冒、肝炎、腸炎打著點滴的患者，銀行職員和保安，祕密幽會的人，嫖客和妓女……A城的所有街道都人頭竄動，擁擠不堪，大家昂著頭，大口呼吸著漸漸稀薄起來的氧氣，直到天使消失後五個小時才緩緩散去。《東區青年報》刊登過一張從高樓上拍攝的照片，在照片上，我們只能通過擁擠的人頭判斷那是一條街道，畫面上全是黑壓壓的人頭，密如超市櫥櫃裡堆滿的黑豆，這些無法數清的臉全部盡最大努力地仰望著，顯露出一種統一的、新奇而茫然的表情……據《墨西哥鼴鼠新聞》報導，在人群散去的時候，還造成了小小騷亂，有幾家商店的玻璃被砸，還有一些人的手機、錢包被小偷偷走——新聞發言科那位漂亮精幹的女發言人否認了這一說法（這個科室是在天使出現後新設立的，一直延續到現在），不過她承認，在天使出現之後的幾個小時內，A城的城市交通陷入了癱瘓，被擠在中間的居民和汽車根本無法移動，即使他們想早早離開大街。捕熊網、花邊逸事網在各自的新聞主頁上詳細介紹了那日我們城市街道的擁擠情況，它們說，一些名貴汽車的後視鏡被惡意擰壞，一些車輛的車身被硬物劃傷，汽修廠工人排除了因為擁擠而無意劃傷的可能，部分車輛的車身上、車頂上被吐滿了各種顏色的痰和泡泡糖……隨後兩家網站聯手，在網上展開了「毀車事件凸顯仇富心態」的大討論，劃分了正反兩方，並進行「支持、反對」民意大調查，一時間硝煙瀰漫，沸沸揚揚。漂亮精幹的女發言人對捕熊網和花邊逸事網的行為進行了譴責。她對中傷A

「為什麼要放鞭炮？」
「因為天使，它下午的時候出現了！」
「只是，放鞭炮和天使來有什麼關係？」
「你沒聽說？天使這次來，是為上帝來選童男童女的！放鞭炮是為了阻止自己的孩子被天使抓走……」
「真是這樣？你聽誰說的？」
「都這麼說！」
接連三天，A城晚上鞭炮齊鳴，震耳欲聾，通過飛行器拍攝的圖片來看，夜晚的A城濃煙滾滾，幾乎是一座巨大的霧都，鞭炮的閃光在霧中時隱時現。那幾天裡，最為繁忙的是城市環衛工，大街上紛紛揚揚的紙屑大約三尺多厚，他們不得不動用各種大型機械來清除紙屑，然而剛剛清掃過去，一陣風堆積在別處的紙屑又紛揚飄來，讓他們掃不勝掃，防不勝防。位於A城市中心的那條民心河很快被紙屑所堵塞，遠遠看去，一條河就像泡在水裡慢慢發霉的麵包，散發著一股股惡臭。《A城日報》首先報導了此事，並就此事對城市環衛局進行採訪，城市環衛局的一位領導在對此事表示關注之後表態，河道的清淤工作屬於河務局管轄範疇，環衛局沒有管理權限。同時他對《A城日報》的記者提出，應當對戰鬥在一線的環衛工人們進行採訪，「他們為A城的環境衛生付出了巨大的勞動！」河務局一位辦公室主任在接受《河流日報》和A城電視台採訪時重申，日常的河流清淤屬於河務局，但這次屬於非正常的、突發的事件，是居民人為造成的，應當由環衛局、環監局和居委會共同負責。隨後，環衛局、環監局和各居委會也發表聲明，他們沒有行政職權，這件突發事件不在他們的管轄範圍之內。一名居委會的負責人呼籲，此事應由各公安分局和派出所管理，詳查細查對那些不講公德、非法鳴放的市民，進行依法制裁，勒令他們將淤積的河道的紙泥清除出去……後來是由A城政府出面，協調各局各部門將河道進行了清理，那已是三個月之後的事了。這次清淤的直接後果是，河流出現乾涸，城市水位下降，自來水的水質也受到了影響，一時間各類瓶裝水的價格一路飆升，A城一家礦泉水生產廠家的股票在三個月內出現二十二次漲停，價格翻了九倍。

天使的出現使A城成為全世界矚目的地方，一時間，坐落於A城大大小小寺廟、教堂、祠堂甚至會館都香火極盛，虔誠的和不虔誠的人們絡繹不絕，人們的呼吸和點燃的香火使A城的氣溫與歷史同期相比高了十二度，升高的氣溫帶動了飲料生產業、冰櫃冰箱生產業、空調電扇生產業，帶動了遮陽傘生產業、防晒霜生產業、飲食業。要知道A城的旅遊因為缺少景點一直顯得低迷，市旅遊局一直租房辦公，常為買個電扇買瓶墨水打十幾份報告，而天使出現之後，市旅遊局在半年內即蓋起了A城最高的辦公大樓，據說裡面是清一色的德國設備……當然，天使的出現也使A城一時間流言四起，越來越聳人聽聞，地震說，火災說，世界末日說，見龍在田說，文曲星升天說……A城政府的那位女發言人不得不頻頻出現。用一種外交辭令的語言闢謠，她顯得越來越沉穩，越來越熟練。

「聽說了沒有？天使來到A城，是在挑選在大地震中可以活下來的人，據說大地震馬上要來，A城會全部陷到地下去！」「怎麼辦？」「我聽說買一條紅腰帶五個雞蛋一次吃下，就能躲過這場災難！」「我去年就買過三條腰帶了！」「這次可不一樣！你不是都看見了？天使！」

「聽說了沒有？一場比愛滋病、禽流感、非典厲害一千倍的瘟疫就要降臨A城！天使冒著危險來通知我們，它回去，肯定會遭受嚴厲的懲罰！」「那，那怎麼辦？我們要馬上撤離A城？」「不，也不用！我聽說了，只要每天早晨喊三聲西瓜開門，含一片薄荷糕，戴墨鏡……」

「你聽說了沒有？天使來到A城……」

多年之後，某位經濟學家在一部使他聲名顯赫的著作《內需桿如何翹動》中，將A城的天使事件當成是拉動內需的成功範例加以闡解，這一部分占有其中的一個章節，三十七個頁碼。後來，他的這本著作被當作A城各行政單位、企事業單位和各大學中學的學習讀本，為這位學者創造了不菲的價值。

圍繞飛過城市上空的天使是否是真正的天使，它存在的價值與意義等問題，科學家們、人文學者、宗教界人士，藝術界人士、新儒學知識分子、新新道家知識分子、前派、新前派、自由前派和後派、傳傳後派、新後派知識分子，以及官員、群眾、社會各界人士，在各大國內外媒體展開了激烈的討論。

《地平線學報》發表了兩篇署名文章，他們認為，從自然科學的角度，從實證科學和物質哲學的角度，天使的存在是可疑的，飛過Ａ城的天使應當是一種「集體幻覺」，它大約是一種物理現象。一篇文章在分析了Ａ城當日的氣象狀況和十三年來的氣候變化後得出結論，「天使」應當是一種球型雲，它呈現天使的面目，包括有翅膀等等是因由上空浮塵、陽光和視覺角度共同的結果。另一篇文章則猜度，「天使」和那些「海市蜃樓」現象原理基本相同，只是因為Ａ城上空飄浮著大量硫化物顆粒，它們在空氣中摩擦產生電磁，這些吸附力極強的電磁在陽光的作用下更清晰地、更集中地呈現了這一「海市蜃樓」。這篇文章還配發了天使在Ａ城消失時的圖片，三張海市蜃樓消失時的照片，他指出，這種緩緩在空氣中消失而不是走出視線的消失方式，正是海市蜃樓的統一特點。《絕對科學月刊》在天使出現後一個月內即做出反應，召集物理學家、化學家、氣象學家三十餘人參加座談，並配發了題為〈眼見未必是「實」——Ａ城天使現象的科學探疑〉的編者按。這些文章先後被轉貼到搜鯨網、搜鷹網、Ａ城城市論壇網上，點擊率每日都在百萬以上。至於網民留言，在這裡我不再轉述，你可自己去查看。剛才我還查看了一下關於「Ａ城天使」的留言總數，大約在九千億條左右。

《天天娛人節文藝週刊》上說，Ａ城飛過的天使可能是新型的ＵＦＯ，外星人試圖以天使的面目出現向人類示好，我們也應向它發出友好的表示；《軍事迷》雜誌則認定，它也許是某某國家的間諜衛星，具備躲避雷達的隱形技術，而用天使的模樣，即使被發現也不會馬上遭到攻擊……《國際奧祕》、《魔戒．魔界》等刊物對上述的觀點一一進行了反駁，它們認為，我們不能站在已知的角度、打著科學的旗號去反科學，我們的科學才剛剛發展，未知的領域巨大的讓人可怕，我們無法解釋的超自然現象還有很多……

「天使的出現有力證實了上帝的存在，那些心懷上帝的人，時常念上帝之名，對上帝常懷敬畏和感恩之心的人有福了！」「所有榮耀都屬於我的主，我的上帝！」

還是那家敦煌內部詩刊，一位年輕詩人用一種不可辯駁的口氣認定，飛過A城上空是飛天而不是天使，「為什麼那麼多人認定它是天使而不是飛天？是人們對飛天的疏離和淡漠！物欲橫流的今天人們疏遠了它疏遠了精神的家園！是時候了！是說出真相的時候了！詩歌和飛天的尊嚴必須得到捍衛！」這一「飛天說」後來得到了某某寺主持、某某市佛教協會副會長、某某佛教協會用品形象代言人、著名社會活動家釋非心大師的認可，某某寺萬佛堂外的長廊裡，掛滿了「A城飛天」的照片，據說香火極旺。在A城，還曾流傳過一種說法，那個飛過上空的天使是A城一位去世老太太的靈魂，在她生前常替人算命，就顯現過不少的神跡。支持這一說法的多是A城市民，她的家人後來將她的舊宅闢為祠堂，供奉老人遺像，前去參觀的人要向「功德箱」投放五十至一百元人民幣，美元、德國馬克亦可。後來這一說法也得到了一些學者、作家的支持，一位大學教授在接受一家電視台的採訪時說，「至少，它是本土化的，我們應當尊重本民族傳統，維護民族傳統。一個不尊重自我傳統的民族是沒有希望的民族！」

《民萃與真理》雜誌：〈A城天使的出現〉、〈誰在打天使牌〉、〈挑戰科學的力量〉、〈虛枉的真相和探尋精神〉、〈你要悄悄蒙上誰的眼睛？〉……《底層文藝雙月刊》：〈在A城：誰是天使選中的子民〉、〈可能的拯救和可能的逍遙〉、〈天使的啟示〉、〈「天使」的形象塑造與底層文藝的勃興的關係〉、〈自天而降的狂飆〉……《新前陣營季刊》：〈天使亦或戈多？〉、〈A城天使現象剖析〉……《娛樂致死文娛週刊》：〈從天使的衣著看審美〉、〈白雪之白：天使的化妝術〉、〈和天使上床〉、〈找一個天使帶回家〉……《國學探微》雜誌：〈天使與國學：中華文化對世界的潛在影響〉、〈「A城天使」：在孔子眼中的龍〉、〈究竟誰在打天使牌〉……

我們用上了印有天使像的杯子用它來裝礦泉水、龍井、碧螺春或咖啡。按照天使模樣設計的芭比娃娃一經上市很快便被搶購一空，某家玩具製造工廠則推出了一批適合男孩心理特點的「戰鬥天使」，它們手中持有火輪、激光槍、AK47等等武器。我們有了天使座椅、天使床、天使熱水器、天使浴霸、天使照明、天使沖便器……凡是有天使圖案的用具很快便風靡整個城市，並且遠銷海內外眾多的國家和地區——關於天使的爭吵仍在此起彼伏，連綿不斷，有一個社會學者、公共知識分子向社會發出倡議，建議用天使替代我們的舊有圖騰：龍。他引用另一位學者的話說，龍在西方世界裡是惡魔和災難的象徵……很快，在雜誌、網絡中形成了「支持」與「反對」兩大陣營，正方認為這有利於改善國際形象，促進世界和平，為進一步增強溝通理解建立了橋梁；反方則認定，這一倡議是唯西方馬首是瞻的一批人的陳詞濫調。它打擊民族自信，表現了崇洋媚外的心態。「將這樣的學者趕出校園！」「乏走狗仍然在叫！」「他拿了美元還是盧布？」……因為天使像的頻頻使用，《A城日報》、《柒週刊》、搜熊網等媒體展開討論：「天使像是否可以如此庸俗化？」它們認為，天使無論是否真的存在，無論飛過A城的天使是否即是天主教、基督教中的天使，不可否認的是，它都是那種純潔、善良、美好的象徵，將這一形象應用到抽水馬桶、垃圾箱上的做法是不妥的。A城大學和A城設計院的十幾名學者專家聯名上書，要求市政府對「天使形象」的使用加強監管，並鑒於當前A城「天使形象」因版本不同而造成混亂的情況，他們還提議由政府組織，由他們負責設計、印製統一的、權威的「天使標準像」。後來，A城新聞發言科的那位發言人（她已升任發言科的第一副科長）證實了這一說法，她說，關於天使標準像的設計審核工作「正在進行中」。有記者問及，使用這一天使標準像是否需要付費時，漂亮的女發言人吞吐了一下，「是會收一點……一點費用。你知道，這些設計者為了標準像的製作付出了……努力。作為講法治的政府，我們尊重設計者的勞動，尊重知識產權……」「那麼，」一個記者窮追不捨，「我們使用這所謂的天使標準像，是否只要向設計者交費就可以了？另外，制定了天使標準像，那其他的相機、其他角度拍攝到的天使畫面，是否還可以以天使的形象出現？」……

A城日漸繁榮起來，在此之前，我們一直將它當成是一座小城看待，彼此稱呼為「莊裡人」——天使的出現使A城成為了一座讓人矚目的城市，前來觀光、考察、求卜、淘金、朝拜或「揭祕」的人絡繹不絕，大小旅店賓館人滿為患，後來者只得在洗腳城、網吧、卡拉OK廳或一些晝夜餐廳內過夜。流動人口的增多帶來了經濟的繁榮似乎也刺激了蚊子的生長繁殖，一到傍晚，成群出動的蚊子即形成一團團撲面而來的霧，使能見度大大降低，三環路口的幾起車禍均是因為團積的蚊蟲阻擋了紅綠燈和司機的視線而引起的。蚊子的氾濫引起了A城政府的高度重視。成立了以副市長為組長的滅蚊領導小組，城管、公安、居委會、環衛局主要領導分別擔任副組長和成員，下設協調行動組、宣傳組、效果檢查組、設備管理組和辦公室。滅蚊小組先後三次展開了聲勢浩大、統一著裝、統一指揮的滅蚊行動。並在主要街道製作了巨幅廣告牌，粉刷了標語「愛我家園，共同滅蚊」、「徹底消滅蚊蟲，樹立衛生城市良好形象」、「大家一起行動消滅蚊蟲！」、「滅蚊行動需要每一個人，大家行動起來！」……滅蚊工作一直持續到初冬，樹葉飄零，才取得了「階段性成果」。據調查，在天使飛過A城之後一年多的時間裡，所有商業、企業都大幅盈利，獲得了讓人驚訝的發展，唯一受損的短衫、短褲、短裙的生產廠家和經銷商，蚊子的大量繁殖使它們滯銷，早晨和傍晚沒有誰敢穿短衫、短褲和短裙出門。那些該詛咒一萬遍的蚊子！A城短裙製造商將他供奉了多年的關公像請出了神龕，轉而供奉天使像，然而這一變化，並沒起到任何效果。

黃髮碧眼的外國人也增多了。他們對天使的出現充滿了好奇，每天下午大街上都站滿了仰望天宇一動不動的外國人，他們的樣子顯得有點傻。「天使會不會再次出現？」這個問題就更傻了。天使又不是我們家的。它出現過一次，讓我們看到了足夠了。

有幾個外國人租下了世紀酒樓的頂層，他們還想到鐘房裡去看個究竟。世紀酒樓的老闆在徵求過外事局、招商局、公安局和相關單位的意見後，回絕了他們的要求。某些人想租用飛行器或直升機去拍攝圖片，想在樓頂上架設天文望遠鏡，這些要求也先後遭到了拒絕。絕不是所有外國人的要求都會遭到拒絕，絕不是，一個叫大衛．科博菲爾的魔術師就借助世紀酒樓表演了一場美妙絕倫的魔術，他托著一名扮作天使的少女一起飛翔的魔術使整場演出達到了高潮，一向穩重得都有些漠然的A城人變得沸騰起來，他們的高聲尖叫震碎了世紀酒樓十一層以下的全部玻璃。櫥窗中的白酒、紅酒的酒瓶也被震得粉碎，使大衛最後的節目充滿了酒的香氣。幾乎A城所有新聞媒體都對大衛．科博菲爾的演出給予了高度評價，只有一個叫「電腦蟲子」的人在他的博客裡對大衛提出了批評。他說，從電視畫面上可以清晰看出，扮演天使的那名少女也是一名外國人。「我不是一個偏見的民族主義者，我也非常歡迎大衛．科博菲爾來A城演出。只是，天使出現在A城，是A城人民的發現的，是A城的驕傲。然而，大衛先生卻用他的魔術表演篡改了這一事實。他讓我感覺，飛過上空的天使和這位大衛先生有關係，和外國人有關係，單單和A城沒關係！」很快，「電腦蟲子」的博文登上了墨鏡網、左岸網、博拼網的首頁，這篇文章炙手可熱，跟貼者如同奔向食物的白蟻。「電腦蟲子」和《A城晚報》的那位記者一樣一夜成名，後來他的《電腦蟲子的博客》、《說不的蟲子》兩本書先後出版，登上當年度的暢銷書排行榜，並使他躋身於「福布斯作家財富排行榜」，被稱為是「平民的奇蹟」。

（一年之後，某位化名「特別食蟻獸」的網友對「電腦蟲子」的說法提出了挑戰，他指出，如果扮演天使的少女是一名A城人，也只會讓人猜想：A城在本質上處在一種被抱在懷裡的、屬於從屬的位置，而不是主體。當然，如果大衛先生讓一名A城少女抱著，讓A城的主體突出出來⋯⋯似乎也不是那麼回事了。最後，「特別食蟻獸」嚴正聲明，堅決抵制大衛．科博菲爾在A城的演出。他的聲明在網絡上也引起過一定的反響，但這名「特別食蟻獸」的書卻未因此獲得暢銷，很快就銷聲匿跡了。而且，大衛．科博菲爾在A城再沒有出現過，我們再沒有見到有關他的報導。）

好了，說得夠多了。讓我看看你耳朵裡的繭子。你問天使是不是再次出現過？沒有，它再也沒有出現，A城政府邀請的專家，大學研究人員和一些好事的外國人在A城等了整整一年，天天等待天使的出現，然而它卻不再來了。走在大街上，你會發現A城人有時不時抬頭看兩眼天空的習慣，這個習慣異常明顯，以至於它成為辨別你是不是A城人的重要標誌之一，天使不再來，我們的習慣卻固執地養成了。仰望使A城人的頸椎發生了變化，在A城，較少有人得頸椎病，就是得了頸椎病的也和別處的不同，所以只有A城的醫院會收治這樣的病人，別處的醫院是治不了的。我知道，你是被「A城天使節」吸引到這裡來的，是不是？我知道我猜得沒錯。都這麼多年了，我還記得第一屆天使節時的盛況，那氣勢！那場面！我當然記得。

因為天使沒有再次出現，近一年的等待除了兩場酸雨、一場小雪之外也沒等來什麼，人們的興趣已經轉移，我們繼續關心房價股市，孩子入學和個人工資，褲子鞋子女人的大腿的花邊新聞，A城和天使漸漸退出我們的生活，當然，那些觀光者旅遊者也退出了A城，A城又恢復到原來的樣子。即使十分苛刻的人，即使那些總在抱怨遊客過多干擾了他的生活破壞了他的安逸的人，即使對外來人口增多而造成社會治安問題而生有怨恨的人，也開始懷念起那段時間的好來——外來人口的急劇減少給人一種人去樓空感、事是人非感、滄海桑田感，同時讓A城的經濟陷入低迷。在給我的朋友、發明家夏岡購買啤酒麵包或者其他物品的時候，不只一次，我聽見那些商店老闆們抱怨，生意越來越難做了。

設立「A城天使節」，舉辦敬拜活動、文娛交流活動和商業洽談活動，這消息是由A城政府發言科那位漂亮的女發言人宣布的，她說，設立A城天使節，是A城政府和人民的一件大事，它有利於提高A城知名度，樹立品牌形象，拉動經濟增長，促進文化交流……是的，那位女發言人真是漂亮，如果運氣好，今年的敬拜活動中你也許還能看到她。據說——還是繞過那些據說去吧，聽我說首屆「A城天使節」的盛況。

天使公園，它是由原來的中心公園擴建成的，它現在還在進一步的擴建中，光拆遷就幹了整整三年。在天使節前，公園門口聳立起了一座漢白玉天使石像，它高有六米，是用一整塊漢白玉，按照市政府制定的「天使標準像」雕刻完成的。為了應對部分專家學者針對標準像缺少民族特點和本土文化信息的指責，雕塑的基座雕刻的是蓮花和雲朵。是的，那位記者的銅雕也是在那時雕刻完成的，它最初也立在了公園門口，在天使節的前兩天它被搬運到了一個角落裡，便再也沒回到原來的位置。

那天真是人山人海，天使公園裡的人頭擁擠得就像一鍋沸騰的黑米粥——那天剛下過一場小雨。它沒有影響什麼，幾乎一點兒都沒影響，它甚至沒有影響到在台下站了兩個多小時的三千名小學生。那是我見到的最大的、最恢宏的場面！這麼說吧：

當市長宣布天使節開幕之後，三千隻鴿子和數不清的氣球一起騰空而起，公園上空的天色一下子暗了下來，彷彿暴雨之前的厚厚烏雲，隨後它們散了，炫目的陽光又照進了公園。九百九十九名鼓手穿著紅黃相間的綢裝，站到鼓前，震耳欲聾的鼓聲響起。真的是震耳欲聾，我感覺那些鼓槌直接敲擊著我的耳朵，我感覺我的耳膜出現了一道道裂痕。——據說天使節敬拜活動結束後有三名小學生被送進了醫院，他們的耳膜真的出現了破裂。這只是據說，女發言人早就闢過謠了，她說，散布謠言的人肯定別有用心，甚至可以說是用心險惡。

鑼鼓之後，三千名戴著高高帽子、身穿黃色古代官服的少男少女緩緩入場，八十名紅衣少女被升到台上，她們彈奏著古琴。「A城天使」雕塑前，被擺上了鮮花、剛剛蒸好的乳牛、剛剛烤熟的烤鴨。隨後，在那三千少男少女的引領下，各地嘉賓，A城領導，文藝界、工商界代表，A城利稅大戶，五一勞動獎章獲得者、三八紅旗手、享受政府特殊津貼的各類人才來到雕塑前，舉行敬拜儀式。隨後是領導嘉賓講話，各界代表講話，宗教人士講話，外商代表講話。兩個半小時的講話結束，A城武術隊和B城雜技團上場，笑星侯大山、牛明茂上場，A城「超女樂坊」組合上場……歌星海英唱的是〈擁抱天使〉，曲霞演唱了一首老歌〈我不是你的天使〉，美國歌星小小布蘭妮一曲〈拉著我的手，我是天堂裡的陌生人〉可以說是繞梁三日——芭蕾舞、現代舞、孔雀舞、秧歌舞依次上台，下午四點二十，高潮出現了，被直升機吊著的三十名天使出現在公園的上空，她們白衣飄飄，姿態萬千。美中不足的是，直升機飛來的聲音太大了，它對「天使」們的美是一種破壞。

整個敬拜活動設計得相當精心、華美、炫目，張弛有度。小小漏洞出現在領導和嘉賓講話上。A城負責文教衛生的副市長在講話中引用了《詩經》中的一句詩，「七月流火」，並給予了解釋，他說，「七月流火」說明了天氣的炎熱，A城人的熱情使A城提前進入了流火的七月，我們的熱情足以燃燒整座沙漠！某校校長、國際國學研究會副會長、國學進大學的首要倡議者馬黑風先生在談到天使和女媧形象的文學比較時，將老子《道德經》中的句子強行安置於孔子的《論語》中。（該學者在事後多次強詞奪理，拒不認錯，網絡上曾發起過一個調查帖子對他學識和人格的強烈質疑，還引發了官司，但最後雙方都對記者說自己獲勝。）

隨後舉辦的「國際天使問題研討會」、「A城招商引資洽談會」、「在天空中翱翔——國際天使主題繪畫展」、「來自空中的靈感——國際服裝設計展」也都搞得聲勢浩大。A城所有媒體對此進行了連篇累牘的報導，像某服裝模特換裝時走光，某著名學者、學界明星在上台演講時先邁左腳之類的花絮就有上百篇之多。A城所有新聞媒體都全文刊發了A城大學中文系一位教授的發言，使他一舉成為了A城的學界明星，家喻戶曉起來。在發言中，他為「七月流火」的新解釋辯解說，許多古典用語在使用的過程中與原意發生了歧變，甚至走向了相反的方向，然而最終約定俗成，成為那個用語的合理解釋。副市長將「七月流火」用字面上的意思來闡讀，是合理的，有意的，與時俱進的。如果有興趣，你可查一下當年的《A城日報》、搜熊網，現在，關於「七月流火」還在爭論不休呢。給我留下印象的還有一個學者，據說是美籍華人，他論證，飛過A城上空的天使，其身體的化學成分主要是，碳水化合物、氫、鈉和鐵。同樣是據說，他的論證還申請了當年的諾貝爾獎金，後來不了了之，再無下文。

一個月後，我們還在議論那天的敬拜，而那天活動所遺留下的垃圾直到三個月後才清理乾淨。僅僅是被遺棄的宣傳冊，就拉出去了三十多卡車！它們多數沒有被浪費，而是重新化成了紙漿。

……

（天使不會出現了，肯定不會再出現。因為它被它的發明者毀掉了。飛過A城上空的天使，其實是我的朋友、瘋狂的發明家夏岡的發明之一，他總愛發明一些稀奇古怪的東西。現在，我的這個朋友，住在A城最有名的那家瘋人院裡，他的記憶和才能已經完全喪失。現在，他只會把自己在床上的尿漬看成是奇蹟，看得仔細，津津有味。）

變形魔術師

0

他從哪裡來？我不知道。不只是我不知道，孔莊、劉窪、魚鹹堡的所有人都不知道，即便是愛吹牛皮、在南方待過多年的劉銘博也不知道，多年的水手經歷並不能幫助他做出判斷，他也聽不懂那個人的「鳥語」。我們把所有和我們方言不一樣的口音都稱為鳥語，而那個人的鳥語實在太奇怪了，無論如何聯想，如何猜測，如何依據他的手勢和表情來推斷，都不能讓我們明白——相反，我們會更加糊塗起來，因為他每說一句話就會讓在場的人爭執半天，大家都希望自己的理解是對的，於是總有幾個人會堅持自己的判斷，他們南轅北轍，害得我們不知道該聽信哪一方。在這點上，劉銘博也不是絕對的翻譯權威，他的堅持也僅是自己的猜測而已。那麼，他是誰，他叫什麼名字？不知道，我不知道。不只是我不知道，孔莊、劉窪、魚鹹堡的所有人也都不知道。我們當然問過他啦，而且不只一遍兩遍，在他能明白一些我們方言的時候也曾回答過我們，「吳優思」、「莫有史」、「無有事」？……他還有一些其他亂七八糟的名字，被我們從鳥語中翻譯過來，其實誰都知道這裡面沒有一個是真的。在我們孔莊、劉窪、魚鹹堡一帶，大家都習慣隨便使用假名字，這是我們祖上遷來時就留下的習慣，他們多是殺人越貨、作奸犯科的人，流放者，販賣私鹽和人口的，土匪或偷盜者，駐紮在徐官屯、劉官屯的官兵也怕我們幾分，輕易不來我們這片荒蠻之地，我們和他們井水不犯河水，倒也相安。所以那個人隨便報個什麼名字我們也不會多問，能來到這裡的人要麼是走投無路的人，要麼是被拐賣和搶掠來的——有個名字，只是方便稱呼，在此之前他叫什麼幹過什麼都沒有關係。不過，多年之後，在這個「吳優思」或「無有事」變沒之後，我們孔莊、劉窪、魚鹹堡的人都還在猜測這個會變形的魔術師究竟是不是那個人，是不是讓大清官府聞風喪膽的人……這事兒，說來話兒就長了。

他最後……他最後變沒了，真的是沒了，我們找了他幾天幾夜也不知道他是死是活，我說了他會變形，可那時他已很老了，腿上、肩上都有傷——這絕不是一句話兩句話就能解釋清的事兒，這樣吧，你還是聽我從頭講起吧，真的是說來話長。

1

同治六年，秋天，葦絮發白、鱸魚正肥的時候。

那年我十四歲，我弟弟六歲。

我隨父親、四叔他們出海，剛剛捕魚回來。我的弟弟，李博，跟在我父親的屁股後面像一條黏黏的跟屁蟲，他根本不顧及我們的忙亂：「來了個變戲法兒的！他會變！」「來了個變戲法兒的！他會變！」「來了個變戲法兒的！他能變魚！能變鳥！他還能變成烏龜呢！」……

他在後面跟著，反反覆覆，後來他轉到我的屁股後面，一臉紅豔豔的光。我說去去去，誰沒見過變戲法的啊，沒看我們正忙著麼！他只停了一小會兒，又跟上去，扯著自己的嗓子：「他會變！他自己會變！他可厲害啦！不信，問咱娘去！」

變形魔術師來了。來到了這片大窪。

在我們將捕到的魚裝進筐裡的時候，四嬸她們一邊幫忙一邊談起那個魔術師，她們說得神采飛揚。

在我們將魚的肚子剖開，掏出牠們腸子的時候，鄰居秋旺和他的兒子過來串門兒，話題三繞兩繞又繞到了魔術師的身上，一向木訥的秋旺，嘴上竟然也彷彿懸了一條河。

在我們將魚泡在水缸，放上鹽和蔥段兒，醃製起來的時候，愛講古的謝之仁過來喝茶，他也談到了魔術師，談到了他的變形，謝之仁說，這個魔術師的變形其實是一種很厲害的妖法。有沒有比這更厲害的妖法?有，當然有啦！你們知道宋朝的包拯麼?他有一次和一個妖僧鬥法，差一點沒讓那個妖僧給吃了！也多虧他是天上星宿下凡，神仙們都護著他。後來包黑子聽了一個道士的建議，叫王朝、馬漢、展昭弄了三大盆狗血，等那妖僧大搖大擺出現的時候，三人一起朝他的身上潑……那個妖僧沒來得及變形，就被抓住啦！包拯說來人哪將這個妖僧給我推出去斬首！也是那妖僧命不該絕。在法場上，人山人海，為了防止他逃跑官兵們裡三層外三層，每個人都端著一盆狗血，馬上就要到午時了，包拯覺得這沒事了，吩咐下去，給我斬！劊子手提著刀就上——可是，就愣讓那個妖僧給跑啦！問題出在哪兒？問題出在劊子手的身上！你猜怎麼著？本來，那個妖僧身上盡是狗血，他的法術施展不出來……

我們的耳朵裡長出厚厚的繭子，我們耳朵裡，裝下的都是關於那個會變形的魔術師的話題，它們就像一條條的蟲子。

「怎麼樣，我沒騙你吧？」我弟弟抹掉他長長的鼻涕，他那麼得意。

「你帶我去看！」

我們趕到的時候已經有許多人圍在了那裡，空氣中滿是劣質菸草的味道，孩子們奔跑著就像一隊混亂的梭魚。「我說要早點兒來嘛！」弟弟的聲音並沒顯出任何的不滿，他擠過去，將一枚銅錢響亮地丟進了一個銅盆中。那裡已經有幾枚「康熙通寶」和「嘉慶通寶」，還有一個大海螺。我弟弟想了想，將他手上的一隻螃蟹也放進銅盤，這個動作逗起了一陣轟笑。

大家站著，坐著，赤膊的趙石裸露著他的紋身，他身上刺了一條難看的魚；而劉一海和趙平祥則顯示了自己的疤痕，幾個不安分的男人在嬸嬸、嫂子的背後動手動腳，惹來一陣笑罵，曹三嬸嬸提起褲子，將自己的一隻鞋朝誰的身上甩去，她的那隻鞋跑遠了，一直跑進了葦蕩——「挨千刀的！把你老娘的鞋給我送回來！」……我們要等的變形魔術師沒有出現。

「他怎麼還不出來？」我問。劉一海向前探了探他的頭，「嫌盤子裡的錢少吧！我們把他給喊出來！」

「我們去看看！」一群孩子自告奮勇，他們梭魚一樣擺動背鰭，飛快穿過人群游到屋門外。在門外，他們為誰先進去發生了爭執，一個孩子被推倒在地上。突然間，他們一轟而散，被推倒的孩子也迅速地爬起來，帶著塵土鑽入人群。

變戲法兒的，那個變形魔術師終於出來了。

他向我們拱手，亮相，趙石用他辣魚頭一樣的嗓音大聲喊了一句「好！」，坐著，站著，赤膊的，納鞋的全都笑了起來。那個人也笑了笑，說了一句鳥語，伸手，指向一個角落——

順著他手指的方向，我看到的是一面斑駁的牆，幾簇蘆葦，一隻螞蚱嗒嗒嗒地飛向了另外的蘆葦。這沒什麼特別。然而，當我的目光再回到剛才的位置，魔術師已經沒了，他消失了，在他剛才的位置上多了一隻肥大的蘆花公雞。你看牠——

「這就是他變的！」弟弟用力地抓著我的手，「他變成雞啦，他變成雞啦！」

那隻雞，在孔莊、劉窪、魚鹹堡人的口中後來越傳越神，多年之後，我隨叔叔到滄縣賣魚，得知我們是從劉窪來的，買魚的人都聚在一起，七嘴八舌：「你們那裡有個蠻子，會變戲法，能變成一隻金雞，是不是真的？」「牠的眼睛真的是夜明珠？在晚上會發紅光？」「聽說，是誰悄悄拔了一根雞毛，後來他就用這根金雞毛買了一處田產？」……

我反覆跟他們說不，不是，他變成的是一隻普通的雞，一隻大公雞，只是比一般的公雞更高大些，而且，牠還能捉蟲子。而我叔叔，則在一旁樂得合不攏嘴：「你就說實話吧！那金雞又不是咱家的，你怕人家搶了不成？鄉親們，等我把魚賣完了，我和你們說！這個孩子，唉，像是得了人家好處似的！」

天地良心，那天，我所說的變形魔術師變成的真的就是一隻大公雞，普普通通的大公雞，和我平時所見的公雞們沒什麼大不同，可我叔叔卻賣足了關子，似乎那天魔術師變出的真是金雞，而我在說謊，向別人做什麼隱瞞。魚，倒是很快就賣出去了。

好了，我接著說那一天的魔術。

只見那隻公雞，從桌子上面跳下來，昂首發出一聲嘹亮的雞鳴，我們一起扯起嗓子，「好！」有幾個嬸嬸嫂子再次向銅盤裡面丟下銅錢，叮叮噹噹——那隻雞，昂首闊步，來到牆角的草叢，捉出一隻綠色的小蟲，又是一片的「好」。牠扇動兩下翅膀，彷彿有一團霧從地面上升起，突然間，那隻公雞不見了，草地上多了一條青色的魚。這條魚，張大了口，一張，一闔，然後跳了兩下，又是一團淡淡的霧，我看見，一隻野兔飛快地騰起，躍進了葦叢，而那隻翻騰的魚已不知去向。

葦蕩嘩嘩響著，葦花向兩邊分開，我們看見，那個變形魔術師從裡邊向我們走來，他的衣服上掛滿了白灰色的飛絮。「好！」我們喊著，將自己的嗓子喊出了洞，我弟弟的下頜因為喊得更為劇烈而脫了位，許多天都不敢大口吃飯，平日愛吃的海蟹也不再吃了，他將自己的那份兒全偷偷送給了魔術師，放進了他的銅盤。

2

就這樣，來路不明的變形魔術師就在孔莊、劉窪和魚鹹堡交界的大窪裡住了下來，並且生出了根鬚。他住在兩間舊茅草房裡，那裡原是有人住的，在半年前，舊草房的主人孔二愣子因在姚官屯嫖妓與人鬥毆被抓，然後牽出販賣私鹽、偷盜殺人的案子，被砍了頭。據說，變形魔術師住進孔二愣子的草房之後孔二愣子還回來過，當然回來的是他的鬼魂。他回來的時候魔術師還沒有睡覺，他正在看一本《奇門遁甲》，一陣陰風之後孔二愣子提著他的頭就出現在魔術師的對面，他脖腔那裡還不停地冒著一個個血泡。變形魔術師不慌不忙。他拿出一塊石頭將它變成了一把桃木劍，然後又順手抓了幾片葦葉，撕碎，一抖，變成了一把冥錢。提著自己頭的孔二愣子不由得倒退幾步，別看他成了鬼魂，他也依然知道自己遇到高人了。要是換成別人，拿了冥錢就走也就沒事了，可這孔二愣子的愣勁上來了，他偏不，於是他將自己的頭放在桌上，騰出兩隻手朝變形魔術師惡狠狠撲去！魔術師一閃身，揮動桃木劍刺向孔二愣子，要知道這孔二愣子也練過多年，於是他們便鬥在一處。孔二愣子的功夫也真是了得，他們你來我往竟然一直打到雞叫頭遍。要知道鬼魂是聽不得雞叫、見不得陽光的，於是孔二愣子就慌了，他變成一隻狐狸就想跑，那個魔術師怎麼能讓他跑得了？要知道他也會變化啊！只見他一晃肩膀，變成了一隻獵犬，三下兩下就將孔二愣子的身子撕成碎片。孔二愣子的頭還放在桌上呢！它一看不好，怎麼辦？變成狐狸跑不了那就變成螞蚱吧！它剛剛變成螞蚱，正要往外面蹦，只見一隻青蛙早在那等著了，青蛙一張嘴，便將螞蚱吞進了肚裡。當然，這隻青蛙還是魔術師變的，要不然哪有那麼巧的事啊！從那天之後，孔二愣子的鬼魂就再沒來過。

我不知道這是不是真的，和我們講這些的是謝之仁，他也看出了我和弟弟的不信。「你們不信是不是？我告訴你，孔二愣子被砍頭後，是趙四和趙平祥收的屍！他們肯定知道孔二愣子埋在了什麼地方！你們不是不信麼？你們就去孔二愣子的墳上挖一挖，他的身子肯定是一片一片的肉都被撕爛了，而他的墳裡肯定沒有頭！當時，趙四和趙平祥是將他的頭也埋了進去的……」

不管是不是真的，反正，那個講一口讓人聽不懂的鳥語的變形魔術師就在那裡住了下來。

他是同治六年的秋天來的，那時葦絮發白，鱸魚正肥，河溝裡的螃蟹紛紛上岸，而北方的大雁、野鴨、天鵝落進了葦蕩，肥碩的狐狸、草兔、黃鼠狼出出沒沒，天高雲淡……以往，在這個季節，屯守在姚官屯、徐官屯的官兵會來大窪漁獵，他們會帶來米麵、棉衣、馬匹或者燈油，孔莊、劉窪、魚鹹堡的百姓領一些回來，當然也可以用狐狸和兔子的皮毛，醃製的鳥蛋、魚肉和獸肉去換。這一年，官兵們又來了，可他們帶來的米麵、棉衣和燈油都少得可憐，根本就分不過來。而且，那個細眉毛、滿臉肉球的防守衛還將我們聚在一起，瞇著眼，用鼻孔裡的聲音和我們說話：「聽說你們這裡來了一個南方人……要知道，他可能是朝廷的要犯，率眾謀反！你們最好將他帶過來，誰要知情不報，哼，那可是要吃苦的，那可是要殺頭的！誰告訴我，那個南方人藏在了什麼地方？」

沒有人理會。我聽見背後的人們竊竊私語，大家商議好誰也不能出賣那個魔術師，不管他犯的是什麼罪。「不給我們米麵、棉衣，還想從我們嘴裡撬出東西？姥姥！」「這是個什麼東西？看他那副樣子！媽的，老子可不是嚇大的！」「幹嘛跟他說？我就是說給一隻狗聽也不說給他！」「到我們的地盤上撒野……媽的，不收拾他們一下，他們就不知道鍋是鐵打的！」……

「怎麼，你們不準備說？我告訴你們，我早得到消息了！……」

我們一起，斜著瞧他，用一種和他同樣不屑的神情。要知道，我們多數是土匪、強盜或者流放者的後代，而且在我們這裡，一直把官兵當成是滿人的狗來看，這裡一直湧動著一股驅逐滿人的暗流，和官府作對的暗流。

「你們，你們到底說還是不說！」

——我們沒見過什麼南方人。沒見過。

——他早走啦！他朝南走啦！

——我們哪敢藏匿犯人啊！我們這些好人多守法啊，是不是？

——他走啦，變戲法的人哪裡不去啊！

我們嗡嗡嗡嗡，七嘴八舌，很快，讓那些官兵的頭都大了。「別以為我什麼都不知道！你們想錯啦！給我搜！」

看來，官兵們的確事先得到了線報，他們兵分三路，飛快包圍了魔術師住的那兩間茅草房，將箭放在了弦上——房間裡面靜悄悄的，沒有一點兒的動靜。「你還是快出來吧！你是逃不掉的！」

房子裡面依然風不吹，草不動。細眉毛的軍官叫過來一個士兵，兩個人竊竊私語了好一會兒，那個士兵使勁地點著頭，軍官用力揮揮手：「放箭！」

箭如飛蝗。我想不出更好的詞兒，在我十一歲那年大窪裡曾鬧過一次蝗災，牠們遮天蔽日，紛亂如麻，的確和那天射向茅草屋的箭有些相像。箭射過後，房間裡依然沒有動靜。

風吹過葦草，吹過箭的末梢的羽毛，嗚嗚嗚嗚地響著。「給我進去搜！」長官下達了命令。四個緊張的官兵步步為營、相互掩護，費了許多力氣才靠近了草屋的門，然後又費了更多的力氣才衝進了屋裡。

「報告防守衛，屋裡沒人！」

「再搜！他明明在屋裡！」

「報告防守衛，我們每一寸都用劍扎過，連油燈和草席也沒放過！可是，屋裡確實沒人！」

不過，士兵們搜出了一張紙，上面歪歪斜斜地畫著一隊小人兒，胸口上寫著「清」字。「誰給叛賊報了信？難道，你們不怕滿門抄斬嗎？」那個防守衛真的生氣啦，他眉頭那裡長出了一個大大的疙瘩，而鼻子歪在一邊：「給我放火燒了！」

「慢！」「不行，不能燒！」「憑什麼燒我們的房子？」「這麼大風，火要是連了葦蕩，不是斷我們活路麼？」……他要燒那房子，我們當然不幹了，孔莊、劉窪、魚鹹堡的人們紛紛聚集過來，將那隊官兵圍在中間。「難道，你們要造反不成？你們有多少腦袋？」他拔出腰間的劍，人群中一片轟笑。「大人，我們都讓你嚇死啦！」

幾個士兵按住暴跳的防守衛，「你們回去吧！我們不燒房子啦！」「不過窩藏疑犯的罪名的確不輕，何況他可能是捻軍的叛賊！上面怪罪下來我們誰都不會好過，最好……」

房子沒燒，講鳥語的魔術師未能抓到，給他通風報信的人也沒有查出來，但官兵們也沒離開大窪。他們駐紮下來，打秋圍。

傍晚時分，一隊大雁鳴叫著落入了無際的葦蕩，在牠們對面，埋伏著的官兵將弓拉滿，等待防守衛一聲命下——突然，那群大雁又迅速地飛了起來，四散而去——「這是怎麼回事？」「是誰沒有藏好，暴露了我們？」

他們在河溝裡下網，用竹子、葦稈和樹枝在水流中建起「迷魂陣」。我們當地叫它「密封子」。第二天，下河的軍士只提著十幾條小魚上岸：「報告防守衛，我們的魚網破了一個大洞，而迷魂陣被人改過了，根本困不住魚！」

隨後，他們去捕捉狐狸、獾、野兔和黃鼠狼，可是，不知道牠們怎麼預先得到了消息，和官兵們捉起了迷藏。

「這些刁民！我一定饒不了他們！」

「大人，這些刁民可不好惹！別和他們一般見識！」……

是誰給講鳥語的魔術師送去了信？他又是如何逃走的？這在我們那裡是一個謎，即便是多年之後。對於這個問題，講鳥語的變形魔術師裝聾作啞，或者講一通莫名其妙的鳥語，讓我們找不到北摸不到南——既然他提供不了什麼線索，那就讓我們的想像來補充吧。後來，在劉銘博和謝之仁的講述中，那天發生的事簡直是一段驚險的傳奇，一波三折，千鈞一髮……

在官兵離開我們大窪之前，眼尖的荷包嬸嬸一眼認出，在身邊和他耳語的那個士兵曾來過孔莊，他是和四個變戲法的一起來的！荷包嬸嬸提醒了我們，是他，是有這麼個人，他給我們表演的是上刀山和鐵槍刺喉。在我們當地，將一切魔術、雜技都稱為「變戲法兒」，每年秋天和春節，變戲法的都會來我們大窪表演，換點銀錢、鹹魚或一些稀奇古怪的貝殼什麼的。那年秋天，他們受到了冷落，無論鐵槍刺喉、三仙歸洞、大變活人都不如變形魔術師的技法來得新鮮、刺激，他們的戲法兒甚至吸引不到孩子。
「他竟然引官兵來報復！」我們最瞧不起這樣的人啦！後來，第二年吧，那些變戲法兒的又來過一次，他們打開場子準備表演，孔莊、劉窪、魚鹹堡的男男女女老老少少，呸呸呸呸呸呸呸呸！我們用唾沫將他們噴走了，從那之後這些變戲法的便再沒來過。

3

同治六年的冬天特別地冷，大雪一場連著一場，在那個冬天，從窗戶裡爬進爬出成為我們的家常便飯，因為大門被雪給堵住了，剛剛清掃乾淨，第二天早晨去推門，依然推不開；大雪又下了一夜，風將我們清掃過的雪又送了回來。「簷冰滴鵝管，屋瓦鏤魚鱗」，我弟弟學會了兩句詩，他在屋裡屋外反反覆覆地念，據說是好講古的謝之仁教給他的，只教了這麼兩句。

收割完葦草，除了鑿冰捕魚，打打野兔狐狸，大窪的男人們閒了下來。閒下來的男人幹什麼？那年我只有十四歲，能知道的不多，只知道他們打牌、串門、喝酒，而有些人，似乎在密謀著什麼，我和弟弟一出現在他們的視線裡他們就顧左右而言其他，說一些亂七八糟缺少邏輯的話題。那一年，我感覺空氣裡有一股讓人緊張的味道，等你用力吸一下鼻子，這股味道卻沒了，好像並不存在。那年，我時不時聽人抱怨，抱怨大雪，抱怨滄縣設立的層層關卡，抱怨層出不窮的苛捐，抱怨身上的棉衣太薄打酒的錢太少等等等等。那年我十四歲，我的心思沒在這裡，我的腿，時常會帶我到謝之仁家或劉銘博的家裡去。他們那裡，有永遠也倒不完的各種故事。而且，那一年冬天，我又有一個新的去處，那就是講鳥語的魔術師的房間。

那個新去處，不只是我一個人的。

全家四個兄弟給魔術師扛來了葦草，他們的葦草滿滿堆在屋後，足夠明年開春前燒柴使用。四個人，粗壯地扭捏幾下，最後老大提出了要求：「這位，師傅，你能不能，能不能教給我們點石成金的口訣？要不，將，將這塊石頭變成金子也行。」碩壯的三兄弟從葦草中搬出一塊幾乎可以稱得上巨大的石頭。

趙石提來兩桶酒，他的要求是，請魔術師將他背後的羅鍋變沒，上一次他去滄縣販魚，就因為這個羅鍋被官兵抓住審問了三天，他們說，某大戶人家失竊，鄰居和地保一直追了三四里，竊賊就是一個羅鍋。「哼，那一票本來就是他做的！在我們面前還裝！」我叔叔一臉不屑，他告誡我和弟弟，無論做什麼事都要敢做敢當，別兩面三刀陽奉陰違，他最瞧不上那樣的人，大窪的老老少少也瞧不上那樣的人。我父親在一旁聽著，他的鼻孔輕輕「哼」了一聲，然後低下頭，將身邊的葦葉一片片撿起。

我叔叔也提了要求，他想當變形魔術師的徒弟專心學習變形，「到那時候，我才不會像現在這麼辛苦呢！想吃魚，變一張網，自己一提魚就上來啦！想吃雁肉，也好辦，就在雁灘那裡變一棵蘆葦，大雁落下了，睡著了，馬上變回來，一把抓住牠的脖子！」

劉一海一手提著一袋大米，一手提著一把刀子，走進了魔術師的房間。他的要求比我叔叔的簡單，他只要求學一樣，就是變一條蛇。「劉一海為什麼想變蛇？」劉銘博給出的答案是，為了盜竊方便。要知道，劉一海可是我們大窪乃至滄縣、河間一帶有名的大盜，據說他曾三次偷得知府的大印，在濟南府大牢裡，他將兩個被抓的兄弟從衛兵的眼皮下面偷出來，三天之後才被發覺，劉一海和他的兄弟早已無影無蹤。要是學得了變蛇的戲法兒，劉一海肯定是如虎添翼，誰也奈何不了他。謝之仁當然不會同意劉銘博的推斷，他說，現在劉一海的功夫就如此了得，他根本不需變蛇來添什麼翼。那他為什麼想變蛇？謝之仁給出的理由是，一是劉一海屬相肖蛇，他一直把蛇看成是自己的保護神，這樣一個生性殘暴的人卻從來沒有打過蛇；二是劉一海有個特別的嗜好，就是好聽人家新房，願意聽人家新婚夫妻的悄悄話，以至於在大窪幾個村堡裡新婚夫妻有的在前幾夜都不敢脫衣睡覺。學會了變蛇，劉一海就更方便了，只要有條縫他就可以鑽到屋裡面去，新婚夫婦就更加防不勝防……謝之仁的話最終傳到了劉一海的耳朵裡。某天晚上，謝之仁被劉一海以喝酒為名叫了出去，回來時將他的妻子嚇得摔倒在地上：謝之仁的嘴，厚厚地腫起來，就像戲劇裡豬八戒的樣子，比豬八戒難看多了。

趙四嫂子是和我嬸嬸一起去的，她送去的是一件舊棉衣。在一番吞吞吐吐之後，還是我嬸嬸代她提出了要求：她希望，魔術師能給她變一種蝴蝶，藍色的蝴蝶，上面有黑、紅相間的花紋。

我嬸嬸將躲在一邊的趙四嫂子向前推了推：「她也沒見過那種蝴蝶。是她娘講的。她娘是逃難逃到這邊來的。唉，也是苦命人啊。老人臨死的時候，總跟她提起那蝴蝶怎樣，那蝴蝶怎樣。先生你是南方人，一定見過那種蝴蝶吧？」我嬸嬸拍拍趙四嫂子的肩：「先生，你就當行行好，行不？我覺得變一下也不損你什麼，可對她來說，也算了一樁心事是不？」……

後來，那些密謀者也來了，他們神神祕祕，一副見不得光見不得風吹草動的樣子。後面的話是我父親說的，是對我叔叔說的，因為入冬之後叔叔時常和他們在一起，他也變得魂不守舍起來。我父親說完之後便沉下臉，繼續編他的筐，去皮的葦稈在他手裡生出了刺，他的筐越來越難看。叔叔也沒說什麼，他只是用力地使用了一下眼白，他的這個動作被我看在了眼裡。

密謀者們來到魔術師那裡的時候我正巧在場，我在魔術師的對面坐著，一言不發，默默望著外面的積雪。我和他已經坐了整整一個下午，好像對方並不存在，彷彿只是要打發掉無所事事的那些光陰。我幾次想張口和他說點什麼，可不知道是什麼原因，它們被堵在嗓子裡，一個字也沒有出來。遠遠地，我看見兩個密謀者來了，接著是第三個，他們跺腳抖掉鞋上的雪：「去，一邊玩去。我們要說點事兒。」其中一個指著我的鼻子：「聽話。聽話會有好處。」

傍晚，我在魔術師茅草房的外面又看到了那三個密謀者，他們的表情凝重，好像在爭執著什麼。我想，他們肯定在魔術師那裡碰了壁，不然，他們不會是這樣的表情。

看，這個女人到底是個什麼樣的人！孟姜女一上殿，秦始皇就傻啦！真的是垂涎三尺，眼珠子都掉下來啦！那孟姜女長得漂亮！而且，她身上有一股野氣，皇帝後宮裡那些娘娘、妃子一個個都溫順得像貓兒似的，秦始皇早就厭啦！於是他傳旨，這個孟姜女不殺了，納入後宮，封為娘娘！孟姜女說要我當娘娘也行，但我必須去和喜良話個別，我得告訴他一聲。秦始皇沒辦法，好，你去吧！孟姜女一邊哭一邊走，這一天，來到了大窪邊上，她趁著看守她的官兵沒注意，一頭跳下了大海！秦始皇的脾氣多大啊！他一聽就急了：孟姜女跳進大海淹死了？不行！東海龍王得把人還回來！不然，我就用山把他的東海給填平了！你說秦始皇為啥這麼大口氣？因為他有一個寶貝。什麼寶貝？他有一條趕山鞭，這可是大禹治水的時候用過的。秦始皇揮動鞭子，啪！太行山就裂開了，秦始皇再甩一下，啪！那山轟轟隆隆就朝著東海來了！東海龍王急得像熱鍋上的螞蟻一樣，站不住坐不住，一天到晚唉聲嘆氣。他派龍王三太子去陰間和閻王商量，帶去三百顆夜明珠，可閻王就是不答應，不行，要是人死了還讓她復生，不亂套啦？不行不行，誰說也不行！他再派三太子去和始皇帝商量，那秦始皇的火氣大著呢！不還給我孟姜女，誰說也不行，給我送多少夜明珠也不行！就在東海龍王無計可施的時候，他的女兒，九公主出來說話了。她說父親你別急，我聽說趕山鞭之所以威力無窮是因為鞭梢厲害。我想辦法給你將鞭梢偷來，我們東海就沒事了。龍王說我也聽說了，可是秦始皇一直鞭不離手，晚上睡覺都把鞭梢盤在頭髮裡，你怎麼去偷？九公主說你不用管了，我有辦法。咱再說秦始皇。他把山一路趕著趕到了海邊，這一天，一個太監來報，說在海邊上發現一絕色美女，她正坐在海邊哭呢，看上去比孟姜女還漂亮，你要不要見一見？秦始皇一聽，見，當然要見！這一見，皇帝又傻了，好，封為娘娘！你猜海邊發現的女子是誰？就是，東海龍王的九公主唄！她來偷鞭梢來啦！……」

「明朝的時候，我們這一帶害起了蝗蟲。蝗蟲那個多啊！牠們一飛起來，方圓幾百里都見不到太陽，你要是這時候出門，眼睛睜得再大也看不見自己的手指頭！當時魚鹹堡那裡住著一個大戶人家，姓王，他家養的馬跑出去踩死了一隻螞蚱，可不得了！這隻螞蚱是蝗蟲神的女兒！蝗蟲神生氣啦，指揮他的大軍從王家上面飛過，掀起一陣大風，嗚嗚嗚——這陣風這個大啊！王家房上的瓦都給掀走啦！就連房子的脊檁也掀走啦！接下來，蝗蟲神下令，都給我落下來！鋪天蓋地的螞蚱們一起落到了王家，他家的房子就轟得一聲都倒啦，王家人？王家人和他家的馬、狗、雞，一個也沒活，都讓螞蚱給壓成了肉餅！這事兒後來讓皇帝知道了，這還了得！皇帝一聲令下，派大將軍劉猛帶著三千士兵來到大窪，準備治蝗。大將軍劉猛來啦，一天，他走到滄縣的一個村子，口乾舌燥，喉嚨裡都冒出了白煙！怎麼辦？劉猛將軍看見村外有一口井，可井太深了，搆不著。就在他急得團團亂轉的時候，村裡出來了一個婦人，拿著繩子，提著水桶。劉將軍一看喜出望外，叫人去和那個婦人說借水桶一用，可那婦人說什麼也不答應。你猜那個婦人是誰？猜不到吧？她是蝗蟲神變的！原來，蝗蟲神也得到了消息，於是他就變成婦人截住劉猛，刁難他一下，讓劉猛覺得此地百姓刁蠻，心腸太壞，就不會好好治蟲了。他可看錯人啦！只見大將軍劉猛一咬牙一跺腳，跳下馬來走到井邊，扳住井沿，雙手一較勁，嗐！你猜怎麼著？那口井，竟被劉猛將軍給扳倒啦！井水從扳倒的井裡湧出來，後來，那個村子就改名叫扳倒井……」

這些傳奇是謝之仁給我們講的，他的肚子裡裝著太多的故事，它們多數是本地的掌故，你可以在現實中找到它的影子。譬如秦始皇趕山那事兒，九公主最終得手，偷走了鞭梢，怒氣衝衝的秦始皇用足了力氣也只將山趕到了渤海邊上——大些的山叫大山，距離我們大窪四十餘里，小點的山尖叫小山，距離我們只有十多里，謝之仁給我們講這些的時候一抬頭就能看見它。還有扳倒井，的確有這個村子，我和叔叔曾到那裡賣過魚，賣過蝦醬。謝之仁還給我們講過另一類傳奇，那是他從書上看來的，譬如有一次，他叫我們去變形魔術師那裡，問他能不能用土和泥，做成蠟燭？「你們猜，我為什麼要這麼做？」見我們一臉茫然，他撫摸著自己的肚子，給我們講了一個故事。

「大宋時，這一天開封城外來了一個女子，她穿著一身的素衣，端著一個舊碗，坐在一個土坡上，向過路的行人說道：各位鄉親，我是一外地人，和丈夫一起來此想做點小生意，不料我丈夫得了風寒，一病不起，求大家給我點水喝，給點飯吃，給點小錢讓我度日。當然我也不白要大家的錢，這樣吧，我每天做十支蠟燭賣，一支一文錢，有哪位鄉親肯行行好呢？那些過路的人只見她一身素衣，一只舊碗，哪裡有什麼蠟燭？這時有一個好事的人過來，說，姑娘，我買一支，你給我拿來。那個女子不慌不忙，她說我的蠟燭得當著你們的面來做，好用得很呢！這樣，請你拿我的碗去，給我端一碗水來。那個好事的人一聽，當著我的面做蠟燭？行啊！可你沒有蠟油沒有絲線怎麼做？拿什麼做？要一碗水，行啊，我馬上就給你端去！我非要看看你拿什麼來做這蠟燭！他打水去了，周圍的人是越聚越多，大家都想看個熱鬧。不一會兒，水來了。只見那個女子將碗裡的水倒在地上，將土和成泥，將泥做成蠟的形狀，吹一口氣，蠟就乾了，她就把用泥土做成的蠟遞給了那個好事的人。那個好事的人當然不幹，他說，我可不是希罕那一文錢，錢我可以給你，但你得給我真正的蠟燭不是？這蠟，這支蠟，只是樣子上像，它能點著麼？那個女子笑了笑，隨手借了把火鉗，吱的一聲，那蠟還真的點著了！周圍的人一片驚訝！著了著了！還真著了！好事的人沒辦法，只好買了一支拿回家去。他想，不知道這支泥做的蠟燭能點多久？於是他天還沒黑就將蠟燭點著了，第二天天亮，他過去一看，蠟還著呢，而且只燒掉了一小半兒！……」

「你們知道，這個女人是什麼人麼？告訴你們吧，她是妖！她賣泥蠟燭為什麼？她是在等人，後來那個人真的就來啦！在這隻妖的蠱惑之下，那個人後來就起兵反宋，和包黑子他們打了起來……」

我明白了，我們明白了。那時候，官兵正在四處搜捕漏網的捻軍，冬天時滄縣的官兵和差人們還曾又來過兩次，變形魔術師被老劉家藏了起來，那些人又無功而返。後來，老劉家又使了些銀子，縣衙的人傳過話來，這個南蠻是逃荒來的，沒有問題，官府不再追究。謝之仁之所以叫我們去問他會不會和泥搓成蠟燭，肯定覺得他的變形法術大概和宋朝時的妖人功夫一樣，他可能也是妖，他也可能真的參與了謀反，甚至是搶軍的頭目！我們去問過了，先是用手比劃，然後將畫好的圖、寫好的字遞到魔術師的面前。他只看了一眼，就使勁搖了搖頭。他不懂和泥變成可以燃燒的蠟燭。這也許說明不了什麼。

愛吹牛的劉銘博也有倒不完的傳奇，每次開講，他總是先要說「當年，我在某地……」他當過水手，到過我們大窪人難以想像的南方，經歷過大窪人可能永遠都不會有的經歷，所以，多數時候我們知道他是在鼓起腮來吹牛，但還是愛聽。

「當年，我在一個叫簰州的地方當水手，有一次，一位神祕的客人要我們的船送兩箱貨物到一個小鎮上去，那兩個箱子得八個人抬才抬到船上！箱子上貼著橫橫豎豎的封條，那個客人對我們說，誰要是偷看箱子裡的東西，就得推到江裡餵魚！更不用說拿裡面的東西啦！一路上，我們逆流而上，走了七天七夜！你們不知道江裡那個險啊！越走我就越納悶兒，箱子裡裝的是什麼？金銀？財寶？青花瓷？我想不行，我一定得看看！可人家看得很緊，八個大漢都是練家子，黑白守著眼睛一眨都不眨。怎麼辦？好辦！我偷偷抓了八隻烏龜，將牠們翻過來，肚皮朝上，晒到了甲板上。南方有一種鷹，專門愛吃烏龜，牠們一看到我晒到甲板上的龜，眼都紅啦！於是一個個俯衝下來，將那八隻烏龜全抓走啦！你們知道，烏龜的殼多硬，鷹將牠們抓去打不開龜殼也吃不到龜肉不是？那種鷹可有辦法呢，牠們抓起烏龜飛到高處，然後朝石頭上摔，龜殼就裂開啦！你說這和箱子有什麼關係？當然有關係啦！看守箱子的那八個大漢都是禿頭！從上面看，就像一塊塊磨圓的青石，鷹飛得那麼高也看不太清楚，就把他們的禿腦門當成是石頭啦，於是就將抓起的烏龜狠狠朝他們的禿腦門摔去！嘭！嘭嘭嘭嘭！嘭嘭嘭！別看龜殼撞石頭撞不過，可撞人的腦袋，哼！這八個大漢哪經得起烏龜殼的砸？立馬都暈了過去！我飛快地掏出早準備好的藥水，將封條們都完整地啟下來，然後我的幫手，船上的廚師也過來幫忙，他飛快地打開了鎖。這個廚子會開鎖，在船上只有我一個人知道！我們打開箱子一看，啊，可不得了，一箱是金銀，另一箱則全是明晃晃的鋼刀！我和廚子一人分了兩塊金子。等那些大漢醒過來，箱子完好如初，就是當初鎖箱子的人也看不出箱子曾被人動過！可是，也巧了，我們以為做得天衣無縫，偏偏叫另一個人給看到了。誰？也是船上的水手，但他也是長江最厲害的強盜齊粘魚的探子！他當天夜裡穿上特製的夜行衣，潛到水裡，給齊粘魚報信去了。齊粘魚一聽，好！這兩箱東西我都要啦！他還真不是吹，在長江上，只要齊粘魚看上的貨物，他一定能搞到手，從來就沒失手過！這一天，我們的船划著划著，不好！只見前面江面上豎著三十幾根大鐵柱子，船根本就過不去！而且，鐵柱子那邊有兩艘小船，上面站滿了舉著刀槍的人。過不去了。船老大說，調頭調頭。船正準備調頭往回駛，有人來報，後面發現了不少艘船，看上面的標誌應當是齊粘魚的。一聽是齊粘魚的船，船老大一下子就癱軟下去，眼淚、鼻涕全湧了出來。我說不怕不怕。這樣吧，你給我準備兩大鍋沸步飛起兩丈多高，一下跳到了樹上！而其中一隻狼，也跟著跳到了樹上，牠一步一步跟隨著我。我向後退著，馬上要退到樹梢了，那隻狼卻不肯放過我，牠準備把我趕下樹去，另外的兩隻狼還在下面等著呢！我一邊倒退一邊觀察，我發現這種樹的枝條很有韌性，而且我頭上還有一根粗大的樹枝——有辦法了！我抓住上面的樹枝，讓自己退到樹梢的邊上，我的重量將枝條壓得很彎，那隻狼沒有發現我的意圖，緊緊跟過來，就在牠撲向我身體的時候我縱身一躍，腳下的枝條立刻彈了起來彈到狼的臉上，牠完全措手不及，在慌亂中一頭摔了下去！我攀著頭上的枝條向下一看，剛才在樹上的那隻狼已經摔死了，牠原來是金子做的！另外的兩隻狼正圍著牠哭呢！……」

好了，言歸正傳，接下來我要說的是那個變形魔術師的傳奇，它們是由謝之仁和劉銘博共同「創作」的，多年之後，關於魔術師的傳奇，他們二人也無法再辨認出它的本來面目，他們也不知道，是不是他們一起還是其中的一個創造了它。傳奇，漸漸變成了最初的傳播者也意想不到的樣子。

5

講鳥語的魔術師之所以得到劉家的庇護，將他藏起躲過官兵的搜捕，是因為，劉家人把他當成是恩人，因為他救了劉家劉升祥一命。要知道，劉升祥的父親劉謙章可是我們方圓幾十里響噹嗆的人物。

就是那年冬天，大窪人收割完全部的蘆葦，將它們堆積成三十幾座壯觀的小山，它們在被運到外地之前得有人看守，不瞞你說，我們自己也承認，孔莊、劉窪、魚鹹堡一帶的大窪人身上有股賊性，一隻鴨子從窪東走到窪西，牠身上至少會丟一半兒的羽毛，那時你要是仔細看，那隻鴨子已經只剩一條腿了；已經只剩一隻翅膀了；咦，牠的眼睛也只剩一隻啦！冬天一閒，我們更愛偷來偷去的，去誰家串門，一定得想方設法偷點什麼走，「賊不空手」，是我們的規矩，要是被盯得太緊我們就會偷折一根掃帚的苗兒充充數。所以，堆起的蘆葦山是必須要有人看的，往往一兩個人來回巡視，不知不覺中那山就慢慢變成丘，變成台，就得無影無蹤。這一年，劉升祥被他父親安排看窪，他住進了和變形魔術師茅草房不遠的舊房裡。

這一住，劉升祥的身體就垮下來了。他先是眼圈變黑，印堂發暗，後來漸漸沒了精神，坐著站著都如同一灘爛泥，他身上的骨頭彷彿早就變酥了。再後來，二十六歲的劉升祥一病不起，並且他的身體在慢慢縮小，沒有了原來那副身高馬大的樣子。劉窪的醫生，滄縣的醫生，抛莊的巫醫都來看過，他們的看法驚人一致：不行啦，準備後事吧，大約過不了年。就在劉家人心急如焚、悲痛莫名的時候，有人提到了那個講鳥語的魔術師，另外的一個人跟著恍然：「對對對！也許南蠻子有辦法！說不定就是……對了，升祥剛住進窪裡，這傢伙就對升祥左看右看，一個勁兒搖頭。他一定有辦法！」

魔術師被請來了。他盯著劉升祥的眼，一眨不眨地看著，以致給他端水過來的劉謙章感覺自己的身體一陣陣發涼。小半個時辰之後，那魔術師拿過紙、筆，寫下了一個藥方和兩道符。他用鳥語指揮著劉謙章，將一道符貼在脊梁上，而將另一道符貼在門口的樹上——事後劉謙章說，當時他聽魔術師的鳥語並不費力，即使魔術師不打手勢；而劉升祥的病一好，他又一句也聽不懂了，想得腦子都大了，大了的腦子擠得眼睛都鼓出來了可還無濟於事。他叫一個侄子：快，馬上，照著先生的藥方給我把藥抓回來！

他的那個侄子，不一會兒就氣喘吁吁地跑了回來，手裡面，依舊抓著那個藥單。「藥房裡沒人？」「不。」「藥房裡沒藥？」「不。」「那你怎麼沒將藥抓來？」「人家，人家不，不抓給。」「為什麼不抓給？」「人家，人家說，這藥，得，大夫自己去抓，人家怕，怕，怕吃死人。人家說裡面，裡面的藥，太毒啦！就是，不放在一起，也能，也能藥死兩頭牛！」「什麼？」劉謙章拿過藥方，他的手抖出了聲響。

倒是那個魔術師，一點兒都不慌不忙。他用劉謙章當時能聽懂的鳥語，對劉謙章說，你沒必要生氣也沒必要緊張，反正，你兒子也已經不行了，就讓我死馬當活馬醫吧，我保證能將他的病治好。劉謙章沉吟半晌，吐出了他自己咬碎的半枚牙齒：「行！我答應你！你就給他治吧！」想了想，劉謙章又說，「可是，你這藥拿不出來啊！你又不會我們的方言，解釋不清。」「沒問題，我去抓。我自有辦法！」

你還別說，不一會兒，藥還真讓他給抓回來啦。

深夜。北風呼嘯，雪花飄飄。魔術師閂好門，關嚴窗，開始給劉升祥煎藥。劉謙章和他老婆守著火盆兒，伸長脖子，不一會兒劉謙章就聞到一股焦糊的氣味。「有什麼東西燒著了？」他老婆往火盆兒裡看了看，「沒有啊！」「快，是你的手！」就在這時，閂著門的那間屋裡傳來一聲慘叫，接著又是一聲——在我們大窪號稱一霸的劉謙章一下子癱在了炕上，他軟弱得像個孩子：「升祥，升祥啊……」

那慘叫聲一聲緊過一聲，一聲比一聲還慘，那慘勁兒像針一樣像刀子一樣插進劉謙章和他老婆的心裡。「咱不治啦！咱就是看著孩子死也不能讓他，讓他……」劉謙章老婆兩隻都已燒焦的手緊緊抓住劉謙章的右臂，把他的右臂也抓出了血印。「不治啦！」劉謙章用力砸門，門不開，他又去敲窗，魔術師早有防備，他把窗戶已經給釘死啦！「南蠻子！你給我開門！再不開，我讓你不得好死！我把你，剁成肉醬餵王八！」「南蠻子，我日你八輩祖宗！」……

人越聚越多。更多的人加入到叫罵中。那麼多人的罵聲，卻始終也蓋不住劉升祥屋裡的慘叫！「我們把門砸開！媽的，這個南蠻子，他就是變成蒼蠅我也剁他八百刀！」「對，我們砸門！」「那升祥這孩子……」「你們不用管他！」劉謙章瞪著他的紅眼珠兒，他抽出自己的那把大砍刀，當年，它可是砍過不少的骨頭，喝過不少的血。就在大家準備合力撞門的剎那，門突然開了，只見一隻老虎惡煞一樣衝出來！我們大窪是平原地帶，是海灘，我們見過狐狸見過鯨魚見過魚鷹可誰也沒見過真老虎！大家一片尖叫，一片混亂，刀也不敢揮了，斧也不敢砍了，只得眼睜睜看著這隻有血盆大口的老虎馱著赤身裸體的劉升祥朝雪地裡奔去。「我的兒啊！」劉謙章的老婆嘶啞地喊了一聲，就硬硬地摔在地上。大家又一陣忙亂。

啟明星亮起，飄忽的白雪變得黯淡，沒凍掉舌頭的公雞開始打鳴，劉謙章的血眼珠剛剛有些轉動，只聽得屋外有人喊，「升祥回來啦！他到鬼門關轉了一圈，和牛頭馬面打了個招呼，就又回來啦！」「什麼？」「什麼什麼？」

等劉謙章扶著自己的老婆，艱難挪到劉升祥那屋時，劉升祥已躺在炕上。他笑了笑，叫一聲「爹」，叫一聲「娘」——一屋子的人，屋裡屋外的人，他們的淚水洶湧，一直流得滿屋裡都是水流，濕透了他們的鞋子。

劉升祥真的好了起來。當天晚上，他一氣吃上三碗麵條，他的命，真的撿回來啦。後來，劉謙章將變形魔術師開出的藥方進行裝裱，高懸在大廳的牆上——據說一位遠近聞名的中醫看到那個藥方，多年未犯的疼風和牙痛病突然一下子都犯了起來，臨走，他留給劉謙章一句話，「向死而生，這分狠毒我下輩子也長不出來。」那個藥方裡，有硫磺，有巴豆，有砷和水銀。還有人參。

「你們說，魔術師將劉升祥背出去都幹了些什麼？他為什麼要劉升祥赤身裸體？要知道，那可是在冬天，剛下過雪。」

那天晚上，魔術師變形成一隻白眉老虎，馱著赤裸的劉升祥從人群閃出的縫隙裡閃出，朝大窪深處的一片池塘奔去。那時候，劉升祥的身體簡直就是一塊燒紅的鐵，風捲起雪花朝他身上飛來，在距離他半尺的地方「哧」的一聲便蒸發了，變成一縷白色的煙。只見那魔術師將劉升祥放在地上，變回人形，掏出一把鋒利的刀子，刀光飛舞——那刀光並不是衝著劉升祥的身體去的，而是池塘下邊的塘泥。他挖出一塊濕塘泥，叭，貼在劉升祥的前胸，然後又挖出一塊塘泥，叭，貼在劉升祥的後背——劉升祥雙目緊閉，他的身邊籠罩著一團熱氣升騰的霧，貼著他前胸後背的塘泥很快變成了墨黑色，乾得不見絲毫的水氣。魔術師將原先的這兩塊塘泥敲碎，叭叭，又貼上兩塊新挖出的塘泥……如此七次之後，劉升祥的臉色已由墨黑變得紅潤，這時魔術師一聲大喝，用力拍了一掌：劉升祥吐出一塊拳頭大小、被血絲包裹著的東西，那東西很柔軟就像一團爛掉的肉，散發著惡臭。隨後，劉升祥開始大便，一直拉得有一大截腸子都翻在外面——這時，魔術師重新變成老虎，馱起他，頂著風雪朝村子奔去——

劉升祥吐過、拉過的那個地方，多年之後還散發著一股特別的臭味兒，周圍的蘆葦和各種的野草都變得枯黑，第二年春天也沒開始生長。而且，那個池塘從此之後再也沒抓到過一條魚，要知道在我們大窪，馬蹄大的水窪裡也至少有三條魚，那個池塘有二畝多地，那裡也沒有蚊蟲，害蝗災的年份兒，牠們也不在那裡落腳，你說奇怪不？

……

6

不知為什麼，我感覺同治六年的那個冬天特別的冷，特別的長，它甚至漫過了同治七年的好大一截，以至於草一直不發芽，河水一直不化凍，無所事事的日子也一直過不完。同治六年，我當時十四歲，我感覺冬天特別冷特別長也許是因為我身子單薄，骨頭一凍就被凍透的緣故。不過，我的骨頭裡還有一股隱隱的熱量，它們時不時地衝撞起來，讓我有些不安。

就在那一年，我生出了一個新舌頭，它受幻想、夢、謊言和無中生有的謠言控制，模仿著謝之仁和劉銘博的樣子講述著傳奇。開始，我講給我弟弟聽，比我小的孩子們聽，後來，新生的舌頭有了不滿足。木訥的父親可不喜歡我這樣，雖然謝之仁到我們家來他總顯得興奮異常，臉上有光，但他卻不希望自己的兒子變成那樣的人，「吹牛能當飯吃？吹牛能吹出米來，能吹出錢來，能吹出媳婦來？」有一次，我正給我弟弟和三兩個孩子講那年夏天捻軍和清兵之間的故事，在那裡，變形魔術師被我說成是捻軍將領，他化身知了刺探軍情，在被包圍之後又變成一隻魚鷹飛離了重圍——我講得興高采烈，揮動著手臂，翹起屁股，就在我一回頭的時候發現陰沉的父親站在背後。他惡狠狠地罵了一句，吹牛能吹出米來？光知道胡編亂造！我說，我沒有胡編，這是……當著那群孩子的面，當著弟弟的面，他突然揮動拳頭，打在我的臉上。那一天，我被父親打掉了一顆牙。但他沒有打掉我新生的舌頭，離開我父親的眼，它就會發癢，就會將夢、幻想、事件和無中生有攪在一起，變成傳奇。

不過，我那天所講的故事，講鳥語的魔術師化身知了化身魚鷹的確不是我的編造，它出自於劉銘博的口。那年冬天，劉銘博離開我們前往濟南、保定，據他自己說是販魚買米，回來之後他帶回的卻是捻軍和官兵的戰爭故事。他還帶回了一個女人，那個女人有好看的眉眼，卻長了一顆突出的暴牙——她的這顆牙，在兩個月後被劉銘博給打掉了，同時被打掉的據說還有她肚子裡的孩子。當天晚上，這個女人就離開了孔莊，再也沒有消息。我母親說，她就像絲瓜秧上的謊花兒，跟過劉銘博這樣的人，她的一輩子就算毀了。

「西捻梁王張忠禹率三十萬大軍浩浩蕩蕩殺過濟南，殺向京城，一路上過關斬將，殺得天昏地暗血流成河……同治皇帝這個急啊，他急得滿嘴都是血泡，『眾眾眾位大臣，你你你們有什麼辦辦法退兵啊？我給給你升官！』這時，大殿上站起一人。誰？左宗棠。他說皇上你不用著急，我自有妙計。西捻梁王張忠禹之所以如此這般戰無不勝，全靠他手下有一異士，此人名叫吳優思。他會三十六種變化，能夠搓草為馬，撒豆成兵，只有破掉這個人的妖法，我們才可能取勝。『怎麼破掉他的妖法？』左宗棠說也好破。你讓我們的弓箭手臉上塗上狗血，箭頭上塗上狗血，城牆上貼上符，然後將叛軍周圍的草全部燒掉，將糧倉和老百姓家的綠豆黃豆紅豆都收集起來運走，吳優思的妖法就算破了。他的妖法一破，捻軍也就算完啦！『好！准奏！就按你講的去準備！』」

「官兵的準備早讓吳優思知道啦。他怎麼知道的？因為他會三十六種變化，深入對方大營易如反掌，他變成一隻知了落在官兵統帥營帳外面的槐樹上，看了個滿眼，聽了個滿耳。回去後，他馬上來到張忠禹的大帳裡，『不好了，官兵那邊有高人指點，我的法術被人家識破了。我們先撤兵，以後再做打算吧！』張忠禹張閻王一聽急了，『什麼，撤兵？姥姥的，門兒都沒有！我還有不到百里就殺到京城了，馬上就要活捉同治狗皇帝啦，現在撤兵？不行！』吳優思也著急啊，『梁王，這次非同小可，在我們三十萬大軍中，有十五萬豆兵啊！只要一交手，它們很快就會變回豆子，就一點兒的用都沒有了！』張忠禹一聽怎麼著，你威脅我？我梁王是什麼人啊，沒你那十五萬，剩下的十五萬兵我也能贏！再說，再說我張閻王把你砍了！」

「果然不出吳優思所料，第二天，兩軍一對陣，官兵那邊一陣狗血的亂箭，吳優思撒豆變成的兵一粒粒都變成豆子啦！捻軍裡面一片慌亂，『不好啦，清兵的箭用了妖法，射到身上就變成豆子啦！再也變不回人形啦！我們快跑吧！』兵敗，可真的是如山倒啊！這一仗，直打得捻軍丟盔棄甲，屍橫遍野，他們流出的血，形成了四條彎彎曲曲的河，我去濟南的時候，有一條血河還在，一頭牛去河裡飲水，結果不小心掉了下去淹死啦。吳優思保護著梁王張忠禹且戰且退，退到了茌平南鎮一個叫玉磧坡的地方。張忠禹實在走不動啦，他背靠一塊白色的大石頭休息，忽然覺得背後一陣陣發冷。要知道那是三伏天啊！梁王感覺不好，叫來一個當地人，這叫什麼地方？叫玉磧坡。噢。那我靠的這塊石頭呢？它怎麼這麼特別？那個人說了，這塊石頭是自己從天上掉下來的，有四十多年了吧，我們叫它斬王石，至於為什麼這麼叫我也不清楚，反正大家都這麼叫。張忠禹一聽大嘆三聲，天亡我也！我張忠禹要在這裡隕落，要在這裡被殺啊！隨後，他對吳優思說，『吳將軍你懂得法術，我們被困這裡走不掉了，但你是可以走的，這樣吧，你帶上我的寶刀走吧，要是你有機會逃脫找到我的孩子就將這把刀給他，讓他給我報仇！』吳優思哪裡肯聽？他說梁王不必多慮，我吳優思現在別的法術已經沒用了，但救你出重圍還是能辦到的！說著，吳優思就要施法，但張忠禹一把抓住了他：『天要亡我，我怎麼能違背天意一個人偷生？我意已決，我要學那楚霸王，江東我是不過的！』這時，喊殺陣陣，官兵們裡三層外三層，像一張大網圍過來。張忠禹率領殘部邊打邊退，打到徒陡河邊的時候就只剩下八九個人啦！官兵多少？七十萬人！他們苦苦哀求：梁王你跟著吳將軍跑吧，不然就來不及啦！那張忠禹是什麼人？血性男兒，頂天立地的大英雄！他長嘯一聲，將寶刀遞到吳優思將軍的手裡，然後一縱身，跳下了徒陡河！撲通撲通撲通撲通！那些捻兵也跟著一起跳下了徒陡河。本來，徒陡河的河水並不很急，可是這幾天的生死大戰，戰死將士的血也流匯到這條河裡，使得這條徒陡河變得洶湧、湍急，水流的聲響三十里地以外都能聽得見，他們一跳下去，立刻就沒了蹤影。吳優思對著河水磕了三個頭，然後一咬牙，一轉身，變成一隻魚鷹……」

劉銘博帶回的故事一時間在我們孔莊、劉窪、魚鹹堡一帶家喻戶曉，沸沸揚揚。閒暇的漫長冬天有利於傳播——「他是捻軍的將軍？那他一定殺過不少人吧！」「那還用說！聽說在南方，一提張忠禹，孩子都不敢哭，就是山裡的老虎也會唬得掉頭就跑！」「捻軍一定積攢不少的金銀財寶吧？既然吳優思是最後逃出來的人，那他身上也許會有捻軍的藏寶圖！」「你怎麼知道這個吳優思就是我們這裡的無有事？天下重名重姓的人多得是！我們魚鹹堡光趙祥就有五個，一個個窮得光著屁股，也不見誰祥了起來。」「屁話！天下會變形的人，又叫吳優思的人有幾個？你的腦袋讓驢踢過？」「你的才讓驢踢過呢！劉銘博的話，哼，你也全信？他捕風捉影呢？」

或者：「捻軍他們也真是傻。要跑到我們這片窪，別說五十萬清兵，就是五百萬也一定讓他有來無回！」「張忠禹是黑虎化身，不是龍，所以他就根本不該去打京城！虎和龍鬥，不是找死麼？」「要是他們打到這來，老子一定參加捻軍，媽的，這種日子老子早過夠了！」「就是就是，殺了那狗皇帝，我們也弄個元帥、丞相當當！」「我們先殺到滄縣，把姚官屯的那些官兵綁起來，一刀一個，咔咔咔，把他們的腦袋挖空後當尿壺！」「聽說京城裡那些格格、小姐的身子白得就像雪，一掐就出水！她們在炕上，那滋味，嘖，你想都想不出來！」「我們反到京城，頂不濟也打下直隸府，一個摟個格格，一個摟個小姐的搞一搞！」「捻軍不來老子也想反啦！」……我的耳朵裡灌滿了這樣的話語，它們真的形成了厚厚的繭，我用葦稈兒的一截將它們掏出來，丟在一條小溝裡，引起了兩條黑魚的爭奪，牠們用頭撞開厚厚的冰，將繭子們吞下去。孔莊、劉窪、魚鹹堡一帶地處偏僻，條件惡劣，我們祖上遺傳的匪氣、暴氣就藏在我們的血脈裡，它們每隔一段時間就會間歇發作，不必太當真。在我們這一帶，罵罵皇帝老子，說些所謂大逆不道的話是一件經常的事兒，你要連這些都不敢說，就不會有人瞧得起你，覺得你是個膽小的廢物。至少，我們誰也不願意在嘴上就成了廢物。

「我們跟著這個魔術師造反吧！憑什麼他們吃香喝辣，老子只能這樣！」

對劉銘博的故事，謝之仁像慣常一樣嗤之以鼻，他認定，劉銘博的說法完全是捕風捉影，毫無根據：「純屬胡扯！你們都常去他那裡，你們誰看見他那裡藏著一把寶刀？要是有，不早讓誰偷出來啦？」「他要是會三十六變變成鷹，那他為什麼不直接飛回家去卻待在我們這裡受罪？」

想想，也是。謝之仁的說法還真有些道理。魔術師那裡要真是有什麼寶刀，以我們孔莊、劉窪、魚鹹堡這些人的賊性，有十把也早給他偷走啦。就是他將那把寶刀變成碗筷，變成凳子，變成鐮刀或者其他的什麼，也早就被誰偷回家裡了——其實他的碗筷、凳子或其他的什麼還真的丟過不只一次。某個人將它們偷回家去，用水泡，用火燒，再澆上狗血、兔血、狐狸血，希望它們「變回原形」，變成金子銀子，然而結果卻讓人失望。過不幾天，魔術師的東西就會失而復得一次，接下來，它們又將丟失一次，另外的人又將它們偷走，水泡、火燒地重新折騰一次。魔術師屋裡的東西就這樣失失得得，到春天來的時候他已經習慣啦。

7

「唉，我的銀子怎麼不見啦！」

「怎麼會？咱家又沒誰來！你一定是自己放忘了！」

「胡說！我明明放在這裡了，我藏得很嚴！是不是，你拿去喝酒了？再不就是，討好哪個狐狸精去了！」

「我沒拿！你別瞎說！」

「你沒拿？前天我往裡面放錢，只有你看見了！難道它自己會飛？你說，昨天我去趙三嬸家織布，你，你一定偷拿了錢出去了！」

「我昨天一天都沒出這個門！」

「那好，你沒出門，那錢怎麼丟了？你不說清楚我就到房上去喊，看是丟誰的臉！」女人不依不饒。

「我……我昨天……在屋裡編筐，對了，那些筐在編房裡呢，不信你去看！」

「放屁！你從秋天就開始編，那麼多扭扭歪歪的糞筐誰知道哪個是你新編的，到底是不是新編的！我告訴你，今天你就是編也得編圓了，編得我信了！你開始編吧！你說，錢上哪去了！」

「我昨天在屋裡編筐……編著編著，看見……看見了一隻蘆花雞，是，像是咱家那隻，又不太像。我當時想，咦，雞怎麼進屋裡來了？看來牠也怕冷啊！我趕了牠一下，牠沒出去，我想算了吧，只要不拉屋裡屎就行。等我編完筐，再找那隻蘆花雞，沒了！」

「這和咱的銀子有什麼關係？難道雞能偷錢？」

「我也是剛想明白！我太大意了，你想，咱們這一帶，誰會變成雞？真正的雞不會偷錢，可人變的，會。」

「你說是那個變戲法的南蠻子？不可能吧？」

「怎麼不可能！你說，除了他還能有誰！」

「你們給我過來！說，鍋裡燉好的那隻雞呢？」

「不知道，我們不知道。」

「不知道？你們給老子偷了去還說不知道？想找死啊，想挨鞋底子是不是？」

「我們沒偷！我們真沒偷！」

「媽的，跟老子嘴硬，你看看你嘴角上那油，你一張口，我就聞得到雞肉的味兒！跟老子撒謊，反了你了！」

「我我……我們真沒偷，不信你問姐姐。我們，我們就喝了點雞湯。」

「你再撒謊老子打死你！你說，那雞肉上哪去了？」

「讓貓叼走了！」

「貓？誰家的貓？」

「我們也不知道……是一隻黑貓，全身黑得發亮——對了，就像是魔術師變的那樣！」

「你們說是……」

「對，就是他！」

「你說，你一個姑娘家，你……你讓我們怎麼外出見人？說，孩子是誰的?!」

「孩子，就聽你爹的話吧，你這樣……也不是辦法啊。」

「媽的，老子的臉都讓你丟盡了！說，那個男人是誰?!」

「孩子，你就……都三天了，你準備這樣跟我們耗下去？快說吧，你爹……他也不能害你不是？」

「告訴我，那個男人是誰！我不扒了他的皮！」

「孩子啊，你要你娘死不是？你可是說啊，那個男人到底是誰，娘也好給你出出主意想想辦法……」

「爹，娘，你們就讓我死吧，我不……」

「你就是死，也得把那個男人給我供出來再死！我饒不了他，我一定讓他不得好死！」

「孩子，你說，你想害死你娘不是，你想氣死你爹不是？這種事……我們知道是誰，也好給你……」

「娘啊，我不……我也不知道是誰！」

「胡說！」

「別嚇她啦！你說，你怎麼會不知道呢，你怎麼會不知道是誰呢？」

「我，我真的不知道是誰。那天晚上，我門門睡覺，一轉身，看見……炕上蹲著一隻貓。我嚇了一跳——」

「你怎麼不喊？娘不是在那屋麼？」

「我沒來得及喊。我嚇壞了，伸出腳，將牠一腳踢下了炕。」

「後來呢？」

「後來……那隻貓叫也沒叫，一溜煙，沒有了，門閂著，我也不知道牠是怎麼跑出去的。我半宿沒敢睡。」

「唉，我的傻孩子。」

「後半夜，實在太睏啦，那隻貓也沒再出現，我迷迷糊糊就睡著了。再後來……」

「怎麼了，怎麼了？」

「我感覺……感覺疼，那裡……我睜開眼，看見……」

「你看見了什麼？快，快說！」

「我看見了一條蛇！牠趴在我身上，蛇頭鑽進了我的身體！」

……

我說過，在我們這裡，一切事件都可能變成傳奇，即便它原本平常，毫無波瀾和懸念。講鳥語的魔術師剛來大窪的前幾年，有關他的傳聞實在是太多了，他幾乎無處不在，我們不知道他真真假假地有多少條影子。那個魔術師好像對此一無所知，他改變著自己，越來越像一個出生在孔莊、劉窪、魚鹹堡一帶的窪民，越來越像。只有他的那口鳥語不像，只有他懂得大窪人所不懂的變化，這點兒也不像，不過，他在眾人面前的變化已經越來越少，似乎他怕自己的變化會阻擋他在大家中的融入。

我和我弟弟，還有一些十五歲、十六歲的年輕人相信著魔術師的清白，而我母親、二嬸、謝之仁、劉長鋒等人則憂心忡忡。他們覺得魔術師的到來使大窪原本脆弱的道德律令遭到了巨大破壞，人心不古。他們把打架鬥毆、吸毒嫖娼都看成是受了這個南蠻子的教唆、蠱惑，雖然這些在變形魔術師來之前早就有；他們把偷盜、姑娘們未婚先孕的私情、流言的傳播等等責任都算在了他的頭上，「他不來之前，我們這裡哪有這麼多的事兒……」

我母親她們的憂心在悄悄地蔓延，就連劉謙章、劉升祥他們也難以阻止。「我們讓他搬到劉窪來住吧，和我住一趟房！」劉升祥和自己的父親商量。「那也得看他願不願意過來。再說，再說，」一向爽快的劉謙章突然有些吞吞吐吐，「再說那些事兒也未必都是無中生有……你們剛結婚，就是，就是……別人也肯定瞎說，人嘴太臭啊！」「那，我們出面，給他娶一房媳婦吧！」「也好。就是在哪找合適的人，怎麼去找？」

「這事包在我的身上！」劉銘博用力拍著自己的胸口，同時悄悄地收起劉家送來的酒和碎銀。「咱走過南，闖過北，這點兒小事，易如反掌！絕對讓你們滿意，讓那個南蠻子吳優思滿意！」

這件包在劉銘博身上的小事兒，直到我們三村的「叛亂」被鎮壓下去，直到講鳥語的魔術師悄無聲息地消失，他也沒能完成。

請劉銘博辦事，多數都會沒了下文。

8

現在，該輪到那些密謀者上場啦！

說實話，在我們這片荒蠻之地缺少那種真正意義上的密謀者，他們是些因為皇帝大赦天下而被釋放的罪犯，一肚子委屈、怨天尤人的農民，屢試不中的書生，無所事事卻一腔熱情的少年，懷有俠客夢的鐵匠。後來，我的叔叔也加入到他們的行列，這似乎給他的駝背帶來了些許的榮耀。在我們這片荒蠻而偏僻的窪地，有利於不滿和怨憤的滋生和生長。

不過，事情的起因似乎和那些密謀者並無很大關係，他們是後加入進來的，推波助瀾，直到釀成大事件。事情的起因是我們大窪來了兩個年輕的官差，他們來收民丁稅。他們太咄咄逼人啦！

「怎麼欠收了還長了五錢？不想讓人活啊！」

如果是以往縣衙裡的老官差，他們會端著笑臉和我們解釋，至少會攤攤手表示自己無能為力，在收錢的時候讓上幾個錢，事情也就過去了，可那年，來的是兩個沒長鬍鬚的新手，他們比我大不了幾歲。「不行！說什麼也不行！誰說也不行！馬上把錢交上來吧！」

「差爺，你抬一下手，少收一錢行不行？我們今年的收成，唉。」

「廢什麼話！我們只執行上面的命令！」

「那好，我們就不廢話了！」

結果是，我們將這兩個差人用繩子綁好，嘴裡塞上布條，半夜時分將他們丟在縣衙門口。

「這是我們的民丁稅！」

第二天上午，駐守在徐官屯、姚官屯的官兵來到了大窪，他們叫孔莊、劉窪、魚鹹堡的人都集中在打麥場上。那時，麥子剛剛收割不久，打麥場上熱浪翻滾，晒出了麥稈的氣味和汗水的氣味兒，「你們竟敢毆打官差！不想活了！難道你們敢造反不成！」防守衛臉上的肉球在顫動著，他用手上的劍對著我們的腦袋指指點點。

「老子就是反啦！怎麼樣！」密謀者們開始答話。

一陣混亂之後，防守衛帶來的十幾個官兵被我們打跑了，當然，我們的混亂，官兵們的抵抗和逃跑都帶有一定的遊戲成分，他們多年來大窪圍獵和我們都熟啦，也了解我們的脾氣。他們跑了，把他們的防守衛丟給了我們。被綁起的防守衛依然十分嘴硬。

「官爺，我們出面將你送回去，那些不聽話的兔崽子我們好好管教，所有的稅這幾天一定交齊，這事兒……你看行嗎？」孔莊、劉窪、魚鹹堡三村的老人們出面了，他們可是那些德高望重的人。

「狗屁！你們快把我放了，把那些主使的人抓起來送到官府！這事兒沒完！」

「官爺，你看這樣行不……」

「不行！……」

當天下午，密謀者開始串連：

「官府也太欺人了！他們就不想給我們留一點兒活路！」

「他們都幹了些什麼？你們家二冬不就販幾斤私鹽麼，有什麼大不了的，不是想活命誰肯走險？到現在還沒放回來吧？好，他們不放，我們就將人搶回來！」

「根本是官逼民反啊！現在，我們打了官差，扣了軍官，不反也不成了，不反也是死罪！」

「……我，我沒有參與打官差，也沒參與……」

多識廣的劉銘博和謝之仁支支吾吾，也派不上用場，那些密謀者們只好用他們的想像來部署。所以，我們這裡的起兵儀式極為簡單。就是這樣，在這個簡單的起兵儀式上還出了點小插曲。一個被封為「漢武大將軍」的密謀者宣布，我們的這支隊伍是捻軍的一支，由吳優思將軍指揮，我們將和捻軍的舊部一同起事，殺進京城，把滿族皇帝的頭砍下來當球踢──「現在，請吳優思將軍入座，宣布我們起兵！」

椅子是空著的。等了好大一會兒，講鳥語的、會變形的魔術師也沒有到來，下邊扛著刀槍、鐮刀、鋤頭的腦袋們開始竊竊私語。「大家靜一靜！吳優思將軍馬上就來！我們不要急！」這時，一個密謀者出現在「漢武大將軍」的身側，和他一陣耳語，「大家靜一靜！吳優思將軍為了刺探官兵的動靜，已化身為鷹飛到滄縣去了！臨行前他吩咐，大家要聽我的指揮，違命者，斬！」漢武大將軍在說到「違命者斬」的時候不自覺地帶出了京劇的念白，下邊的刀槍、鐮刀、鋤頭們歪歪斜斜地笑起來。

那個湊到「漢武大將軍」身側和他耳語的密謀者就是我的叔叔，那是他一生中最為榮耀的時刻，以致他最後的步子邁得飄飄然，而臉漲得通紅。多年之後，叔叔跟我說，什麼吳優思將軍化身為鷹、前去滄縣刺探軍情的那些全是謊話，屁話，無稽之談。真實的情況是，他們偷偷殺死那個軍官之後馬上來到魔術師的房子裡，拿來紙筆，和他商量如何起事造反，擁他為王。然而那個魔術師的頭搖得，「不，我不懂帶兵打仗，也不想造反，只想過幾年清閒日子。」那些密謀者用早想好的策略威逼利誘，然而這個魔術師除了嘰嘰呱呱講幾句鳥語之外根本無動於衷。怎麼辦？我叔叔他們偷偷使個眼色，幾個人撲上去，用浸過狗血的繩索將那個魔術師綁成粽子——「這回由不得你啦！我們就是綁，也要將你綁去，你想不參與造反，門兒都沒有！」

就在他們抬著被綁起的魔術師出門，路過葦蕩和被收割完的麥田，下起了那場該死的小雨。雨的確下得不大，沒有影響到他們趕路，然而卻給魔術師的脫逃創造了機會。他們走著，忽然感覺肩上的分量一下子輕了，扁擔上只剩下那條被狗血浸泡過的繩索。「快點！快，那隻螞蚱是他變的！」「不，不對，我覺得，是剛才那隻鵪鶉！」「剛有條蛇從我腳下爬過去！那也許是他！」……

9

大窪三村的造反根本是一場鬧劇，充滿了盲目和滑稽，然而代價卻是慘重的，它重得讓多年之後的大窪人都抬不起頭，更不用說那個慘字啦。每次寫到這個字，墨汁都會慢慢變成紅色，瀰漫著一股濃重的血腥氣——

在密謀者們的率領下，我們趕到小山，不費吹灰之力就打敗了那裡的守軍，咔咔咔咔砍掉了他們的頭。可不等我們下山，就有人來報：官兵們追來啦，他們已將小山團團包圍！「他們有多少人？」「不知道！山腳下全是！」「他們是誰的隊伍？從哪裡來的？」「不知道，我，沒看清楚。」

顯然，這些官兵不是駐守滄縣徐官屯、姚官屯的那支，也不是駐守小山的那支，他們厲害得多，凶狠得多，和他們比較我們這支隊伍完全是烏合之眾，平日的誇誇其談這時起不到一點作用，那根本不能算是一場戰爭而只能算是屠殺，咔咔咔咔，咔咔咔咔——

參加到造反隊伍中的男人們十有八九都丟下了自己的腦袋，他們的血匯聚起幾條彎彎曲曲的小河，一路向北經過高粱地、蘆葦蕩、溪流和鹼灘流回了大窪。我母親打開門，她看見有一股血液的河流聚在門口，馬上哭起來：「你們的父親死啦！你們的父親他回來啦！」她拿出一個舊碗，將門口的血流收進碗裡。後來，這只盛血的碗和我父親的一身舊衣服被埋在村西的新墳裡，那一年村西的新墳多得數不勝數，讓人觸目驚心。

秋天的時候，死去男人們的鬼魂也回到了這裡，每天晚上，它們在墳前的蘆葦蕩裡點起藍灰色的小燈盞，一個個坐在葦葉上，開始它們活著的時候還沒進行完的爭吵，沒完沒了。

「老秦家做的魚湯特別好喝，她放了蔥，卻沒有蔥味兒，放了蒜，卻沒有蒜味兒。那天，我的頭被砍掉了，在我身子歪下去的時候，剛喝過的血湯也從脖腔裡湧出來，我說別啊，別啊，我這輩子再吃不到了，給我剩一點吧！」

「是老秦家的魚湯好還是老秦家的好？別以為我不知道！你們幹的那事兒，除了老秦這個傻蛋你問問誰不清楚！」

「對了，那天玩牌，你偷牌了是不是？我一氣輸了八吊錢！」
「操，我什麼時候要過詐？是你笨，是你手氣太差，要不咱們再來四圈兒！」
「……我一看不好，我拿的是一把鐮刀，怎麼能和人家的鋼刀去碰？於是我一閃身，讓過他的刀鋒，用鐮刀的刀頭順著他的胳膊一拉，他的一條胳膊就只剩下骨頭啦！我不慌不忙，拾起他的鋼刀，嘿，還真是把好刀！那個官兵也傻啦，他舉著自己的胳膊，我把刀給他遞過去，你還打不打了？你不打，我就要你這把刀了！這時，又一個官兵撲了過來，他使的是槍，看得出是練家子，一抖槍上的紅纓，撲，槍尖刺向我的喉嚨！我剛閃過他的槍尖，左邊，一把大刀嗖地一聲朝著我的胸前砍來！我心想你們來吧，看老子怎麼陪你們玩兒！……」
「那你是怎麼被砍死的？」
「……我竄向半空，躲過刀鋒，可那桿槍又到了！在半空中我借不上力，怎麼辦？我猛吸口氣，朝著拿槍的官兵吐出一口濃痰！那口痰，我可是運了氣的！使槍的官兵啊了一聲向後倒去，他的槍就刺得沒有力氣了，我再運口氣，用胸口挺住他的槍頭，藉著他的力氣向後一倒，又剛剛躲開猛砍下來的鋼刀！說時遲那時快，那把刀猛劈在槍桿上……」
「別吹啦！你說，你是怎麼被砍死的？」
「我是怎麼……唉，也是我倒楣，主要是我心軟。那些官兵們見我本事了得，就三五個人一起朝我招呼，你一刀我一槍，把我包圍在裡面。咱什麼陣式沒見過？打唄！可就這時，一顆人頭滾到我的腳下，我用眼一瞥，是趙傻子的！你們知道我平日和趙傻子不錯，我怎麼忍心落腳踩他的頭啊？我只好後退兩步，繞開了他的頭——這下，可給官兵們抓到啦！你不是怕踩壞自己人的頭麼？好，我們把砍下的頭都丟給你，看你怎麼躲！於是，那些官兵有幾個人繼續圍著我打，另外的幾個人則四處拎頭，往我的腳下扔，我跳我跳，再也沒有落腳的地兒啦！沒辦法，我虛晃一招，向後一躍——有個官兵特別地陰，他提著兩個人頭就等著我跳起下落，然後將人頭丟在我腳下……我向下一落感覺不好，腳下有一顆人頭！就在我準備再次躍起的時候，沒注意背後偷襲而來的刀……」

「你他媽的死了還瞎吹！你還說不踩，老子的鼻子都讓你踩沒了，你還我鼻子！」

「本來，我的日子過得還好，飯吃得還有滋味，是誰讓我落得這般田地的？」

「是那些密謀者！我們受了他們的蠱惑，我們是他們害死的，害得我們成了鬼魂！」

死去的密謀者們見勢不妙，「要不是那些凶殘的官兵，我們會死得這麼慘麼？對了，都是那個會變形的魔術師！他要是參與了指揮，我們怎麼會變成這樣？說不定，他是官兵的奸細，滿人的走狗，說不定是他通風報信，走漏了風聲，使得官兵有了防備！」

「可是，我們打了官差，殺了軍人……這不用他去報信？」

「怎麼不用？他在我們這裡生活這麼長時間了，對我們的想法瞭如指掌，所以我們才……我們應當找這個南蠻子報仇！外地人就是不可信。」

「是啊，都是他害得咱們！」

那些鬼魂因為被砍過頭，沒有多少腦子可動，所以很容易相信。雖然有些鬼魂也並不信任密謀者們的話，可大家都相信了也不好再說什麼，都鄉里鄉親的，叔叔大伯地叫著，算了吧！「我們去找南蠻子報仇！」

一時間，魔術師所住的茅草房外圍滿了鬼火，那是死去的冤魂們手裡的燈籠。它們在屋子外面叫嚷，吵得魔術師根本無法睡覺。魔術師寫了幾道符，貼在門口和窗台上，但因為他的符寫在了一種劣質的灰紙上，而南方的符畫和我們這邊的也有較大不同，影響了效果，鬼魂們並沒能被驅散。它們圍著屋子叫嚷，朝屋子的方向扔鬼火：那些鬼火落在牆上便像水滴一樣散碎了，直到浸入到土坯裡去。鬼魂們還在月黑之夜朝著魔術師的房子裡吹氣，它們認定，這會加重他屋子裡的陰氣，讓他儘快地衰老。

10

「我的銅錢呢？它怎麼不見了？它明明放在這兒的！」

「我也不知道，是不是……昨天晚上有一隻貓竄進屋子裡來了！」

「又是他？他偷我的這些錢幹嗎啊！我這日子……」

「說，賣蝦醬的錢呢？你臉上的傷又是怎麼弄的？」

「唉，別提啦！昨天晚上走夜路，來到魚鹹堡的時候，遇到了一個蒙面的賊。」

「編，你就編吧！我聽趙成三說，昨天晚上你和他賭了一夜的錢！他說，你輸了錢想賴帳，讓趙石頭哥倆打的！」

「他媽的這個成三，真是滿嘴裡……我們可以當面對質，看誰在說謊！昨晚，我碰見那個蒙面的賊，他一言不發，就來搶我的錢袋子，我想我們一家人還指著這錢過日子呢，就是要了我的命也不能給你啊！我揮動鐵勺，他根本就靠不上前！突然，我眼前一花，人沒了！我想不好，馬上回頭，錢袋子還在。我將它裝進自己的懷裡，然後轉身，還是沒有！就在我準備推起車子趕路的時候，頭上挨了一悶棍！」

「哼，那你的傷，怎麼在臉上？」

「……你聽我解釋啊！棍子打在我頭上，把我打得，眼前金星直冒，我忍住疼痛一回頭，那個蒙面人就在我的後面！他的拳頭又揮過來，就打在了我的臉上！」

「你說，那個男人是誰？你，你肚子裡的孩子是誰的？」

「我……我不知道！」

「你怎麼會不知道？你自己幹得好事，幹得丟臉的事能不知道？」

「我真的是不知道！我晚上睡覺，閂上門，脫了衣服，忽然發現窗台上有一隻貓……」

「怎麼又是貓？」

「怎麼又是貓？牠本來就是隻貓！我叫牠花花花，牠就來了，躺在我身邊，不一會兒就打起了呼嚕。我想就讓牠在這裡睡吧！誰知道，誰知道，半夜裡……」

「他媽的！我要殺了他！我……」

自打孔莊、劉窪、魚鹹堡三村的造反失敗之後，變形魔術師的日子就越來越不好過，我們，以及比我們小的孩子都受到大人們的告誡，不允許去他那裡玩，不允許再纏著他變形，變成雞、鴨、蛇或者魚。這時候，關於他的流言、傳言也較以前更為迅猛，雖然三個村子少了不少的男人，雖然，那些流言和傳言的製造者也未必相信它們都是真的。不只這些，講鳥語的魔術師還得和夜裡出現的鬼魂們糾纏，他不得不提高警惕。

鬼魂們吹出的陰風也起到了效果，魔術師真的變得衰老，甚至還得了一場大病。要不是劉升祥和他妻子細心照料，他也許會病死在那兩間舊草屋裡，屍體也慢慢腐爛。劉升祥，是那次屠殺中少數活著回來的男人之一，不過他的左腿被敲碎了，成了一個瘸子。我母親只要一看到他一瘸一拐的背影肯定會淚流不止，她恨透了我的叔叔，後來我叔叔的兒子得了一種怪病，嬸嬸來求她想借三兩錢子，我母親明明有卻說自己只有三吊錢了，以致他的病被耽擱下來，死在了炕上。我這個弟弟死後，母親叫我買了三兩銀子的紙，我們在他的墳前燒了整整一夜。這是題外的話了。

同治八年，秋後，南去的鳥群在歇腳之後離開了大窪，葦絮飄飄一片悲涼，那個講鳥語的魔術師在我們那裡進行了最後一次變形表演。它不是一個好結局。

和往常一樣，魔術師變成了雞，然後一陣煙霧，他變成了一條蹦跳的魚，接著是一隻烏龜。烏龜在爬坡的時候摔了一跤，牠不見了，草叢裡多出一條墨綠的蛇——

就在這時，劉桂花的爺爺，外號犟死牛的劉樹林笑嘻嘻地跑過去，突然，他的手裡多出一把雪亮的斧頭，寒光一閃，它剁在蛇的腰部，血立刻噴濺出來——「我叫你禍禍我家孫女，我叫你禍禍我家孫女！」

等眾人拉開淚流滿面的劉樹林，魔術師已恢復了原形，他臉色慘白，血從手指間不斷地湧出來。「你仔細去問問你家孫女，你問問她，到底是和哪個男人睡的！她要再不說實話，我告訴你！」一瘸一拐的劉升祥上場了，他俯下身子，查看著魔術師腰間的傷口，「我也告訴你，要是我的恩人有個三長兩短，我們，我們跟你沒完！」

「你，你敢跟你叔這樣說話？」劉樹林外強中乾，他的聲音很快就小了下去。

11

到這裡，有關變形魔術師的故事也該結束了。我在十四、五歲時生出的舌頭幫助我將他的故事添枝加葉變成了傳奇。現在，我靠這條多生的舌頭吃飯，這是我父親當年所想不到的，即使想得到他也未必喜歡。他喜歡兩類人，一類是英雄、霸主，另一類則是扎扎實實做活兒的農人、漁夫、木匠。很可惜，我兩類都不是。在講述變形魔術師的開始，我計畫將他塑造成一個落難的英雄、霸王，可隨著講述我記起的回憶越來越多，它們使得這則傳奇偏離了原來的計畫，成為現在的樣子。下一次我重新再講一遍，它可能更加面目全非，也可能會丟掉枝葉，老老實實——那是下一次的事。

他從哪裡來？我不知道，我真的不知道，在前面的傳奇中我已經說得很清楚了；他是誰？我也不知道，我只知道，他在大窪生活的那段日子裡，一定沒使用過他的真名字。那麼，他，到哪裡去了？

那一日，他在最後的表演中受傷，傷得很重。劉升祥賣掉一處舊房子，那是他父親劉謙章生前住的，他死在了小山。賣房子幹嗎？給那個魔術師治傷，三鄉八店的大夫郎中巫醫都請來了，他們各自施展著自己的絕活兒，可魔術師的病情還是一日重過一日。犟死牛劉樹林也多次來看過，他一進屋就流起鼻涕，害得劉升祥的妻子從不給這個叔一點兒的好臉色——後來他也不來了。那一天傍晚，魔術師的神色似乎有些好轉，他甚至吃下了三碗魚湯。喝過魚湯後，他叫劉升祥和他妻子都回去吧，他一個人想靜一靜。再二再三，劉升祥夫婦就回到自己家裡。

第二天早上，劉升祥送飯，推門進去，講鳥語的魔術師已經不見了，桌上留了一張紙條和一角破碎的玉。紙條上寫著：不用找我。我已回去。

仔細找過，屋裡沒有。劉升祥跑到屋外，衝著飄起的葦絮大喊，可是除了自己的回聲和風聲，別的再沒聽見。就這樣，會變形成雞、魚、蛇的魔術師，講鳥語的魔術師離開了我們的生活，從此不知去向。後來，劉升祥請來一個道士，讓他和打藍燈籠的鬼魂們說話，然而那些鬼魂們也不知道他是死是活，到底去了哪裡。

我知道的，就是這些。

郵差

某年秋天，我在雲城縣郵政局謀得了一份差事，成為了一名郵差。對於這項工作我談不上喜歡，但至少，它將我從每日的無所事事中打撈上來，所以工作起來還算盡心。而且工作也不算忙，滄州過來的郵車往往在中午或下午一點的時候才到。在等郵車的時間裡我可以和其他的綠同事們天南海北雞毛蒜皮，也可隨手翻翻尚未分發下去的報紙刊物，重溫一下自己的詩人夢。當然這屬於個人的祕密，我有意掩蓋著它，像傷疤一樣羞於示人，從不讓它眾人面前悄悄發芽——好了，打住。事情就是這樣，前年秋天的時候，我在郵政局謀得一份郵差的差事，負責縣城東片和居留、安成兩個鄉鎮的書信往來。順便說一句，安成是我的老家，我在那裡出生並曾當過八年的「小社員」。

關於我的日常，我的工作，包括我這個人，都沒什麼好說的，我知道它對你構不成吸引，所有的日常都那麼大同小異，缺乏新鮮感。所以簡短介紹之後及時打住，後面談的，可能會有趣一些，你只需要再拿出一點點的耐心，一點點，就已足夠。

我發現，每個週一、週五，一個老人都會在下午一點左右準時到來，他衝著每個人笑，儘量讓自己不太顯現，在我們忙碌的時候並不多餘——看來大家都已習慣了他的存在，有時還丟給他一支菸，在搬動報紙或郵包的時候叫他搭一把手——他的左手缺少兩根手指，缺得相當整齊，應當是被什麼鋒利的刀具或機械切掉的。我問過他，他說是公傷，公傷，然後一臉窘態，馬上岔開話題……其他人也不知道這個老人的經歷，只是猜測他大概在外地當過工人，受傷之後回到了雲城，也許無兒無女。他叫杜清明，這個名字就連我們局長都知道，每次我們分完報紙和信，將它們裝進各自的郵袋，這個杜清明就過來一一詢問：「有杜清明的信麼？你查一查，有沒有杜清明的信？」

沒有。當然是沒有。一直沒有。有一次，我認真地問他，他等的是一封什麼樣的信，是什麼人的，其實完全用不著這樣等下去，現在通訊如此發達打個電話問一問就解決了。記得當時我還自告奮勇了一下，「如果你怕說不清楚，你把電話告訴我我給你打。」老人的臉上又帶出了窘態。「沒什麼，沒什麼。我不急。」他被我的熱心弄得……那天沒等我們分完報紙他就走了，週五沒來。他沒來，我的綠同事們反覆提到他，猜測他等的是一封怎樣的信，猜測他為什麼不來……那個週五，我如坐針氈。好在，等下個週一他又來了，在郵車停下時他跟著我們匆匆跑過去將車上的郵件袋一一卸下來，很用了些力氣——從那之後，我再也沒追問他要等的是一封什麼樣的信件，我壓制了自己的好奇。除了颳風下雨，每個週一週五他都準時到來，我們一遍遍回答：沒有。沒來。

在我充當郵差的時間裡，有人給自己寄了一個郵包，裡面是一身淡紫的裙裝和一本《地球是平的》的書。知道她將郵包寄給自己純屬偶然，我說過，在等待郵車來的上午我基本無所事事，用和同事們吹牛，翻閱雜誌來打發等待的時光——那一天，負責收寄郵件的同事接了個電話，於是她叫我先頂替她一下，在我上班後經常被這樣呼來喚去地頂替，都已習慣了。她是在我頂替的時候來的，按照要求填寫了郵寄單據，稱重，交費，隨後離去——郵寄收件人是雲城東片人的某科局，而寄件人一欄填的是：內詳。記得她離開時候我還和她開一句什麼玩笑，針對於這個「內詳」，她似乎沒有應答——這事就算放下了。那天我去送郵包，按平時，將它放在收發室由負責收發的人簽個字就行了，我再騎車去下一家單位，可那天，我到收發室門口的時候發現前面有許多的人在圍觀，還停著兩輛警車……習慣性的好奇心讓我忍不住和負責收發的那個老頭兒打聽究竟發生了什麼，他很健談，很會渲染，一個偶發的車禍讓他說得風生水起，緊張乃至懸疑。他一邊跟我談，一邊撥通了電話，叫收件人來取郵包。於是，我再次見到了那個女人，她的高額骨讓我一眼記出了她來，雖然當時我沒有表示自己的驚訝。後來，我時常想起這個女人，想起她給自己寄的郵包，無論如何，這都算是一件奇怪的事兒，雖然王菲的一首歌中唱道「寫一封情書寄給自己」，但那是歌曲不是生活，何況，在雲城縣這樣一個偏僻之地。她的做法讓我浮想。包括那本書《地球是平的》。後來我忍不住自己也購買了這本書，但我沒能找到任何能解開謎團密碼。是的，我沒想去接近她或者通過什麼渠道打探她的生活，這個發現只是我個人的發現，它也進入

的關係進行彌補，甚至有意在工作的時候顯得懈怠，說幾句風涼話，然而效果並不明顯，我承認，真正的懈怠已經來了，它在我的身體裡突然就越積越厚——就在這時，接連發生了幾件奇怪的事兒。

下午，我將縣城東片的報紙和信一一送完，然後騎車去居留和安成，它們距離縣城都不算遠，居留三公里，安成四公里。在路上，我遇見一個穿白衣的、瘦高的男子，他在我經過他身側的時候看了我兩眼，抬起了右手——我的自行車很快便從他身邊疾馳而過，然而就在那一瞬間，我突然有種莫名的恐懼，一股寒意從骨頭的裡邊散了出來，騎出一百多米，我停下車子，回頭，那個白衣人已走得很遠了。陽光燦爛得有些發燙，路面上閃著細細的白光……所有一切都顯得平常而日常，沒有任何的可疑。我送完居留的報紙和信，然後趕到安成，在遞出報紙的時候，忽然從中間掉出一個暗黃色的信封，它鵝毛般飄曳著落在地上。信很薄，裡面應當只是一張紙片。在撿起它來的瞬間，某個念頭在我大腦裡飛快地閃了一下：在我分撿信件的時候，在郵局裡，似乎並沒有見到這封信。這封信是什麼時候的呢？從郵戳上看，它是兩天前從安徽合肥寄出的，另一郵戳則提示，它到達我的手上就是在今天——當時我並未多想，對郵差來說，某一封信的存在他毫無印象也是正常，許多帶有群發性質的各類廣告信函有時就像一潭洪水，這算不得什麼，何況我當時對自己的工作已經有所懈怠。那個下午天色還早，我就按照信上的地址和姓名敲開了一家房門。許多人都在，開門的是一個花白頭髮的老人，他的眼圈發紅，像是缺少許多根骨頭，所以他不得不依在門框上讓它做些支撐，他伸出的手也在微微顫抖。接過信去的時候，他背後的電話鈴突然響亮而尖銳地響了起來。一個中年男子一邊接著電話一邊痛哭起來。

那天晚上我心情沉重，彷彿葉面積攢了烏雲，彷彿裡面壓上了大小不等的幾塊石頭。我給自己的兩個哥們兒打過電話，幾個人在一起喝了十幾罐啤酒，然後一起去K歌，那天晚上我唱得天昏地暗聲嘶力竭，然而我的心情依然莫名其妙地沉重。在歌廳，我很想和我的哥們聊一聊那天的發生，可又不知從何說起。說什麼呢？我自己除了心情沉重之外理不出任何的頭緒。

三天之後，我在分撿信件的時候又發現了一個那樣的信封，暗黃色。比一般的信封似乎略小。不知為何，我突然有種預感，它來自於何處一時也難以說清楚，但那種預感帶著一股寒意在我心口重重捶擊了一下。它發自本地，收信人是一個熟悉的名字，雖然我們多年已未曾聯繫。他叫呼建，一個詩人。一個落魄的詩人。他還可以算是一個失敗的商人。

在煙霧、混濁的霉味兒和暗淡的光線之間將他從中分辨出來並不是一件容易的事兒，他完全變成了另一副樣子。甚至可以算作「面目全非」。他倒是很輕易地認出了我來，招呼我坐，坐，給我搬來一把滿是灰塵和布滿焦痕的椅子，我知道，焦痕是菸蒂留下的，他有將沒有燃盡的菸蒂丟在桌子或椅子上的不良習慣。我說不坐了還有事兒，他的臉上立刻顯現出不快：你小子現在闊了，不是當年跟在我屁股後面的時候啦，走吧走吧。我只好坐了下來。隨後的時間完全是種煎熬，我們艱難地尋找著話題，有些小心翼翼……我知道，在最近幾年，他從不和人談詩，從不談自己的過去，彷彿其中埋藏了易爆的火藥，埋藏了刺傷他的刀子和令人羞愧的東西。我對他說，他的臉色很不好看，（他摸了一下自己的臉，是嗎？）也許應該出去走走，散一散心。他用鼻孔哼了一聲，側過身子，「我完全是自作自受。弄得眾叛親離。現在沒人嫉妒我了，現在，現在，真讓人高興是不是？」

沉默了一會兒我起身告辭，說實話，看著呼建的樣子我有些心酸，但這種心酸不能在敏感的呼建面前表現出來，多年以來，眾多的挫折給他的身上插滿了刺，使他變成了一隻有些歇斯底里的刺蝟。我說我要送信去了，這是我現在的工作，再見。「再見？」呼建莫名其妙地笑了一下，他站起來穿著藍色短褲的身子，衝我擺了擺手：「我推薦你看一部片子。《莫迪利亞尼》。一個畫家。一定要看。」那封讓我忐忑的信在他手上。

幾乎是逃離。儘管我的自行車騎得很快，但有一根線一直在我前後牽扯著，這根線連在我的骨頭裡，雖然沒有疼痛，雖然那種牽扯時斷時續，可它總是讓人很不舒服。第二天上午我一到郵政局，就有綠同事神祕而興奮地告訴我：「你知道麼？咱縣的那個詩人，呼建，昨天晚上自殺了！」我愣了一下，隨後點點頭，我知道。似乎是真的知道。

呼建的葬禮在一週後舉行，來自滄州、鹽山和山東的一些詩友也參加了他的葬禮，在死亡中，他凸顯了自己的詩人身分，也許這並不是他的所願。我和雲城另一個寫詩的朋友負責招待他們。呼建當過農民，鄉廣播站的記者，雲城某局的辦事員，某服裝廠的業務員，某公司經理，可我們似乎更願意記起他當年的詩人身分。葬禮的那天兩位來自山東的朋友提議要在呼建的墳前開一個小型的詩歌朗誦會，他們專門寫來了長長的悼詩，這個提議最終遭到了呼建父親的拒絕，他沒說拒絕的理由，只是斬釘截鐵：不行，絕對不行。

送走呼建，大家長出口氣，卸掉用在葬禮上的表情，來到一家酒館。在酒桌上，兩位山東客人的要求得到了滿足，他們聲情並茂地進行了朗誦，贏得了三五杯酒和一片掌聲，不過，在他們的詩中，有了一個我不認識的呼建。之後的酒宴一片混亂，出於極為簡單的原因我喝醉了，拉住一位來自滄州的詩友滔滔不絕。我跟他說呼建，說我曾給呼建寫過一首詩不過呼建並沒有看過，題目叫〈那個人〉，其中句子我還記得，那時我就談到了死亡。我跟他說，不管你信不信，呼建的死和我有些關係，和我送出的一封信有關係，我給他送去的時候就有一種預感，當天晚上他就自殺了。我對他說，我絕不是瞎說，幾天前我也送出過一封類似的信，通過派出所的一個朋友查過了，收信人現在已成為死者，他在安徽的路上出了車禍。說著，我的淚水流出來了，因為酒精的緣故後面的發生已記不清楚，和我一起負責招待工作的朋友說我那天又哭又鬧，說了不少胡話，好在大家都喝多了，沒有人當一回事。我問他我到底說了些怎樣的胡話，他仔細想了想，「記不清了。反正當時覺得特別可笑。」

呼建的葬禮之後我請了三天病假，然後又請了兩天，理由半真半假。我的口腔出現了大面積的潰瘍並在我上班時它還未痊癒，正好充當生病的證明，雖然這不足以成為五天病假的理由。應當說我並不是一個膽量很小的人，但那兩封神祕的甚至是過於巧合的信還是讓我心神不寧，我感覺身體裡的一部分，一種游絲一樣的氣，或者說是魂魄，被這兩封信給扯到了空中，使我有些恍惚，莫名地緊張。如果不是母親無窮無盡的嘮叨這個病假我還會繼續請下去，她一邊指責我好吃懶做缺乏上進心根本不理解當父母的心情當父母的艱難，她為我現在這個工作付出了多大的努力，一邊勸導我生活應當有人照顧總這樣下去可不行，你韓姨給介紹了一個條件不錯的應當去見一下別總讓父親母親不省心……我原本想和她聊聊那兩封奇怪的信，但最終我充當了一塊木頭，一個啞巴。

在一疊捆好的信件之間，我又發現了一封那樣的信！我幾乎是跳了起來，啊，啊，我指著那封信，嘴巴裡彷彿堵著一大團棉布。「怎麼啦！怎麼啦？」有兩個綠同事問我，他們看我的樣子有些好笑。我說這封信，這封信有問題。一個同事將信拿了起來，衝著上面的光線照了照，「有什麼問題？沒問題啊。」他將信放下，衝著我露出他的牙齒：「哥們兒，你要不要再請幾天病假？」周圍一片哄笑，包括那個在郵政局裡等他信件的有斷指的老頭兒，也跟著笑了起來。

我找到主任，和他說了前兩封送達後的發生，對他說，這樣的信帶有某種的不祥，帶有死亡的氣息和密碼，我們應當將它們扣下來。主任看了我兩眼，然後拿起那封信仔細地看了看：「它沒什麼特別。它大概是某類廣告信吧。」隨後主任岔開了話題，他談到了呼建的死，說本來也準備去參加葬禮的，但出門在外未能趕回來。主任說，當年他也寫過詩，和呼建很熟，八十年代經常在一起，「後來他生意也做得挺紅火。沒想到一下子就垮了，成了那個樣子。」

在他感慨的間歇我再次提到了信。主任顯出了一絲的不耐煩：「我們的職責是把信送到，你要想如何及時準確地將信送到收信人手上，至於它會造成什麼後果，是什麼內容，都不是你要考慮的事。私扣信件違法，這事我當然不能答應。而且我相信，這兩個人的死亡和你送出的信毫無關係，你要是有這本事，這工作也不用做了。」隨後，他對我最近的工作提出了批評，「已經有幾個人跟我告過狀了。你不能再懈怠下去，那樣誰也保不住你。臨時工我們隨時可以找到。」

信，最終還是送達了收信人的手上。

隨後幾天，都沒有送往那個小區的信件，而報紙放在收發室就可以了，我在經過那個小區的時候總是行色匆匆，故意不去打聽，不去看見。可我還是在小區的門口遇到了送喪的隊伍，他們的出現打碎了我的故意，使我的心沉向了谷底。我飛快地超越了送喪的隊伍，是的，飛快，當我完成了七份報紙和三個郵包的投遞之後還有些氣喘吁吁，心跳過速。將雲城東片的信函全部投遞完後，我又騎車趕回了那個小區。收發室的人告訴我說，有人去世的那家姓周，在一個顯要的科局任副職，可有錢了，死去的人是他的母親，好像是肺癌。「怪不得場面那麼大呢。」我裝作對送喪的場面有巨大的興趣才來打探的，「那個老太太是不是姓劉？」「那我不太清楚。可能是姓劉。我找個人問一下。」收發室的熱心人叫住一個有些肥胖的中年女人，「她們是鄰居，關係很好，應當知道。」

那個中年女人果然知道。老太太當年可是縣裡的風雲人物，三起三落，受過中央領導的接見，當過滄州行署副專員，後來下放到一個工廠裡，還勞改過一年，最後在雲城縣婦聯退休。「她叫什麼名字？」「她叫叫……叫什麼來著？看我這記性，我們還在一起工作過半年……」我說出了一個名字。「對對對！是她！」

烈日高懸，我的身上卻彷彿澆上了一盆帶著冰凌的冷水。

晚上。我在床上輾轉，向右，向左，枕頭的裡面似乎藏著一隻老鼠或者刺蝟，它們不停地來回爬行。我將枕頭丟在一邊，然後，又將它重新放回到自己的頭下。裡面的老鼠似乎有了繁殖，當然更可能是刺蝟，因為枕頭的裡面有了更多的刺。電燈直直地亮著，燈管裡電流在吱吱吱吱啪啪啪啪地響著，它們不肯寧靜，同時又顯得寧靜得可怕。

我儘量不去想那些信，不去想死亡，不去想它們之間的相關以及對我的糾纏，我要用更多的「別的」來填空我的大腦，讓「別的」把我大腦裡的所有空隙都一一塞滿。我拿過一本《唐詩三百首》。但唐詩裡面的空隙太多了，有關信件和死亡的念頭還是一點一點擠進來，於是將它放下，隨手抽出了胡安·魯爾福的《佩德羅·巴拉莫》——他的書裡布滿了太多的死亡……我索性下床，穿著一條藍花短褲來到客廳。打開ＤＶＤ，挑選了盤周星馳的片子放進去——片子看完已是深夜。另一間臥室裡母親的鼾聲像是沉悶的雷，可我卻毫無睡意。在沙發上，我隨手拿起一張過期的雲城日報，從第一版看下去。

報紙五版，呼建的自殺占有了一個角落，和他的死放在同一版的還有天天證券問答，房產廣告和一則某地副市長騎自行車上班的新聞。消息中，呼建自殺前換上一身最好的衣服，但從七樓上跳下的他使「身上的衣服已看不出原樣的樣子，多處裂開，沾滿了血汙。」消息中，呼建當年的詩句又被重新提起，「本質上說，呼建是一個為詩而生的詩人，儘管他曾經商取得了相當的成績，但詩歌一直是他生命中的難以捨棄的基石。他是雲城的海子。他的死，標誌著一個詩歌時代的過去。」

離開報紙，我重新回到床上輾轉，睏意如同一些石灰灌進我的大腦裡它變得發沉發木卻始終無法入睡，電燈懸在頭上吱吱吱吱啪啪啪啪地響著總能把我踏進夢中的一隻腳突然地拉回來，它這亮了整整一夜。

在失眠和睏倦的拉鋸中，直到淩晨的時候睏倦才開始小有戰勝。我做了一個灰白的夢，我夢見了呼建，是他的一個舊樣子，穿著風衣，豎起的衣領遮住了他大半張臉，使他的面容更加模糊。他叼著支菸，在夢中，它一明一滅，閃著紅色的光——那是夢裡唯一有顏色的部分。他不說話，就在我的對面站著，似乎依然有很多的不快，心事重重。我問他，你不是死了嗎，他仍舊沒說話，把頭偏向了別處。遠處，似乎有雪花飄著，大片大片的雪花落在他的風衣上。我再問他，是不是有什麼放不下的？是你離異的老婆還是在車禍中喪生的女兒？突然，我想到我送出的那封信，一陣氾濫的恐懼很快充滿了我留在夢中的身體，四周的光線也隨之暗了下去——那封信，那封信……在夢中，面容模糊的呼建轉過頭來，他將菸蒂吐在地上，然後抖落肩頭的雪，那些凝在一起的大片雪花忽然變成了一封封帶有死亡印跡的信，那麼多，風吹起它們……

帶有死亡印跡的信，那種特殊的信似乎成為了歷史。在接下來的半個多月裡，我再沒收發那樣的信，心情也逐漸恢復了平靜，當然，這分平靜和之前的平靜多少有些不同。一個人的時候，我偶爾還是會想到死亡，想到那幾封奇怪可怕的信，想到死者呼建——當這些想到在我大腦裡出現的時候我便盡自己的最大力氣想一些別的，努力將它們擠出去，讓它不能獲得發芽，甚至我想使用鐵鍬、錘子與滅草劑，將它們連根挖起砸成碎泥。我發現，驅逐那些「想到」的辦法有打麻將，在酒桌上把自己灌醉，看所謂的黃色錄像以及不停地跑步，在不同的時間使用不同的方法。我和主任談起了我所送出的第三封信，他雖然依然認定這仍是偶然但又吩咐我，如果再有類似的信件要先告訴他，他說他在郵政局都幹了近二十年了還從未有這樣的聽聞。然而信件卻不再來了。

我也以為都已過去，沒有必要再把信件的事放在心上，無論它是巧合還是其他的什麼。這一天，我來到郵政營業廳，和一個關係較好的綠同事在那裡聊天，把胳膊架在椅子的背上——在偏僻的雲城，書信和包裹的業務量很小，大把大把的時間都用在無所事事上，那天也是如此——我突然看見，那個人走了進來。我一眼便認出了他，認出了他身上所帶有的那股寒氣，以及一股混合了紙灰、泥土和香燃燒之後的氣味。他向我的那位同事購買了郵票，然後將它貼在一個我已見過三次的那種信封上，投入了郵筒。我看清了他的臉。他的臉有些誇張的長，五官倒還勻稱，但其中隱隱有種讓人說不出的……不是煞氣，要比煞氣輕，也不是不祥和死氣，也不是恐怖，在程度上它比這些都弱一點，弱那麼一點兒……等他走後我悄悄和綠同事說了我的感覺，他卻一臉茫然：「那個人，很正常啊，像是個村上人，掉在人堆裡你肯定找不出他來。」不，不，我能認出他來，即使是在半年前我只在路上匆匆地見過他一面。我向那位綠同事講述了我的遭遇和猜測，他一邊將郵筒打開一邊發表他的懷疑：「不會吧？不會都是你編出來的吧？」

郵局裡只有兩封薄薄的信。一封寄往滄州的一所學校，從字體上看寄信的人應當是一名學生，另一封寄往山東的一家電器公司，它們使用的都是我們郵局出售的標準信封，沒有我明明見到那人投寄的那封信。「這封信應當是他的，」綠同事指著寄往電器公司的信，「他也許是哪家商場的人，與電器公司有業務往來。沒什麼不正常啊。」

沒有那樣的信，我和同事認真看過了，內內外外前前後後，那封明明投入郵筒的信卻消失得無影無蹤。可它還在，一直到吃過晚飯，它依然被我掛念著。為了將這封不知所終的信甩在腦後，晚飯之後，我堵上耳朵，一意孤行地繞過母親沒完沒了的嘮叨，去了一家網吧。

在遊戲中我似乎是永遠的菜鳥，它凸顯了我的笨拙，無論是CS還是魔獸爭霸，我都是屢戰屢敗，即使有個不錯的開場我也會輸得一塌糊塗，死無葬身之地。一個間隙，我抬頭，晃動一下自己的頸椎，前面兩排的電腦桌前突然一陣喧鬧，有什麼重物重重地摔在了地上——等我走上前時已經圍了許多的人，一個男孩捂著他的頭從地上坐起來，從手指的縫隙間滲出了血，如同爬行的蚯蚓。他摔得並不很重，但在他的眼裡卻摔出了血絲和一縷凶光。「你過來！」他指著一個高他半頭的男孩，那個高些的男孩臉上帶著輕蔑，他的兩隻手抱在胸前——他的右手上，竟然拿著一封信，一封和我送到呼建手上的一模一樣的信！這個發現讓我有了一種突然的眩暈感，而雙腿則如同注入了鑽，卻抽走了骨頭。

矮個的男孩撲過去，他根本不是高個男孩的對手，周圍的幾個人也分開了他們。網吧的老闆也走過來，他們吵嚷著，矮個的男孩拿起他放在電腦桌旁的電話。「你和虎牙比比西一起過來！我受氣了！快點，我在——」我上前奪下了他的手機。我對他說，都在一起玩，爭吵和打架也不算什麼大不了的事兒，別把事情鬧大，沒什麼好處。網吧老闆也過來制止，看得出，他對那個矮個的男孩還算小有威懾。「你他媽的也想找練是不是？」我的火氣也來了，伸手抓住他的衣領，「我告訴你，我是為你好，小毛孩子，做什麼事得想好了後果！」那個矮個男孩歪著他的脖子，用一種故意的惡狠狠的眼睛用力盯著我。我壓下自己的火氣，鬆開了手。「別衝動。有事說事，我們，」我指了指老闆，「我們也可幫你。沒什麼大不了的。」

老闆指了指他，你跟我來。矮個的男孩跟著老闆走出了網吧。這時，我發現，剛才那個高個的男孩已在一台電腦前坐了下來，槍聲響亮，血光飛濺。我用一種平靜的甚至有些低矮的語調問他，哥們兒，剛才你手上拿著一封信是不是？能不能……他頭也不抬。「我沒拿。」我說，可我剛才看到了啊。要知道，那封信，那封信……「我真的沒拿。現在誰還寫信。」這時老闆走了回來，他拍拍我的肩膀。「那個孩子呢？」老闆說，走了，讓我說走了，沒事了。我說，我對這事有種不是很好的預感，我覺得……老闆制止了我。什麼啊，都這麼大的愣頭小子，爭吵打架是家常便飯，哪天不得處理幾起，開這破網吧就甭想省心。也沒什麼大不了的。我說，我看那孩子的勁頭，可能還會回來，他肯定覺得自己很委屈，別鬧出什麼事來。「你一千個放心！」老闆笑了笑，遞給我一支菸，「給他一百個膽兒。來我這鬧事，哼。你去玩吧，去吧去吧。」

在被獸族的步兵們拆毀了我的商店之後，我想這件事我必須制止，必須。於是我又走到那個高個男孩的背後。我對他說，你最好找一下那封信。我告訴你，我在郵政局工作，那封信是有問題的，它會讓你……染上病毒。我得把它收回來。他停下手上的動作，眼睛卻依然盯著屏幕，在遊戲裡，他已經被殺死了，敵人從他的屍體旁邊大步邁了過去。「我真的沒收到什麼信。騙你幹嗎。再說，我收不收信也是我個人的私事，你郵局的就能管？」我說絕沒有那樣的意思，郵局當然不管，只是那種信封上出現了問題。好了，你堅持沒收到我也沒什麼辦法，但我想提醒你，時間不早了，你也應當回家了。

他用鼻孔重重地哼了一聲。新的遊戲又開始了，他丟下手上的手槍，拿起一把AK47。

儘管那天的發生最終平靜收場，但我還是有些隱隱的不安。幾日之後，我重新回到那家網吧，遞給老闆一支香菸，然後和他攀談起來。我將話題繞到那一高一矮兩個孩子身上，他毫不猶豫地回答我，兩個孩子從那次打架之後就沒再來，「現在的年輕人，都不知道哪來那麼大火氣。」我問他，是否知道那個高大男孩的住址或姓名，老闆的臉上馬上顯出了警覺：你幹嗎？你想幹嗎？我說你誤會了，我沒別的意思，只是出於好奇，他看上去也就十三四的樣子，是不是以前總來？盯著老闆的臉色，我又加上了一句，我是一個作家，想了解一下青年人和更年輕的人們的生活。老闆的警覺掛得更加明顯，他表現得很冷：網吧不負責查戶口，也不負責干涉青少年生活，走什麼樣的路是他們自己的事。隨後他問我：你過來是玩的麼？我招呼別人去了。就在他背過身去的時候，遠遠地，兩個警察朝著門口的方向走過來，其中一個警察在進門的時候晃了下自己的脖子，然後又退後一步，朝上面看了兩眼——

我和主任說，毫無疑問，那些信和人的生死有密切的關係，所有收到那種信件的人都無一例外地死去了，無論死亡的原因是病死是車禍是自殺還他殺。我和主任說，我能認清那些信件，但和別人一起看時它就會變成另一封信，這種障眼法使我顯得像在說謊。它是真的，是事實，我親眼所見的事實，我不騙你，你也知道這對我沒任何好處。我和他說，我建議由我在我們送出的信件中將那些信挑出來，然後銷毀，這樣可以救不少人的命。主任沉吟了一下，他轉動著手上的鋼筆，「要讓別人特別是客戶知道我們焚燒或銷毀他們的信，對我們會是怎樣的看法？行不通，會給我們惹來大麻煩的。再說我們送出的也就是一封信，頂多算個什麼通知，它在本質上也許影

那一刻，如果用好萊塢的方式拍攝成電影，如果使用電腦特技合成，我想會是這樣：天色在瞬間突然變暗，剛剛還附著於槐樹葉片上，大路上的陽光四裂成小小的碎片，慢鏡頭，它們在空中懸浮，然後雪片一樣融化，或被風吹走——風要在這個時刻到來，它吹得樹影搖晃，衣衫獵獵，鏡頭搖近那個穿白風衣的男人，定格……這一段鏡頭用時二分鐘，去掉自然的聲音和配樂，甚至可以將畫面處理成黑白——那一刻，我的胸口好似受到重重一擊，在重擊下，我的心跳上跳到咽喉和口腔的連接處，它堵住了我的呼吸……他和我保持著距離，站在一邊，等待我穩住自己的心神——「我……沒有丟。」這幾個字從我的口中擠出來，從堵在咽喉處的心臟一邊擠出來顯得異常細微，費力。他笑了。他笑容裡多少有點親和的成分——「可我看到了。我替你拿回來了。」信在他的手上晃了晃，然後塞進了我自行車上的郵袋。「你是信使，信是不能丟的。你的做法不會對後面的發生有任何影響，但卻對自己不利。你會因此受到懲罰。最好別這樣。」我用力嚥了口唾液，把懸在上面的心頂回去，「為什麼，是我？有那麼多人，為什麼是我？」「許多人都是。」他伸手摘了一片樹葉放進嘴裡，「只是他們不知道，或者沒和你談起過罷了。」他把頭縮進風衣裡，換上一副嚴肅的面容：「我們的懲罰是很嚴厲的。別再做傻事。」他轉身，身後剛剛還綠著的幾株高大的艾草已出現了枯萎——「你是誰？」我壓住自己的不安和緊張。「他們叫我馬面。你也這樣叫吧。」

「我能不能，」我又嚥下一口唾液，「我能不能辭掉這個差事？我想過一種正常人的生活。現在，我總感覺我對那些人的死負有責任。我被這差事壓得，都喘不過氣來了。」

「不能，現在不能。」他說，「你會適應的，它和其他的工作沒有特別的差別。它能和其他的工作一樣麼？不，不一樣，肯定不一樣。我當然可以從中找到這一「工作」與當一名醫生、警察或稅務人員的所謂相似，但也能找到它們的巨大不同，我無法說服我自己。

某日下午，我又在信件之中發現了一封異樣的信，在眾人沒有注意的時候我將它鎖進了我的抽屜。那個下午我在一種忐忑、恐懼和小小的崇高感中度過，多少有些草木皆兵——傍晚，從安成歸來，半路上我接連打了三四個噴嚏，並且感到脖子後面，汗水的後面一陣陣發冷。吃過晚飯，我母親感覺她的頭痛病又加重了一些，而我的肚子也有些痛，可能壞食物在裡面翻滾，當我母親支著腦袋哀聲嘆氣時，似乎我身上的疼痛也轉移了方向，轉到了頭上……那一夜，我一口氣看了三部周星馳努力將大腦裡的不安甩出去擠出去，但這些不安卻越積越厚越來越高大猙獰並不時在我脖子的後面製造響動，發出獰笑。那一夜，我數次在自己的噩夢中驚醒我夢見我被飛馳的汽車撞得支離破碎被一塊石頭砸中了額頭被一隻手狠狠按在水裡被雨水的雷劈成了兩半兒被一群小鬼拖著拖向一個可怕的去處……我幾次醒來，屋子裡的黑暗深不見底彷彿一片樹葉飄在無際的海上，在我周圍茫茫一片所能聽到的聲音是錶針的走動和快得多的心跳。第二日上午，騎車趕往單位的路上我竟毫無徵兆地摔了一跤，雖然不重，可它卻給我的心臟罩上了更大的陰影，從那一刻起，我不僅草木皆兵還要風聲鶴唳，忐忑和不安鑽進了我的每條汗毛孔並且吸入了冷風。接下來會是什麼樣的懲罰，會不會像我夢見的那樣？時間一秒一秒或者一微秒一微秒地過著，上午十一點，局長突然來到我們中間，帶著一股重重的怒氣。他批評我們懈怠，事業心差，報刊信件不及時，不愛護公物，有人在等郵車的時候竟坐在桌子上，在屋裡吸菸……儘管是在一個角落，儘管我的頭已低得很低，但我依然如坐針氈——他似乎是專為我來講這番話的，雖然我不曾在屋裡吸菸，也沒有坐在桌子上的習慣，但那封藏起的信……「幹什麼事都要盡責，你得想辦法對得起自己的工作，對得起自己的薪水。別以為我什麼都不知道，別以為你可以為所欲為。不想幹的，哼，看我有沒有辦法收拾你。」——這些話，哪一句不是話裡有話，不是針對我說的？在他走後，緣同事們紛紛猜測局長發火的種種原因，沒有一種可能與我有任何牽連，但這並不能使我的壓力有所減輕。我的頭時斷時續地痛一下兩下，它導致我全身都是如此，我按不下它們。

將信和報紙分完，我打開抽屜，將那封藏起的信塞入郵袋，我必須將它送出去，這是職責的一部分，我實在受不了那種沒完沒了的折磨。它幾乎將我壓碎，使我的神經出現了崩裂的聲響。

那天晚上，我鼓起勇氣，向心情還算不錯，正在專心觀看《轅門斬子》的母親提出我要辭職，想再找一項新的工作——「什麼？」她一下子站了起來，用遙控器指著我的頭：「你說什麼？再說一遍！」然後她衝著被報紙遮住半張臉的父親大喊，「把你的報紙放下！一個個都沒安好心，想氣死我啊！你也來聽聽，你這兒子翅膀硬了，不服管了！看你出息得！」

我不想再複述那日的發生，現在想起來依然無法讓我平靜，那個晚上，我母親使用怒斥、責罵、淚水和勸告並輔助肢體語言一直滔滔不絕了三個小時，最終，我向她保證，以後絕不再提辭職這件事，除非我找到更好的工作。我跟我的父母提到了那些信件和它們造成的結果，他們認為這完全出自我的臆想，至多是種巧合。「就算是真的，你也不必為此辭職，說不定為他們送信還會有特別的好處，以後升官啦發財啦，不生病啦，一家人平平安安……」我父親竟也跟著附合，然後將電視換到體育頻道，專心致志。他弓著身子，比實際年齡顯得蒼老得多。我不辭職，保證，我對他們說。

當然我也想過，請另外的綠同事幫我送這樣的信，有了這個想法之後先做了些鋪墊，和往城西送信的綠同事走近關係，請他吃飯喝酒，送件小禮物——有一封送往居留的信，我將它混在其他的信件之中，就像將一粒沙子埋入沙丘，然後對他說，請他幫我送一送居留和安成的信，因為，因為今天下午有人給我介紹了個女友，讓我三點前去見一見。很有心計的綠同事未置可否，而是翻動我的報紙和信件，將那封挑了出來。「這信必須你去送。別人送不好，別問我為什麼。」

我還是固執地問了。他說，他知道這信的用途，他早就知道，他不去送完全是為了我好。「我們在為同一個人工作。」他將手揮了揮，臉上掛出一種特別的笑意。「可是，為什麼換另一個人送就不行呢？那樣做，會有怎樣的後果？」我繼續問，我很想知道。

也許是我之前所做的緣故，這位綠同事看上去很推心置腹，究竟有什麼樣的後果我也說不上來，這事馬面也不能掌握，他只能將我們的表現填入表格，列出完成情況如實向上面彙報，至於如何獎懲馬面根本無權過問，他只是個小嘍囉，就像……一台機器上的螺絲。當然我們是更小的螺絲。「怎樣獎懲……難道我們只能一無所知？要是一無所知，那怎麼知道會有獎懲？」綠同事警惕地看了看周圍，再次將聲音壓得更低，幾近耳語：「可怕就可怕在這裡，獎也許無所謂，但懲，唉，你不知道它什麼時候來，更不知道它究竟是什麼到底如何懲罰，它就更讓人提心吊膽不是？」他的眼神掃了下四周：「我告訴你，他們多數都和咱倆一樣……其中還有密探，專門給馬面或他的上級打小報告，千萬別有把柄在他們手上。」他那張輕微口臭的嘴又移近了兩分：「你是不是把信藏起來過？有什麼異常麼？」

我說是。我說那天下午我有了感冒的感覺，肚子痛，晚上吃了幾片藥才得以緩解。我提到晚上的噩夢，第二日莫名的摔跤，局長發火，這些也許是懲罰的部分，那分懲罰似乎還波及了我的母親。「這些，應當是懲罰不？」說完之後我馬上感到後悔，它也許本不該說出，它多少會構成把柄。

他拍拍我的肩膀。是不是懲罰他說不清楚，像是，又不像。反正以後不要再將信藏起來就是了，這信你送不送都對事情沒有影響，只會讓自己受罪，何苦呢。反正人的生死都是各人的命數，誰該死該活我們說了不算，「老弟，別把這事看得太重。時間長了就習慣啦。幹別的事，也會有不得不，人在江湖嘛。」

綠同事裝好自己的信件，吹了兩聲口哨，然後走出去，走進大片大片的陽光裡。我突然覺得他有些讓人恐懼，他也是恐懼的一個部分，在恐懼的空氣裡。

我成了雙重身分的郵差，在另一任務中，我負責將某人即將死亡的通知遞到他的手上，不知道那封信中藏有怎樣的祕密，怎樣取走一個人的魂，將他的呼吸取走，使他變成一具屍體。手是他的，臂是他的，但他已不在那裡。眼睛還是他的，但它們緊緊閉著，不能張開……黑暗斜鑽進他的眼睛，但他不在那裡。

每送出一封這樣的信，都會有幾天使我心懷不安，感到愧疚和痛苦。我努力尋找麻木自己的方式，努力勸告自己，自己所履行的只是上蒼所賦予的職責，只是一個無足輕重的郵差，我不對任何人的生死負責，我……這是一種有效的方式，我承認。我知道自己心臟的壁厚在慢慢增加，有時，將信遞到收信人的手上，我可以做到手不再顫抖，也不再顯得特別慌張，像一個做錯事的孩子。但不安還在，愧疚和痛苦還在，它們會像一條時濃時淡的影子追在我的背後，陽光下，燈光下，甚至是睡眠前夕的黑暗中，這條影子都在，不同的是，在睡眠前夕的黑暗中，影子呈現一種灰白的顏色，人形，比黑暗的顏色要淡。「你的衣服把你的影子裹在裡面，當你脫衣時，影子鋪開，像你過去的黑暗。／而你那被忘掉的像樹葉在空中飄蕩的話語，在某個無人知曉的地方，你的影子把它們撿了回來。／你的朋友們把你的影子還給你。／你的敵人們把你的影子還給你。他們說它太沉了，讓它蓋住你的墳墓吧。」……這是一個叫馬克·斯特蘭德的美國詩人的詩句。

在我充當了死神的郵差之後，這些詩句從我記憶的深處浮現上來，充滿了陰鬱的氣息，在我的大腦裡留下更深的刻痕。

當我知道，我是具有雙重身分的郵差，世界在我的眼裡就變成了另外一個樣子，還有周圍的人，有些之前我覺得不可理解的行為和事件似乎變得見怪不怪，而有些熟視到無睹的事與物，則變得怪異，難以理喻。雖然我儘量地壓抑著它們，可某些想法還是層出不窮地冒出了頭。

走在街上，我看著路上的人來人往，忽略掉多數人的面龐，而想像他們和她們接到死亡的信函時的樣子，想像是怎樣的死亡會奪走他們或她們的生命，熙熙攘攘，匆匆忙忙有時便顯得無味也無趣。電視上，某人意氣風發，頤指氣使的樣子引發了我的冷笑，我想，假如我給他送出那封信時他會是怎樣的表情。斷指老人杜清明來得還是那麼準時，他要等的信據說已經三年了，我在想，如果他等到的是另一類信……這個想法讓我一陣心酸。那天，我給他遞菸，倒水，略有過度的熱情讓他小有不安，為我抬郵包和分發報紙的時候也格外賣力。之前，有綠同事說過，這個杜清明年輕的時候可不是什麼好東西，要不然也不會離兩次婚，開除公職，公傷的醫療費都沒有拿全——他是聽自己的一個親戚說的，他的那個親戚曾和杜清明在一家工廠工作過，現在是副廠長，很有錢——即使有了這個線索年老的杜清明也並未因此顯得討厭。我覺得，那個杜清明和這個杜清明不是一個人，這個杜清明身上帶著謙卑，甚至怯懦、小心，透過死亡的眼睛再來看他和他可能的過去，那些都不值得一提。那些日子，我忽然地喜歡上五六歲之前的小孩兒，每次看見都會停下車子看上兩眼，甚至有種想過去抱一抱他們的衝動——我在商店裡買了許多樣式的奶糖，不忙的時候，找一個不懼怕我的孩子逗一逗，然後遞上奶糖，同時將另一塊奶糖放進自己的嘴裡……我母親竟也發現了我的這一變化，要知道，她一直粗枝大葉，目中無人——她對我這一變化的解釋是，我想結婚了，想要一個自己的孩子。她的解釋給了她巨大的鼓勵，四處找人給我介紹對象，樂此不疲……其實我對孩子的喜愛與此毫無關係。不過，我是想有一場屬於自己的戀愛，之前那種鬆鬆垮垮、無所事事的日子有些慢待自己。

期間，我去醫院看望了我的大伯，胃癌晚期，大概只有他一個人不知道而已。我去醫院的那天他的精神還好，和我說很多的話，反覆說的，是等病好了，開了春，去小樹的家裡住些日子。小樹是他最小的兒子，大我一歲，在鄭州當工人，生活相當拮据。他談到我的父親，問他還那麼愛看報紙麼，腿怎麼樣，然後叫我大哥哥從床下的包裡拿出一個很舊的塑料皮本子。大伯指著上面的字，「這是從你老爺爺那輩記的，前面的家譜破四舊時燒了，只記得，我是在十一世上，你老爺爺的父親哥仨兒，有一個爺爺叫柱，一個爺爺叫槐。」大哥哥對我說，你大伯的腦子有些糊塗了，我們是十六世，他是十五世才對。名字也不對。不信你問問他，你是誰？我笑了笑，沒問。過了一會兒，大伯又睜開眼睛，盯著我身上的制服——「我是人民解放軍。」「什麼？」我問。他似乎也意識到自己錯了，很不好意思地笑了笑：「你是小浩。金龍家的。」一句話逼出了我的淚水。

離開醫院的時候我和大伯告別，他用沙啞的，帶有裂痕的聲音：「走吧。好好學習啊，光陰不等人啊。」大哥哥將我送出病房，「給你樹哥哥拍電報了。過兩天就回家，看樣子沒有多長時間了。」隨後，他伸出頭看了看大伯的方向，「癌細胞大概已進了大腦了。一時清醒一時糊塗，見誰讓誰看他抄在本上的家譜，囑咐人家好好學習。」

……我充當著雙重身分的郵差，那些正常的，不知內容的信件與包裹不曾給我留下任何印象，但帶有死亡信息的信件卻始終讓我印象深刻，深刻到它們一直在我大腦的上方徘徊，揮之不去。在充當雙重身分的郵差之前，我感覺雲城完全是一個平靜的，近乎不老的小城，一年半載也不會有誰誰死去的消息傳入我的耳朵，我覺得它距離我那麼遙遠，除了在詩行中，在一些紙上的故事裡。然而現在，死亡那麼多，它近乎是隨時將人飄搖的魂魄取走，就像將一盞盞燈吹滅。它那麼密密麻麻，層出不窮，讓我感覺恐慌，仿若末日——我覺得，整個雲城縣就像建在沙丘上，風在一點點吹走支撐它的沙子，假若某天風再大些，這個雲城也許會沉陷下去，被風吹散——我在醫院工作的同學對它表示了嘲笑，他說，死亡並不比以前多當然也不比以前少，你要在醫院就知道了，當然，你要在火葬場工作，見得會更多。「你現在還寫詩吧？」他說我要是需要，他可安排我在醫院外科病房或太平間體驗生活，「那樣你的詩會深刻得多。天天能見到死人。看你還無病呻吟不。」

一桌人哄笑之後，有人端起酒杯：別總談什麼生生死死的，怪嚇人的，咱們還是今朝有酒今朝醉吧，是人的就把它乾了，快不是人的就喝一半兒！他的話引起了新的哄笑，這是一個新的高潮，「養金魚呢？是不是不想當人了？」「拿著捏著，還真想帶走啦？快點快點！」

活著還是死去？這是個問題。

一件殘忍的凶殺案在雲城鬧得沸沸揚揚，它幾乎在發生之後的第二天便家喻戶曉，有著沸騰的熱度。兩個孩子，一個八歲一個六歲。被斧頭砍得血肉模糊。然後是汽油，點著了屍體，警察進屋的時候還有一股烤麻雀的味道。四處都是血……口若懸河的講述者多數不是目擊者沒去過現場，但這不妨礙他們的熱烈、渲染和傳播。很快，郵政局的門口貼出了凶手的照片，下邊的文字詳細說明了凶手的特徵、身分證號碼，以及舉報電話和懸賞金額，然而案發過程卻極為簡略，僅有六七個字。凶手的那張照片略有些模糊，而且明顯帶有凶相，不知公安局在選擇和使用他的照片的時候是否帶有傾向，甚至有意通過技術誇大了他的特徵。

我需要詳細地敘述一下事情的經過，為了說得更為明確、清晰，我也要將這個凶手的背景略作交代：他原在名聲顯赫的趙四爺手下做事，名義上是公司職工，其實是保鏢和打手，幹得相當賣力而深得趙四爺的賞識。後來，趙四爺一高興，將自己的一個情人作為獎賞賞給了他，也有人說是他從趙四爺手上奪去的——兩人生活了一個多月。後來那個女人產生了厭倦，大概因為得過趙四爺的恩寵多少也有些有恃無恐，一次激烈的爭吵之後便離開了他，到處地躲避了幾天。然而她回來後的第二天這個男人便找上了門，二話沒說，舉起斧頭便砍——這一事件的後果是，女人被毀容，號稱雲城四大美人之一的她成了四大醜女之首，而他則被送進了監獄。四年之後他被放了出來，成為四大醜女之一的她只得悄悄南遷，據說在廣州福建一帶打工，不準備再回雲城——被放出來的他每天無所事事，而趙四爺雖然依然顯赫但明的暗的生意都大不如從前，已不再需要他的參與，上上網吧、四處遊蕩的他遇到了一個剛離婚、帶著一個六歲男孩的女人，是的，她就是案件中被砍殺而後被焚燒的孩子的母親。另一個孩子，是她哥哥家的，她的侄子，她兒子的表哥。這兩個孩子已變成了灰燼，再無兒子、侄子、表哥、表弟這樣的關係。時間在他們兩個那裡停止了，但在別人的鐘錶裡還走，一秒一秒，刻度永恆。

離婚的女人陷入了危險的戀愛，危險在她的頭上呈現了越來越大越來越重的陰影，帶有毛刺，像擴散的癌，可她對此一無所知。危險讓她沉迷。具有先見的，有著豐富社會經驗的她的哥哥率先發現了這一危險的存在，他必須出來制止、反對，用噴霧器、吸塵器或其他的什麼將這分危險驅散——他反對妹妹的戀愛，反對得異常堅決。他的態度當然被那個從骨髓裡都滲帶著暴虐的男人知道了，在那個男人看來，她哥哥的舉動等於是要毀掉他後半生的幸福，而她哥哥的態度已經對她構成了影響，使她出現了退縮、猶疑……他找到了她的哥哥。

對於找上門來的這樣的一個人，她哥哥自然陪著十二分的小心。他幾乎調動了自己所有的經驗和智慧，利誘並施，進退共用，最後兩個人來到一家酒館——他們一共喝了四個小時。其間的發生眾說紛紜，有人說她哥哥苦苦哀求可他始終不願，並留下狠話，你不讓我好肯定也沒你的好，有人說兩人發生了爭執，她哥哥的頭也被打破了最終不歡而散，有人說……這裡面有太多的合理想像，即使酒館的服務生也不清楚兩個人之間的具體發生——「他們要的是包間，除了要酒要菜開一下門，其他時間不讓我們進去。聽見裡面大呼小叫，挺亂的。」最後，兩個人，帶著滿臉滿身的酒氣回家，分道揚鑣，女人的哥哥一進門便昏昏睡去，鼾聲如雷，兩個在外玩耍的孩子根本叫不動他——不只是叫不動他。酒精堵住了他的耳朵，暫時地燒壞了他的全部神經，以致那個男人進來，叫他，推他，最終抄起放在屋外的斧子殺掉他的兒子和外甥，抹掉他們的慘叫和呼吸，並找來汽油，在屋子裡將火點燃——他都毫無知覺，只有不斷繼續的鼾聲。

據說酒精也燒壞了凶手的部分神經，他跌跌撞撞走到街上的時候身上不僅有血還有火焰，一個放學回家的小女孩幫他將冒著紅光的火焰撲滅，但他的衣服已被燒出了一個大洞。據說他又回去了一次，滅掉了屍體上的火，並將充當凶器的斧頭放進懷裡……這時，女人的哥哥依然沉沉睡著，他的神經需要在半小時之後才能重新接上……「一家人，就這樣毀了。」大家感嘆，一些善感的女性眼裡還含滿淚水和憤恨。「凶手抓到沒有？放火的時候怎麼沒把他燒死，」大家的感嘆仍在繼續，「真是沒天理。你說這樣的人，在監獄裡關他一輩子不得了，幹嗎把他放出來害人？早在監獄裡弄死他算了。」「這種人，活在世上就是害人的。」「也有那樣的女人。怎麼能看上這樣的人？哼，這下……她怎麼去見自己的哥哥嫂子？腸子都悔青了吧！……」大家七嘴八舌。我知道，這種七嘴八舌的感慨還會蔓延很長一段時間，直到事件漸漸淡去，雲城再出現新的下一個話題。一週之後，殺人者的屍體也找到了，在一個被廢棄的瓜棚裡。居留村一個農民在外地趕集回來感覺有些內急，但路上車來車往，慌不擇路中他將自行車丟在溝裡，急急地奔向那個瓜棚——他一頭撲進了瓜棚，褪下褲子，忽然發現前面密密麻麻的蒼蠅受到驚嚇，閃出了地上半張人的臉——這次，輪到他遭受驚嚇了，他張大著嘴巴一個箭步便跳出了瓜棚，可一股難聞的屍臭還是追上了他，將氣息塞入了他的鼻孔。

是自殺。他砍斷了左手的動脈。不知道裡面湧出的黑紅色的血之外，是否還有殘留的、未曾稀釋的酒。在他同樣惡狠狠的自殺動作裡，酒精，能在其中占有多大的比重？七嘴八舌中，有人將一個陳年的舊事又翻了出來，我一直懷疑裡面有誇張和杜撰的成分：某年，鹽務局一工人與人喝酒，直喝得天昏地暗人事不知，有人將他抬回宿舍裡——這位老兄經過一陣折騰之後多少有些清醒的意思，至少暫時告別了人事不知，他向送他上床的人表示他還沒有喝醉拚命護住自己的面子，便抽出一支菸來給自己點上……很快他便睡得如同一個死人，可手上的菸沒死，它點燃了被子、褥子和草席，引發了火災。等人們把他送到醫院前去搶救的時候他已奄奄一息。就那樣，他的酒還沒醒，舉起被燒焦的手指一口咬下去。這位老兄的最後一句話是，烤得這麼糊了，怎麼吃啊。

我對馬面說，我不能再做下去了，求你了，放過我吧，我的某根神經如同被拉長的琴弦，它被扯得細長，馬上就要斷了。它已經不具備任何的韌性，大概只要再加一根稻草。馬面用細細的勺攪動著咖啡，玻璃和金屬之間發出碰撞的聲響。他皺著眉，一言不發。

那我繼續。我說，人們反覆說那兩個孩子，每次我都心驚肉跳，有種被拋在冰窖的感覺，有種被刀子劃破的感覺，他們是在說我，彷彿我是凶手，是我害死了他們。「你不是凶手。你只是信使。」

這我知道。可我說服不了自己。為什麼要這麼殘忍、殘暴，如果他們要死，如果這是不可改變的命運，為什麼不讓他們死於另外的方式，譬如車禍，譬如在水塘裡淹死，譬如，譬如⋯⋯既然你所說的上蒼知道所有人的未來和事件的即將發生，那為什麼不能仁慈一些？或者對某些人更不仁慈，在事件發生之前早早將他除掉，非要讓他做那麼多的惡？⋯⋯馬面專心對付著面前的咖啡，他用那細細的勺將咖啡送進嘴裡。整個茶館只有我們兩個客人，吧台前染了黃髮的服務生趴在桌面上，右手伸出，一副慵懶的、無精打采的樣子。在僻涼的雲城縣，幾乎沒人喝茶喝咖啡，他們更需要喧鬧和酒。先見的老闆他的先見在雲城也許是過早了些。

「也許是各有各的命數。我想，上蒼也不能去改變這些，祂的所做也只能是順應，服從。誰知道呢？」馬面衝我笑了笑，他的臉上有一股人類的憂鬱，這時他完全不像是一個死神——「我知道你在想什麼。你覺得我掌握某種規律，至少是了解它。其實不是。我什麼都不了解，和你一樣我也只是信使。差別僅僅是，我可以來往於陰陽兩界。」他用勺敲了敲玻璃杯的杯沿，「在陰間，我也只能到奈何橋，那邊是什麼，會有怎樣的發生我也不清楚。我也只是猜測。」他再次露出一個艱難的笑容，「我沒有傳說中那麼大的神通，沒有。我只是信使，傳遞一下消息，將魂魄送到橋邊而已。」「你信麼？關於奈何橋那邊，我的信息來源是來自於人間，沒人，也沒有神仙或鬼魂和我談及過那邊的事兒。」

信。沒有理由不信，他沒有必要為此說謊。在表達過我的相信之後，我問他，難道他把這些通向死亡的信一一送出，就沒有一點兒愧疚，痛苦和不安，難道就沒有對這一職責的厭倦，心真的會變成石頭？馬面沒有及時地回答我的問題，而是招手叫來服務生，讓他再倒一杯咖啡——我說書上說一天不能超過兩杯咖啡，否則會對身體有害，當然，對你馬面來說也無所謂，因為你用不著在意它。馬面用小勺碰響玻璃杯：「在你的角度，和在我的角度，看到的事物可能會有巨大差別。」我追問，按照你的意思，如果站在你的角度，那一切的發生都是合理而簡單的，絲毫的愧疚和痛苦都不會引發？可現在，我想請你站在我的角度。我無法讓自己做到看到某個人的死亡就像看到一隻螞蟻的死亡，一隻雞或金魚的死亡。我無法做到。最後我對他說，如果我再次送出這樣的信，送給那些完全無辜的孩子或什麼人的話，那我會想辦法改變事情的發生，我至少會給他們提個醒，讓他們想辦法避免死亡的來臨，讓他們努力躲過死神骯髒的手指——我記得很清楚，我說到了骯髒，聲音足夠讓對面的馬面聽見——「你不要做這樣的嘗試。你不會改變事件的發生，但你自己卻會很慘，甚至影響到來生——假設有來生的話。據說有人曾像你想的那樣做過。他先是被惡鬼纏身，半個身子無法行動，最後被敲掉了所有的牙，魂魄鎖在囚車裡面押過了奈何橋。」

他的話音結束之後是一段相對漫長的停滯，我幾乎聽得見自己的呼吸，恐懼悄悄藉著呼吸鑽入了我的鼻孔，它在向我的全身蔓延。馬面打掉了我的勇氣，在他說這番話之前，我原以為我已認真想過了，並不懼怕，甚至有種……如果有一面鏡子，我想當時自己的臉色一定顯得蒼白。

我覺得，我很不適合你給的這項工作。我的聲音像絲一般，細而飄曳，並且黏黏的，吞吞吐吐，於是我只得加大力量重新再說一遍。我覺得，你選我充當這一角色……我有些做不來。說的時候我的眼眶裡湧滿了淚水。

他用眼神看著我的眼：「醫生剛開始也未必感覺自己適合醫生的工作，警察剛開始大約也是如此，我剛剛成為馬面的時候也不適應。其實你想的那些我在剛開始的時候也這麼想過，痛苦絕不會比你更少，我還要將那些不管怎樣死去的、哭哭啼啼的魂魄們帶到奈何橋。為了能夠重新回到軀殼裡它們誰沒有十八般武藝八百條理由……到現在，每次要將人的魂魄接走，我還是會提前感到頭痛。」他喝光了第三杯咖啡，「現在還不是這樣。」

臨走，馬面對我說，既然我如此厭倦死亡的郵差這一角色，既然我如此痛苦，那他就想想辦法，但我必須要幹到年底。「前提是不許出錯。到了年底，自然會有人接替你。」他說，這樣更換郵差對他來說還是首次，從來沒誰能讓他如此改變主意。「還有四個月。好自為之。」

四個月，時間在這裡充分顯示了它的相對性，說長也長，說短也短，它時而像一隻厭倦爬行的蝸牛，時而又像過隙白駒，好在，它給出了限度。這一限度，使後面露出了一絲希望之光，使一切都顯得還可承受，還可忍受。在房間裡，我給自己製作了一個倒計時的牌子，每過一天，數字就會相應變小，出於一種相對放鬆的、遊戲的心態，我在這個自製的計時牌下面貼上一張長長的紙條，上邊抄錄了一段文字：「我把錶給你，不是要讓你記住時間，而是讓你可以偶然地忘掉時間，不把心力全部用在征服時間上面。因為時間反正是征服不了的。甚至根本沒人跟時間較量過。這個戰場不過向人顯示了他自己的愚蠢與失望，而勝利，也僅僅是哲人與傻子的一種幻想而已。」在這紙條的下面，是我新近買來的兩塊鐘錶，它們對時間的表示基本一致，但樣子卻有很大的不同：一塊錶是石英的，時間刻度用指針表示，而另一塊則是電子的，時間在它那裡是閃爍、變幻的數字。我的一個朋友曾來到我的房間，我對他講，抄錄的這段文字來自於美國作家威廉．福克納《喧嘩與騷動》，他伸長脖子仔細地看了看，「不錯，挺深刻。」至於為什麼製作一個倒計時的牌子，我用一種經過深思熟慮的謊言搪塞了他，當然，他只是隨便問問，並非是對我房間裡的布置有什麼興趣。有「興趣」的是我的父母。我母親對此憂心忡忡，她覺得我越來越怪，再這樣下去沒辦法更好地適應社會、融入社會，當然也不會有姑娘喜歡我，而我父親則更堅定了他對我的看法：我是一個廢物。一個對家庭、對社會都無益的人。我的存在只能是消耗糧食，充當他眼裡的釘子。他嘩嘩嘩地翻動報紙，從不用正面的眼光看我一眼。

我再次送出了一封信。收信的是一個老人，她居住在居留村一間低矮、破舊的土房裡，我敲過很長時間的門可是沒人應聲，我將信從門縫裡塞下去，後來想了想，推開了門。屋裡一股濃重的陰潮、霉變的氣味兒，它幾乎是膠質的，我一進屋便被封在了裡面，就像琥珀裡被松汁黏住的小蟲兒，費了很大力氣我才從中掙脱出來。我看了一眼躺在炕上枯瘦的老人，她已奄奄一息，身邊放著兩個青灰色的碗，半碗水，另一只碗裡是乾硬的饅頭。從她家出來，我去了村委會，一個會計模樣的老頭聽過我的描述，走進屋裡打開了喇叭：「某某某，某某某，快去你娘那裡，快去你娘那裡，人不行啦！」他接過我遞上的菸，「都説養兒呢。老太太可沒少受罪。」

另一封信，遞到一個女孩的手上，她長得不算很漂亮，但膚色很好，眼睛裡透著一種讓人心動的晶亮——當然，這種「晶亮」也許是我加入的，因為我知道她接過的是死亡——將信件遞過去的瞬間我有些猶豫，甚至有了某種的衝動，但最終我的怯懦和私心還是小有戰勝。我漲紅著臉，聲音裡帶著沙啞，「好好，保重。」她笑得簡直像一塊水晶，「謝謝，郵差。」我知道她對我的話和我的動作表情有著誤解，她絕不可能聽出裡面的潛台詞——面對已被關緊的門，心裡的衝動還在一波波洶湧，但怯懦和私心的堤壩也隨之越壘越高，某個聲音不斷對我進行著提醒，你的阻止並不會真正能夠阻止，個人的力量太微弱了於事無補，反而會給自己造成災難。你也得想想自己的父親和母親。那個聲音還説，你只是做了你的職責規定的事，你的職責和醫生和工人沒有什麼不同……離開女孩所居住的小區我儘量讓自己顯得平靜、平常，可內心裡，大大小小的碎石相互撞擊，摩擦，發出著聲響。

三天後，居留河裡出現了一具遭到肢解的女屍，她已被河水泡得不像人形，而兩條腿其中的一條在距離她身體一公里的地方找到，另一條腿則始終無影無蹤。是那個女孩。她是在兩天前遇害的，警方正在追查凶手——我沒有去聽綠同事們的議論，故意堵住自己的耳朵，故意將種種議論拋在一邊，專心致志地翻看一張由新聞和廣告拼成的報紙。在一次漫長而無聊的例會上，辦公室主任對我近來的工作進行了表揚，受到表揚的還有老A、老B……和上一次不同，我沒有獲得任何的興奮，而是將視線悄悄地移向窗外，那裡陽光燦爛，帶有火星，空氣裡一股股熱流在街上瀰漫，行人們也彷彿被晒乾了水分，這時我看見了一個人。他穿著一件熟悉的藍格上衣，低著頭，彷彿心事忡忡——是呼建！應當是他，無論穿著，形態，走路的姿勢……空洞、無聊的例會終於有了生氣和活力，我強按住自己的屁股，怕一旦有所放鬆它會自己從椅子上彈起來衝出去，衝到大街上，衝到那個人的背後。我用力按住了自己的屁股，但無法按住自己的思緒，它跑得更為飛快，更為遼遠。沒人能夠理解我當時的激動，不只是別人，現在寫下這篇文字的我也難以把當時的激動還原，它就像倒入河流中的水，再也無法將它重新收回——那一刻，我有一種強烈的恍惚感，感覺自己在一個夢中待了很久，把夢中的發生當成了真實，現在，夢醒來了，曾經被夢彎曲的時間又接上了從前，呼建，和所有在夢裡「死去」的人都還好好地活著，什麼都不曾發生……我喜歡這樣的結局，我願意讓自己相信這樣的結局。

接了郵車，分完報刊和信，我騎上車飛快地朝呼建的家奔去。迎接我的是緊閉的門。我敲著，出於某種小心我並沒有呼喊呼建的名字——另一邊的門打開了，她看我的眼神像在打量一個賊。「他們家沒人。晚上才回來呢。別敲了。」我停下手上的動作，「哦。請問，這家，是不是姓呼？」「是。」她把自己的「是」關在了門外，被關在門外的還有我，我盯著呼建緊閉的門，竟然生出了一絲的隔世感。傍晚，我再次敲響了那扇門，開門的是一個穿著短褲的陌生男子。「你找誰？」我說，我來找呼建，他原來是住這裡的，陌生男子上下打量著我：「這房子現在是我的。這裡，沒有你找的呼建。我不認識他。」

也許那個呼建只是我的錯覺，只是一個和他長得很像卻有著不同名字不同命運的人，和那個叫呼建的人毫無關係；也許呼建在另一地重生，但被取消了全部記憶，這次來到雲城只是偶然經過，他奔赴到另一個和他更為相稱的命運中。也許，時間和幻覺在跟我開一個特別的玩笑，它重現了往日的某一片段，就像海市蜃樓，將我帶入到幻覺之中，然後再部分地將它擊碎，讓我無法辨別哪一點是真實的，哪一點是虛假的夢。當然，它也許是馬面有意給我安排的一個夢，我從一個夢裡醒來其實還在另一個更大些的夢中，在此之上，還有更大的夢在包裹著它。也許……另外的也許，更多的也許存在著，它在我的理解能力之外。

晚上，我重又找出那些年寫給詩人呼建的詩，它在一家刊物發表過，但呼建並沒有看到。我寫這首詩的時候呼建已經很堅決地告別了詩歌，那時他在經商。剛剛離異。

穿著風衣，從風的縫隙裡走出的那個人
戴著墨鏡，把面孔隱藏在背後的那個人
行走著的，吹口哨的那個人
停下來，繫著鞋帶的那個人
從我的門外走過，像灰塵一樣消失了的那個人
從我的門外走過
留下了雪、腳印、泥巴、和菸蒂的那個人
他們說，他曾是個詩人

有關他的傳說，我相信，沒有一件屬於真實，就像我相信，沒有一件不是真實一樣。三年之前，他就把自己的一切都交給了死亡，正如他，在三個月前，把自己的一截斷指交給了曾經的愛情
在一杯咖啡的裡面，他只剩下了苦，早已沒有了往日的傲氣，瀟灑，而習慣著隱藏和緘默。如果不是那枚斷指，愛情，怎麼會這樣地臉色蒼白？
別對他再談什麼詩歌，你會

逼出他臉上的皺紋，不屑，恐懼
和一千種複雜的表情
但在談色的時候他是投入的，飛揚的眉頭始終按不住
也別跟他談錢，儘管現在，他仍在經商

穿著風衣，從風的縫隙裡走出的那個人
戴著墨鏡，把面孔隱藏在背後的那個人
行走著的，吹口哨的那個人
停下來，繫著鞋帶的那個人
從我的門外走過，像灰塵一樣消失了的那個人
從我的門外走過
留下了雪、腳印、泥巴和菸蒂的
那個人

他們說，現在，他什麼也不是
……

這首舊日的詩作讓我記起了呼建舊時的樣子，記起我將信件遞給他時的情景，不知道為何他總是在我的腦海裡浮現，像一隻頑固的蒼蠅，揮之不去。把呼建比喻成蒼蠅並沒有特別的不敬，在他活著的時候，他總愛這樣比喻，寫過不少有關蒼蠅的詩。想起那個年代真讓人有些百感交集。

再次遇到馬面時我和他談起那日看到呼建的事，他對我說，絕不可能。在他接受死亡的信使這一差事，來往於陰陽兩界的那一刻起，就從來沒有發生過重新復生的事，除非是出現了怎樣的錯誤，抓走的魂魄也沒有經過奈何橋。所謂看到呼建，一定是我的錯覺。我嘴硬了一下，固執了一下，有人曾經得出這樣的結論，說時間是往復的，我說，同一場景可能在之前的時間裡出現過，也會在之後的時間裡出現。大概蘇格拉底、博爾赫斯都持有類似的觀點。我說，你怎麼認定，呼建的再次出現只是幻覺，而不是在另一時間裡的存在？馬面愣了一下，隨後他笑起來：「這我倒沒想過。也許會這樣吧。不過這種情境我從未遇到過。」

四個月的時間，越來越呈現它的煎熬性質，也越來越呈現出希望。期間，我又送走了四封裝有死亡的信，其中一封送給了我的大伯。那封信在我拿到手上時就顯示了重量，在離開縣城前往安成前我給父親打去了電話，告訴他說，我大伯已經不行了，你馬上去看看吧。電話那端，我父親對我的信息，很不信任，他說，要是你大伯不行了你大哥哥早打電話來了，可他沒有來電話。我聽見，電話那端劈劈啪啪，他應當是在打麻將。「我說的是真的。你還是馬上去吧！」放下電話，我已是淚流滿面。

路上，我一遍遍想起負責西片報紙的綠同事的話，他說，如果信件要送到他最親近的人手上，他會不會送？會。他沒有別的選擇。在那次推心置腹的談話中，綠同事頗有些感慨：人，真到了事上就知道了。人在本質上是自私的動物，何況你又無法改變什麼。在層層疊疊的淚水中，我一遍遍告訴自己，你又無法改變什麼，你又無法，改變什麼。

第二日凌晨，大伯走了，他被悄悄塞在枕頭下邊的那封死亡信帶走了，向著遠處，未知和陌生。下崗的、貧困的、肝硬化的樹哥哥還在路上，他還在接受生活的顛簸，和他焦急的心作對的緩慢、無奈、以及種種失望和打擊。大哥哥說，他在路上，我們誰也別告訴他父親已去世的消息，別讓他著急。大家有條不紊地處理著大伯的後事，在漸漸乳白的天色中忙忙碌碌，躲在昏暗中的大伯像一個被擺放的物件，顯得不夠真實。大伯走了。有著記憶和許多美德的大伯走了。天色開始漸亮。姐姐哭出聲來，她打開了哭聲曲頸瓶的瓶塞，裡面的哭聲早存了那麼多。

我向單位請了一週的假，一直請到大伯的葬禮完全結束。在向主任請假的過程中，我部分地誇大了大伯對我、對我全家的好，運用了報告文學的某些手段，使一向苛刻、小氣的主任顯得異常慷慨。給大伯守靈的晚上，我一遍遍想著我所送出的死亡之信，一遍遍想著，猜度著死亡。我也想問一問我大哥哥，大伯的那本「家譜」放在了何處，是否還在，但他們的忙碌和另一些原因讓我放棄了詢問。死亡是一個故事，葬禮則是另一個故事，我將會在另外的文字當中記述它。死神鄄差這一角色使我改變了很多，雖然我難以說清改變的都是些什麼。

我承認，在收到那種死亡信函的時候，有幾次，我都有改上另一個人、另一些名字的衝動，這種改變有充分的理由，被換上的名字在我看來早就應當死去並且不只一次，可他和他們還活著，逍遙，為非作歹。大伯枕下的那封信上有著紛亂的畫痕，那都是我用一支鋼筆畫上去的，但最終，我還是……我的骨子裡有我一直鄙視的怯懦，每到某個時刻它都會站出來變成另一個我，在我的耳邊和大腦中對我提出警告，給我展示一幅可怕的場景。和它站在一邊的還有我的自私，它有一條長長的尾巴，一條灰色的陰影。它們也是我，我的一部分，若不是充當死神信使的經歷我大概永遠不會這樣清晰地看見它們。它們出現的時候往往會合成一個，以使自己高大一些，甚至有了光輝。

……時間在一天天過去，儘管緩慢，儘管還有被什麼籠罩著的感覺，但更多的光照進現實，它在雲城的冬天尤為重要。還有兩天，一天，我擦掉倒計時牌上的數字2，改寫成1——我有著太多的激動、忐忑、疑慮和不安，它們使那一天變得極為漫漫漫長，也使我的枕頭裡生出了起起伏伏的刺，讓我的頭在上面輾轉，昏昏沉沉卻難以入睡。我將房間裡的鐘錶統統移到了客廳，甚至努力塞住耳朵，但嘀嘀嗒嗒的聲響卻還在，貼在我大腦的上方，清晰、頑固。閉著眼，昏昏沉沉像吸滿了水的海綿，可睡意依然被阻在外面，它們在用力拉鋸……臨近黎明的時候我才睡去，並做了一個清晰無比的夢。

在夢中，馬面穿著白色的上衣，他坐在我的對面，四周是燦爛無比的白光。在他的面前，我絲毫沒有掩飾我的如釋重負，我用晶亮的小勺敲擊著咖啡杯的杯壁，讓它聲音清脆，如同音樂——馬面笑瞇瞇的，他好像說了一句祝賀的話也好像並沒有說，咖啡屋裡，作為背景的是一曲經典的鄉村音樂，馬修．連恩的〈狼〉，我熟悉它的節奏和每個音符。這時，馬面掏出了一個信封，遞給我，他的笑容那麼勉強地掛在臉上——收信人一欄裡，寫著的，是我的名字。

不，不，這不是真的，怎麼能這樣……我在夢中大喊，掙扎，以致咖啡屋裡那位一直慵懶的服務生也支起了自己，朝我的方向看——我說不，我不要，你不能這樣對我！我滿腔複雜，舉起手裡的咖啡杯，重重地摔向了地上——

那一刻我醒了過來。光線突然地暗下去瞬間之後又重新明亮起來，陽光已灑滿了窗櫺，並照在我的床上。在醒來的那刻，咖啡杯破裂的脆響也跟了過來，同時跟過來的還有馬面的半身衣服，我看見那縷白光在我身邊閃了一下，然後快速走到門口，從門縫裡擠了出去。經過三至五分鐘的停滯，我穩住自己的血壓和心跳，開始尋找那封馬面留下的信，死亡的信函：床邊，床下，枕頭下面，被子的下面……這時，屋外傳來母親層出不窮的指責，一個個好吃懶做，做好飯了一遍遍叫都不起來，大的小的老的少的沒一個有良心，我這樣腰痠背痛也沒誰想搭一把手，該上班的不去上班該找活幹的不找活幹誰瞎了眼跟你們一輩子……我直起身體，認真聽著，這些平日讓我無比厭煩的嘮叨指責竟讓我露出了笑容，同時淚流滿面……

會飛的父親

一、迷宮裡

他是我一生的噩夢。現在，我終於可以擺脫他了。

這是我母親所說的最後一句話，她為說出這句話積攢了力氣，而這句話，足夠讓她把自己全部的力氣用完，從此乾癟下去，再無半點兒的力氣。我母親說這句話的時候他並不在，我母親說他並不在意自己的生死，對他來說這個不停地咳幾乎要把自己的胃、自己的心和胸腔、腹腔裡的一切器官都咳出來的病女人，只是一團骯髒的贅肉，能讓亡靈之神赫耳墨斯幫助他清除其實是件求之不得的好事。母親說得咬牙切齒，那時她的力氣還多一些，儘管這些力氣會慢慢地被她的咳所耗盡。

願她安息。願她在通往冥府的路上不會遇到那條叫刻耳柏洛斯的狗，遇到的時候牠的三個頭也都是睡著的。我母親把自己交給死亡，已經有兩年零三個多月了，我覺得她在冥河的那邊不會比在這端更覺得孤單和寒冷。她不會再次死於心碎，我覺得。

願她安息。她可能猜不到，我們已經被國王封閉在迷宮的裡面。這座迷宮，就是他所建造的，現在，他就睡在我的身側，打著充滿了暖呼呼臭味的鼾。在冥河那端獲得了安息的母親也許並不關心這些，她或許會說，伊卡洛斯，離開他吧，你是沾染了母親心性的人，母親的心性會讓你裂成兩半的。離開他吧，越遠越好，儘管他是你的父親，他也給了你一半兒的血。她或許會哭泣著說，兒子啊，那個虛榮的罪人最終連累到你啦。我就知道會這樣。

聽著身側暖呼呼、有臭味的鼾，我同時聽到一聲嘆息。它來自我的母親，或者說與我母親的聲音很像很像。這聲嘆息來自另一側，它更黑暗些，彷彿真是從地下發出的。我坐起來，朝著那個方向，但聲音在黑暗中消失得很快，瞬間便沒有了蹤跡。

——你在幹什麼？鼾聲停止了，他翻了翻身子，把鼾聲的尾音壓在身體下面。睡覺。他說，只有克里特的石柱可以整夜不睡。而你不是。

我當然不是石柱，但我生活在克里特島上，甚至永遠會固定地生活在這裡，國王的迷宮讓我和他都無法擺脱，在這點上我又像他所提到的石柱。想到被困，我心底的怨憤來了，於是我故意加高了音量：「父親，我睡不著覺。我感覺自己看到了母親，剛才，她還嘆氣來著。」

——算了吧。她早就死了。就算她是個瘸子，也應該早就爬過了冥河。我的父親，這個被母親一直稱為「他」的人伸出手來，把我按倒：睡覺吧，別再理會那個討厭的死人，她糾纏你的時間已經夠久了。她如果真的是為了你好那就不該不把自己的腳印全部收走。別人的死亡都是那樣。

「可是……」我想了想，又把「可是」後面的句子嚥回到肚子裡。它也許是會激怒我的父親的，被激怒的父親總是讓我恐懼，一直如此。

其實，不被激怒的父親也讓我懼怕。

二、在克里特的家中

——你懼怕我什麼？有一次，我的父親攜帶著他的厚厚陰影問我，那時候他的手裡只有一個用狼的胃縫製的酒壺。

「沒，沒什麼。」我不知道該怎樣回答。但我的雙腿已經顫抖起來。

——本來，你是可以成為我一樣的人的，他用一根手指重重地敲了一下我的額頭，可你太懦弱了。我都懷疑，你是不是代達羅斯的兒子。

「父親，我是你的兒子，我怎麼可能不是你的兒子呢？」我的眼裡滿是淚水，我覺得委屈，我覺得他會把我拋到大門的外面去就像幾天前他把孤苦的赫卡柏大嬸趕到雪地中去一樣。「我是你的兒子啊，父親，他們都說我的眼睛像代達羅斯的，它有厄瑞克族人的特徵……」

已經微醺的他根本沒有在聽，而是撩開懸掛著繪有帕拉斯神像的羊皮門簾，拖拖拉拉地走進去。那裡面立即有了讓人厭惡的歡聲笑語，我母親在另一房間裡的咳也影響不到他們了。她咳得撕心裂肺，我能聽到她的內臟在撕裂中的聲響。

那年，我七歲。

後來在我九歲的時候他又一次問我，你懼怕我什麼？為什麼在我的面前，你總像一隻遇到了貓的老鼠？

我忘了那次自己是怎麼回答的，但記下了他的提問。

我記得那天，他把我從廚房邊上的陶缸後面拉出來，幾乎要把我的耳朵拉長了，從我耳朵的邊上有一條疼痛的線一直疼到最小的腳趾。那天他沒有喝酒，也沒有帶回用鮮花、櫟樹樹枝和毒蛇蛻掉的皮做胸前裝飾的女人——告訴我，你為什麼總是躲著，為什麼會懼怕我？

我忘記了那天是怎樣回答的，我能記得的是，他又狠狠地抽了我一記耳光，直到第二天我的臉腮還有火辣辣的痛。我能記得的是，我的母親也跟著流下了淚水，這個殘酷的厄瑞克人，他的心是用毒蛇的毒液泡著的！而等她說完，我的父親突然出現在門口。這一次，他倒沒有對我母親動手，只是用一種寒冷的語氣對她說，不許在他面前提到蛇，世界上就沒有這種奇怪的動物。如果她一定願意提，那，她會首先變成這樣的動物的。「我會把這個有厄瑞克血統的傻子帶回雅典的，在那裡，他會吐出屬於你的全部血液，再不與你相認。」

父親說。說完，他踢了我一下——滾一邊去，我最討厭哭出鼻涕來的男人！我怎麼會有這樣一個軟弱得像鼻涕一樣的兒子！你最好滾得遠一點！

——你懼怕我什麼？

再次問起我這話的時候我的母親已經死去。他沒有等我回答就擺了擺手，算啦。我已經很累啦。你知道，我在為彌諾斯國王建造。真是個大工程！你的父親，代達羅斯，本質上是在為自己建造！你這個傻瓜，是不會懂得的。

已經喝醉的他有些沮喪。你說，你懼怕我什麼？難道彌諾陶洛斯會跟在我的身後？本來，兒子，我是準備把我的一切手藝都傳授給你的，包括我的榮耀。為了這分榮耀你的父親願意奉獻一切。已經喝醉的他有些沮喪，他脱掉一隻鞋子坐在我母親曾用過的枕頭上——要是塔洛斯在……

他沒有說下去。他突然地，哭泣起來。

三、在克里特的家中

這並不是我父親第一次提到塔洛斯。

雖然這個名字彷彿禁忌。

和這個名字一起成為禁忌的還有鋸子——在我們的家中，從來沒有任何一把鋸子的存在，雖然克里特島上的人都說這屬於他的發明。可他沒有帶回過任何一把鋸子，這，可不是我父親的風格，他是一個極為在意聲譽的人，儘管我的母親並不這樣看。在我母親的眼裡……

還是先說塔洛斯吧。

我第一次聽到塔洛斯這個名字，是在一個月光很好的晚上，那時我只有五歲。我聽見我父親用一種幾乎是哀求的語調在說，塔洛斯，你聽我說，塔洛斯，我，我當時……

他是在和院子裡的影子說話。他以一種從來沒有出現過的、低矮的語調。月光能清楚地照見他對面的那條灰影子，那條影子看上去要更矮小一些，以致我的父親不得不彎起腰和它說話。塔洛斯，你知道我是……我教給你好多的東西你不會忘記這些吧，你是我最好的學生，何況還是我的侄子。我知道你不肯原諒，我知道，我也很是慌恐，即使雅典法院不做出那樣的判決我也很是慌恐的，畢竟是我造成了後果……塔洛斯，是的我承認我妒嫉了妒嫉女神把她的毒汁滴進了我的酒碗而我又是一個習慣貪杯的人。我妒嫉你的……

我不能說這些是我完全記下的，我在那個年齡應當記不得如此清晰，可是每次回想起來我都感覺那個場景是清晰的，包括我父親說過的每一句話，我不知道這是不是月亮女神阿爾忒彌斯的旨意。我甚至能記起在那個晚上父親所穿的衣服和鞋子，月光賦予它們很不同的顏色，顯得有些寒冷。

我能記得那樣清楚也許是因為受到了驚嚇，我嚇得哭起來，本想撒在院子的草地上的尿也全部撒進了褲子。

——伊卡洛斯！你在幹什麼？父親回過身子，他衝著我大聲叫喊，藏在櫟樹裡的鳥兒都被他的叫喊驚到了，牠們猛然地飛走被頭上的樹枝撞掉了不少的羽毛，可那條影子並沒有離去。直到我母親點亮了屋裡的燈，直到她和僕人們都集中到院子裡。這時，那條影子才從院子的月光下面走出去，它走的時候甚至還撞了我一下。第二天早上，僕人們在打掃院子裡發現這條影子走過的地方留下了一塊塊腐爛著的肉，散發著難以掩蓋的惡臭，我父親不得不命人換走了院子裡的土。

第二天早上的發現我是後來聽僕人們說的，在晚上回到房間的時候我就開始發燒，在夢裡反覆著我所見到的情景，不過到最後那條影子並不是走出院子而是衝著我噴出憤怒的火焰。後來我還聽僕人們說，第二天早上我母親在水甕邊碰到了並沒有真正離開的影子，這條影子正在試圖把掉在地上的碎肉們一一找回，貼到身上去。他們還說，過了兩個晚上，我母親再次遇到了那條影子，它正在用地上的荒草結成繩索，試圖把自己紮得緊一些，當我母親看過去的時候它顯得格外憂傷。又有一個下午，我母親從我的房間裡出來時再次遇到了它，它正在雨中徘徊，一副一籌莫展的樣子，它的這個樣子也深深地感染到我母親，她捂著臉蹲在院子裡，悲傷地哭出聲來。

那些日子我一直在發燒，沉陷於昏迷。我並不知道自己沉睡了多久，醒過來的時候已經是個晚上，「好啦，終於醒啦，感謝彌諾斯國王！感謝祭司菲利門帶來的葡萄！」——至今，我也不知道那麼飄渺的聲音是從誰的嘴裡發出的，似乎並不出自於我的母親也不出自於僕人們。

塔洛斯，那條叫塔洛斯的影子在我重新醒來之後也就消失了，再也沒有出現過，連同它的名字。這個名字成為了禁忌。直到我母親死亡，她也沒有再次提到過塔洛斯，彷彿這個名字和那些記憶都只是我的臆想，只是讓我恐懼的噩夢。

四、克里特城堡

塔洛斯被抹掉了，父親剷除了院內的雜草，重新鋪上新土，並在地面砌上雕有橄欖枝和鬥雞圖案的青磚——做完這一切之後那個禿頂的菲利門又一次來過，他帶來的是一種暗紅色、有些混沌的水，這些混沌著的水被他精心地灑在鬥雞圖案上……從此之後，塔洛斯便被抹掉了。

可同時被抹掉的還有我的父親，只剩下了他，我母親後來嘴裡的他——厄瑞克族人，天才，雕刻師，建築師，脾氣暴躁的酒鬼，愛慕虛榮的人，厚顏無恥的人，國王的走狗，諂媚者，意志堅定的人，思想者……他還會不時地出現在我們的家裡，但有了變化。

譬如他會多日不肯回家，藉口是，他在為彌諾斯國王做事：建造水池，宮殿，城堡，修築通向厄里山斯山山頂的道路……後來他的藉口越來越少但不回家的時候卻越來越多。最後就連我的母親都聽到了這樣的消息：他在和住在克里特玫瑰街的妓女們鬼混，藉以打發讓他厭惡的漫漫長夜。

譬如他喝醉的時候越來越多，他變成了一個酒徒，一個酒鬼。他自己宣稱，他曾和狄俄尼索斯一起飲酒，而最先倒下的卻是作物之神。整整一夜的時間，那位作物之神都找不到返回叢林的路，而他卻跌跌撞撞地返回到自己的床上。「我不會輸給任何一個人，哪怕他是……」酒意讓他昏睡過去，打起充滿氣味的鼾。

他說自己沒有輸給狄俄尼索斯，但卻遭到了懲罰，那就是，他成為了一個離不開酒的酒徒。酒使他的手腳發軟，可他在不喝酒的情況下這種現象更甚。他只得把自己泡進酒裡。

譬如，他開始惡狠狠地對待僕人們，對他們咒罵或者實行鞭笞，只要稍不如意。他也開始使用這樣的方式對待我和我的母親，我們不得不接受他的拳頭，鞭子和咒罵，只要稍不如意。他從「丈夫」和「父親」變成了「他」，一個原來我們沒有見過的惡魔——這都是那個不能再說的塔洛斯所引起的。父親的禁忌也一下子多了起來，我們不能再提塔洛斯，不能擁有鋸子，不能提到月亮和石頭，不能提到雅典，後來發展起的禁忌還有城堡、墜落、膽小的人、徒弟、影子……

他開始帶女人們回家。在我母親病後更是如此，有一次，我聽見他說，這並不是出自於他的情願，但，他不能不如此——這話是對我母親說的，換回的是母親從牙縫裡擠出的冷笑。為此，惱怒的父親抓住母親的頭髮，將她拉到門外，從石階上推下去……他還不許任何人靠近，包括我。「你會遭受懲罰的，邪惡的厄瑞克族人，厄里倪厄斯一定不會輕易饒恕你的這種舉動。」母親一邊擦拭著額頭上的血一邊試圖爬起來，可我父親，已被惱怒燒紅了臉的父親又把她踹倒在地上——放心吧，醜女人，我不會遭受到任何懲罰，除非這一懲罰來自於彌諾斯國王。復仇女神是不會為難到我的，因為我是阿佛洛狄斯的僕從，我從來沒有少過給她的獻祭！

你這個醜女人，什麼都不知道！你根本也不想知道！他惡狠狠地摔門而去，我們都以為他在那天是不會回家來的，不會，然而我們都想錯了。

半夜。我正經歷一個噩夢，在夢中我被封進了果殼，一個持有大錘的鐵匠正準備把這枚果殼狠狠砸碎，這時父親來了。他叫我，起來。跟我走。他的話語裡滿是葡萄酒和胃液渾濁著的氣息。

我是第一次在夜間登上克里特城堡，負責守衛的士兵們似乎都認識我的父親，在他經過的時候都向他行禮，裝作聞不到他所攜帶的酒氣。

這裡是我所建造的，他說。這裡也是。還有這裡。我幾乎為國王建造了整座克里特城！這座堅固無比的新城，只取了舊城很少的一部分土，一部分土，你懂吧。

他指點著遠處：那座高樓，是我建的。我以為國王會把它當作圖書館，然而後來它的用途是行刑台。我為這座行刑台建造了三種刑具，在這個世界上沒有比它們更完美的了。遠處，一片黑暗，我看不清高樓的位置。

他指點著遠處，那裡，有四根巨大的柱子，柱子的頂端是雕刻完美的石龕，我原以為國王會在石龕裡放進燈盞，沒想到的是，國王放在石龕裡的是犯人們被砍下的頭。沒有人知道彌諾斯國王的心思，他的心思是不能被猜透的。父親連打了三個酒嗝，他小聲說，這，也許是國王的惱怒，他可不希望別人在背後這樣說他，即使是我。——你看到了沒有？就在那裡。

我沒有看到。那個遠處也屬於黑暗，只有一片一片來回湧動的黑暗，我無法找到石柱和石龕的位置。

五、克里特雕石館

後來我才知道，父親那時正受著煎熬。他的胸前和後背有著兩塊燒得火熱的鐵。

他接受了彌諾斯國王的新任務：為偉大的克里特帝國製造一個能一次絞死十二個人的絞刑架，因為國王遭受了十二個人的冒犯，讓他震怒不已，於是他決定將這十二個人一起處死，並向其他的人發出警告。

那十二個人：一個是典獄長堤丟斯，他提醒國王他的監獄裡人口實在眾多幾乎可以再建一座城市了，而解決人滿為患的方法是釋放一些罪過較輕的人讓他們改正——彌諾斯國王絕不接受這樣的解決方式：你這是鼓勵犯罪！任何的犯罪都不會得到律法的允許，這，你應當清楚！提出這樣的要求無異是對法律的不敬，無異是謀反！你違背了國王的意志！將要處死的還有預言家蘇格拉底，據說他是個不敬神的人，一直向青年人的腦子裡灌輸引起混亂的東西……有三個士兵，他們分別是赫克托耳、埃利阿斯和提拉蒙，他們竟然藉口天氣寒冷在巡邏的時候飲酒，儘管只是每人一小杯；將被絞死的阿喀墨斯殺死了自己的兄弟，而哭哭啼啼拒不認罪的伊斯提涅則是因為偷盜，失盜的主人說他丟失了一頭奶牛而伊斯提涅只承認因為酒醉而去牛欄邊撒尿，在他撒尿的時候牛欄裡就沒有了奶牛。奧德修斯將軍獲罪的原因是，他沒能像他承諾的那樣，為彌諾斯國王帶來一場他想要的勝利，儘管這位將軍作戰勇敢，可相較勝利來說這個美德完全是微不足道的。瑪卡里阿是王后的侍女，她打碎了王后的鏡子因此遭受重罰，而得摩豐和特里克斯的必死是因為謀反，他們試圖害死偉大的國王……

我當時並不知道這些，我知道的是特里克斯是我父親的好友，他曾多次來到我們家裡，和我父親飲酒，談論未來的城堡應該如何建築；我知道的是，父親不只一次地提到典獄長是他的恩人，我父親最初，是作為犯人被關在監牢裡的，而典獄長發現了他的才能並向國王彌諾斯推薦了他，為他洗刷了子虛烏有的罪名……我當時知道的是，父親為此很是悲痛。

當然，就像別人所認可的那樣，我父親是一個能幹而認真的匠人，他會對自己的每一項工作都盡職盡責地完成。可悲痛還是不自覺地浸入到他的建造中，他選擇的石頭和木板都因為浸入了悲痛而略有些扭曲。

我就是在那個時間來到他主持的克里特雕石館的。我母親希望我能成為一個好學徒，成為一個和我父親一樣聲名顯赫的匠人。

我跟著卡什叔叔學習木匠，他教我做棺材。他說，你要先學習使用錛子、鋸子，學習力量用得準確。他說我要把它做成斜面交接的，這樣一來，釘子吃住的面積就比較大；雨水只能斜斜地滲入棺材。要知道雨水順著垂直、水平的方向滲流起來是最容易不過的了。他說棺材有用，有太多的人需要棺材，就是被國王下令絞死的這十二個人也需要棺材。西西里島的居民不需要棺材，他們會把屍體懸掛在樹上直到它們乾透為止。樹上掛滿了各種各樣死去的人，士兵們從樹下經過會讓自己的標槍碰撞到屍體，它們會發出鋼鐵碰撞的聲響……卡什叔叔來自西西里島，他是帶著腿上的傷疤來到克里特島的，在這裡他成為了有名的木匠，學會了製作棺材。

在克里特雕石館，我學習木匠，學習製作棺材。可我總是使用不好錛子。我總是用不準力氣，每一下，都是一條歪歪斜斜的線。卡什叔叔也有些惱火。

那時，我父親的製造也遇到了困難。他已經克服了悲痛，但另外的一些屬於技術的活兒卻不是那麼容易克服的，他一次次失敗，而國王彌諾斯已經失去了耐心：再給你三天的時間，如果還不能完成，你將也陪伴那十二個人一同絞死！負責傳旨的官員一臉真誠。

我總是使用不好錛子。我總是用不準力氣，每一下，都是一條歪歪斜斜的線。卡什叔叔也有些惱火。「你怎麼可以這樣，你看準我給你畫出的線……線在哪兒？你怎麼能把它錛沒啦？」

父親讓人拉起懸掛的繩索，而這時，巨大的絞刑架出現傾斜，其中一塊代替人懸掛在上面的石頭掉了下來。「混蛋！」父親跳起來，他手上的皮鞭狠狠抽在負責拉動繩索的人的身上。「你們幾個！是不是想讓我去送死？在我被處死之前，我會先把你們送過冥河的！」

……我依然使用不好錛子。它甚至不像斧頭，也不如鋸子好用。我根本控制不了它。這時，狂怒著的父親朝我奔過來，他的拳頭狠狠打在我臉上——笨蛋，一個笨蛋！我怎麼會有你這麼笨的兒子！把它給我剁掉吧，把木頭裝上去都比原來的這雙手靈活！他真的抓住了我的手。他真的，抓起了斧子。

克宇克斯奔到他的面前，抱住他，我的手才得以倖免，但斧頭砍到了克宇克斯叔叔的背。「代達羅斯，你不能這樣……」

我被趕出了石雕館，我父親說沒有他的話我永遠不允許再踏入半步。在我走的時候我看到父親俯下身子，哭泣起來。他的手遮住自己的臉，一副讓人絕望的樣子。

父親最終按時完成了絞刑架的建造。那真是一架完美的機器，它有樹木那麼多的枝椏，而全部的繩索只用一個絞盤就能提升起來。遵照國王的命令，全克里特城的人都聚集在王宮外的廣場上參看行刑，而我父親則不停地在絞刑架前走來走去，檢查著每一個部件。那十二個人被押到了絞刑架前，或許是因為飢餓和痛苦的緣故他們都顯得非常矮小。我父親還在檢查，他拉拉這裡，拉拉那裡，向滑輪處再次滴上用以潤滑的油脂——父親的動作吸引了特里克斯。他為我父親的建造由衷地讚嘆，但同時，提出了一個改動的建議：如果在最上端的枝椏處加上一根橫向的木梁……我父親瞬間便明白了，他低聲把石雕館的三個工匠叫到身邊，他們飛快的退下去，不一會兒，三個人就扛來了一條長長的木梁，各自的手裡還提著工具箱和滑輪。

還不到行刑的時間，父親和那三位工匠現場操作，把木梁刨平，裝上滑輪，而特里克斯也提供著建議：向上一點兒，不，繩索從下面繞過才對……不不不，這樣不行，它會把另外的繩索絞在一起的，它要從左邊開始……父親聽從了特里克斯的建議，只是在安裝的高度上遵照了自己的想法。——你是對的，代達羅斯，這樣看上去更美觀些，而行刑者也會少用一點兒的力。特里克斯點點頭，他對我父親說，我再也給不了你別的意見了。再見吧。

加上了木梁的絞刑架一下子也多出了幾個可以懸掛的地方，彌諾斯只得從克里特監獄裡臨時抽出三個罪犯掛上去，另外的空餘國王也加以利用，在每三個犯人之間吊上三四隻貓。僵直的屍體和死貓懸掛了三天，起初所有克里特的人都不忍心去看。

但隨著時間……我們發現那些屍首都瞪著憤怒的雙眼，於是我們對這樁慘案的認識也發生了變化，產生了與以前不同的感受。而這時，彌諾斯國王更是印刷了十二個人罪行的告示，負責印刷的就是我的父親（他把印刷不夠精美的幾件廢品拿回了家，於是，我記下了那些人的名字和各自的罪行）。

……至少在我的家裡如此，母親和僕人們都開始對被絞死的十五個人感覺厭惡和痛恨。有三位女僕，還結成對子來到絞刑架前，分別向屍體們投擲石塊和西紅柿。「那三個後來被拉來的人……他們的罪名是什麼？」「管他呢，反正他們都是該死的，彌諾斯國王一定有他的道理，即使我們一時不能理解！」

六、迷宮裡

他找不到路徑。「克里特的迷宮將成為奇蹟，它困住了它的建造者。」我父親甚至為此驕傲，但，留給我們的糧食和酒已經越來越少，而秋天將至。

我提醒他，父親，我們如果找不到出路，就會死在您的偉大迷宮裡。——這有什麼。他並不掩飾自己的得意，你不知道，有許多的工匠，窮其一生也無法完成這樣一件偉大的作品，如果我願意把我的成就和他們交換，我相信就是在這個小小的克里特島，也會有十個人願意用死亡來交換我的才能，如果在雅典，願意交換的絕不會少於一百個……「不過，我是不會被真正地困住的，伊卡洛斯。我只是希望……現在還不是告訴你的時候。」

他要我和他一起參觀他的建造：我想，你也許希望見一見彌諾陶洛斯，是不是？你們是如何描述它的？我想知道。

聽說它是一頭可怕的怪獸，凶猛，殘暴。聽說，它有雙重的形體，從頭頂到肩膀是一頭公牛的形狀，而其餘的部分則像一個身材高大的人。我還聽說，根據一份古老的協議，雅典每隔九年就要給克里特國王呈獻七名童男童女，作為上貢給彌諾陶洛斯的祭品。聽說，就連國王彌諾斯也受到這頭怪獸的控制，某些殘酷的命令是根據彌諾陶洛斯的意見做出的，若不然以寬厚卻不乏嚴謹的國王的性格，他是不可能非要殺掉那麼多人的。我把我聽到的告訴他，他為我的話做了一點補充：誰也沒見到過彌諾陶洛斯，是不是？據說凡是被彌諾陶洛斯看到的都是不會說話也睜不開眼睛的死人，是不是？就連國王想要接近它，也必須戴上黃金和蟒蛇的皮做成的面具才可以，是不是？

是的。我說。所以它是一頭可怕的怪獸。在克里特城，沒有誰提到這頭怪獸不會膽顫一下。

「那，你想不想見見這頭怪獸？要知道，這座迷宮，就是專門為彌諾陶洛斯建造的。」

不想，我積攢了一點兒搖搖晃晃的勇氣，父親，我不想見它。即使它不會殺死我，我也不想見它。我不知道為什麼要見它。

「可它就在迷宮裡。」父親笑了起來，他笑得陰冷而猙獰。「有時候躲是躲不開的。不過，你早就見過它了，兒子。只是你沒意識到而已。」他擺擺手，「走吧，跟著我。伊卡洛斯，雖然你不是最好的人選，但我還是願意領著你參觀一下。就是奧林匹斯山上的諸神來到這裡，我想他們也是會被困住的。」

我們穿過由假山和樹木構成的外圍迷宮，它的設計師在經過沉思之後總能找到正確的出口。在迷宮的邊緣處有幾棟低矮的草房，父親告誡，只有灰色屋頂的那間可以進入，其他的房間裡要麼是陷阱要麼是被吃人的怪獸占據，千萬不要打開。我們走到河流的面前。那條河有著反反覆覆、雜亂無章的縱橫交錯，這是我父親頗為得意的設計，他說，迷宮裡的河流是根據夫利基阿密安得河的境況來設計的，那條互相交叉又互相分離的河流給了他巨大的靈感。他叫我蹲下去觀察——你看，這水流的走向！它此時是在向前，哦，在我說話的時候已經轉向，它開始向後湧去了……它沒有固定的流向，誰也不知道下一刻鐘它是向前還是向後，還是在原地旋轉起來形成渦流。告訴你，這條河河水的流向，時常會和河流本身的意志背道而馳，我甚至不知道奧林匹斯山頂的諸神是不是能夠理順！要經過這條河流走向裡面的高樓當然困難重重，就連我，也不敢保證每次都能順利通過，進入到裡邊……

父親說得沒錯兒，我們往返三次才找到正確的路徑，那時已經是黃昏。我們經過一片廣闊的沙漠，它實在是太廣闊了，也不知道走了多麼久，父親憑藉懷裡的指南針和一隻水銀做的金絲雀的指引，才來到一座高樓的前面。

「哦，我們走到了中午。」我抬頭看看頂在頭上的太陽，「真是奇怪，我們在沙漠裡，似乎沒有經歷過夜晚」——沒什麼好奇怪的。父親點起火把，在這裡，時間甚至時令都是不確定的，你以為是在中午，不一會兒就可能是深夜；你以為是在春天來的，鮮花們都在開著，可能下一時刻，這些花朵就會迅速地枯萎下去，你的腿邊卻積下了厚厚的雪。當年，建造迷宮的工匠們也都不敢相信自己的眼睛。唉，願他們沉進河水中的骨骸不再爭吵。

果然，天暗了下來，整個星河就垂在我們的頭頂。父親抓著我的手，避免我沉陷到沙丘的下面去——我不知道腳下的沙丘是什麼時候聚攏的又是什麼時候成為了沙谷，沒有風，它根本沒有移動。「你說，從你所站的地方到這座樓房的門口，需要走多少步？」

十步？十五步？「不，需要整整一天的時間，如果你確定自己走的是直線的話。在我的這座迷宮裡，處處都是錯覺，眼睛所看到的沒有一項正確！」父親的聲音裡含滿了不可一世的驕傲。我聽得很清楚，他說的是，我的迷宮，而不是彌諾斯的迷宮或者彌諾陶洛斯的迷宮，我父親不肯把它輕易地交出來。

——那，我們是不是還要過去？我的心裡有種隱隱的不安。

「不過去啦。我知道，此刻，彌諾陶洛斯並沒有住在裡面。」父親說，他的表情有些黯然，「這座高樓裡面滿是噩夢。我也不能保證我的雙腳踏進去之後還有機會走出來。」

七、迷宮裡

他又喝醉了。這次，他帶來的不光是難聞的酒氣還有滿身的泥漿。他撞開門，跌跌撞撞的身子還沒進來就開始咒罵——

賣肉的，賣臭肉的，賣被冥河的水泡了三年的臭肉的。吃過邪惡女神糞便的人，從惡狗的肚子裡出生的人。塞壬的兒子，嘴裡面長了兩條有分岔的舌頭，噴出的都是花言巧語的毒液。和暴死女神開倫交媾的膽小鬼……

他罵著，突然衝過來抓住我的頭髮——「父親，你幹什麼？我是你的兒子伊卡洛斯啊！」

伊卡洛斯？他鬆開手。哦，伊卡洛斯。那個醜女人的兒子。那個醜女人……他哭泣起來，用力地抱住我，伊卡洛斯，伊卡洛斯……我的心裡，有一條毒蛇在瘋狂地咬。我的血都快流光啦！你這個吸人血的鬼魂！

我將他拉到床上去。這並不是一件很輕易的事，就在我用力拉扯的時候他竟然睡著了。可在我準備起身的時候他又伸出手來抓住我：

塔洛斯，你不知道我現在有多後悔，其實摔到地上的是我，是我！我把自己摔得四分五裂！砰！我就再也沒有了，塔洛斯，塔洛斯，我早就被你殺死，現在活著的我也不知道到底是誰。

「父親，是我。我是伊卡洛斯。」

伊卡洛斯？他鬆開手。哦，伊卡洛斯。你的母親早就過了冥河，我不知道她在那邊是不是依然不肯放棄對我的詛咒。現在，我就把你送到她的身邊去。你以為我不敢嗎？你以為我，不敢嗎？

敢，父親，您當然敢。我不知道從哪來的勇氣，這是我長到十四歲以來第一次和他這樣說話。我轉過身，在他的工具箱裡找出錘子、刀子和錛子，一一放在他的手邊。父親，您敢，您什麼都能做得出來。當然這和您所服侍的國王還有差距，但也足夠了。您知道我母親臨終時說的最後一句話是什麼嗎？她說，他是我一生的噩夢。現在，我終於可以擺脫他了。

「你這個混蛋！」他甩過一記狠狠的耳光，讓我的耳朵裡一下灌滿了喧嘩的鳥鳴，「你怎麼敢這樣跟我說話！伊卡洛斯！你什麼時候吃掉了豹子？好吧，好，你等著，現在就讓赫耳墨斯把你接走！不過他未必會把你送到你母親那裡去，他也許會把你的骨頭丟給哈得斯的看門狗。」

「我也樂得如此，父親大人。」我突然淚流滿面：「父親大人，在我母親死後，在我被彌諾斯國王的衛兵拉進迷宮來陪您，我就在等接引的神。在這裡的每個時刻都是煎熬，死亡不過是被拉長了，父親。」

你不知道。你什麼都不知道。我們會離開的，不過現在還不到時候。可恨的父親，讓人厭惡的父親，嘴裡面滿是腐臭的父親，又一次沉沉地睡下去，這一次，他睡得像一塊沒有知覺的石頭。

可我的恐懼卻來了。它來得洶湧，無邊無沿。它在四周的黑暗裡潛伏著，我能聽到它的呼吸。

八、迷宮裡

起來，他叫我，除了口腔裡殘存的酒臭，他似乎已經忘掉了昨日。我最看不得人懶惰的樣子，即使你是個笨人，即使你是我的兒子。伊卡洛斯，我要出去幾天，你要在這棟房子裡好好待著，千萬不要走遠。

好的，我飛快地坐起來，揉著眼睛，父親，你要去哪兒？

當然是迷宮裡，還能到哪兒去。我只是想，如果我不憑藉工具，看我能不能走到河那邊去，然後再返回這裡。我要忘記它是我建造的，而把它當成是另一位偉大工匠的傑作……他興致勃勃，把他的工具箱和其他用具都放在一個羊皮袋子裡，然後又裝上了酒。「我用紅線給你畫出了範圍，如果你走到紅線的外面，一定要馬上退回來，否則，我可能永遠都找不到你了。」

這一次，他竟然沒提到赫耳墨斯。千萬不要走遠。

說著，他就消失在一堵牆的後面，隨後沒了身影。

九、迷宮裡

我被孤單地剩在了迷宮裡。

我不知道自己該做點什麼，不知道。我對父親劃定的紅線也沒有半點兒興趣，我走過一堵牆還會是另一堵牆，我走過一片由樹木組成的過道還會是另一片由樹木組成的過道，我走過去，只會讓自己在過道和過道之間、牆壁和牆壁之間繞來繞去，它沒有任何的趣味——而我走得時間過久的話，還很可能會把自己走失，再也找不回原來的位置也找不回自己——我對這樣繞來繞去的冒險沒有興趣。

我寧可無所事事。

我在無所事事的時候會想一些混亂的事，會想起我的母親，我想用女僕伊菲革涅亞教我的方法招喚亡靈，可這個辦法根本無效，我並沒能見到我的母親也沒有聽到她的聲音，我招來的只有一縷淡淡的煙。我想起那個叫塔洛斯的影子，我也想起克宇克斯叔叔對我說的話，他說，孩子，我要走了，要到遙遠的地方去了，因為我知曉了代達羅斯的祕密。我不走，他一定會想辦法殺掉我的，就像殺掉辛尼斯那樣。他不會眨一下眼的，不會。而且，他不會生出一丁丁點兒的愧意出來，我太了解他了。他說，即使你父親不殺我我也不想再待下去的，他為凶殘的國王做了太多凶殘的事，而我也是幫凶。再這樣下去，我身體裡積攢著的痛苦就要把我埋葬在這裡了。

救過我的克宇克斯叔叔說，我父親是一個非常優秀的匠人，這點兒毋庸質疑。我的父親一定是阿波羅和雅典娜的寵兒，奧林匹斯山的神靈給他太多了恐怕某些神靈也會對他妒忌。克宇克斯叔叔說，我父親具備一個藝術大師的全部優秀品質，他的身上只有一個顯著的短板，就是愛虛榮，愛妒嫉。當然這個短板也是自古以來的藝術家們所共有的，不過，在我父親身上，它顯得明顯而邪惡。

克宇克斯叔叔說，我父親在雅典的時候就已聲名顯赫，甚至他的影響一直影響到遙遠的世界邊緣，人們對他創作的石柱佩服得五體投地，說它是具有靈魂的造物。他創造了一個有別於前人的雕刻法，這種雕刻法甚至讓石柱上的生靈都會移動，插進身體的標槍會讓它們慢慢滲出鮮紅的血。然而，不知出於怎樣的原因，奧林匹斯的諸神在賦予代達羅斯神性的同時卻把同樣的神性賦予了另一個人，他是我父親的徒弟，也是他的侄兒，塔洛斯。他甚至更優秀些。

在很小的時候，塔洛斯就發明了陶工旋盤。他還利用蛇的頜骨作為鋸子，用鋸齒鋸斷了一塊小木板——後來，他用同樣的方式製造了鋸子。也就是說，我父親剽竊了他學徒的發明，在到來克里特之後將他的發明權據為己有。

這個塔洛斯還發明了圓規和另外的一些用具。在雅典，他的聲名和我父親一樣顯赫，人們在讚嘆我父親的雕刻和發明時總不忘提上一句：「要是塔洛斯來完成的話……」

人們的稱讚引來了我父親妒嫉的怒火，它是分岔的，飄忽不定的，但卻並不容易熄滅。一個傍晚，我父親和他的侄子塔洛斯登上雅典的城牆，他們在談論水車的設計，沉浸於敘述中的塔洛斯完全沒注意到我父親的臉色和已經冒到了頭頂的火焰。他說著，不停地說著，他已經被自己的思路纏繞在裡面，等他突然意識到自己在墜落的時候為時已晚。克宇克斯叔叔說，塔洛斯是被我父親推下城去的，千真萬確。

「不可能，」我說，「你聽到的是謊言，是出於嫉妒而虛構出來的謊言。我父親說了，他的侄子死於奇怪的疾病，當這種疾病落進他身體的時候他身上的肉就開始鬆了，就自動地散落下來，並發出惡臭。我父親說，他的侄子以為我父親無所不能，手裡掌握著能讓他恢復的藥劑，可事實上我父親沒有……」

克宇克斯叔叔說，他說的千真萬確，他再次用到了千真萬確這個詞。關於我父親的這件事，他是聽辛尼斯說的，辛尼斯也是來自雅典，只是最初他隱瞞了它，直到，塔洛斯的影子一路追到阿提喀來到克里特城。

「也許是他說謊……他為什麼要隱瞞身分？從這點看，他也是一個習慣說謊的人。」

他沒有說謊，至少在塔洛斯和你父親的這件事上沒有。克宇克斯叔叔說，他所以隱瞞，就是因為怕代達羅斯知道他來自雅典知道些舊事而不會雇傭他，而他選擇向克宇克斯說出則是因為塔洛斯影子的出現。這條影子，先找到了辛尼斯。它是衝著克里特雕石館的招牌去的，它找到辛尼斯和他交談的那個黃昏恰好克宇克斯也沒有走，他被一些瑣事纏住而忘了時間。

在角落裡做事的克宇克斯無意中聽到了他們的對話。他知道了，那個尋找而來的影子叫塔洛斯，死於我父親代達羅斯的謀殺，最讓它難以忍受的是我父親在掩埋屍體的時候說自己是在掩埋一條毒蛇。它並不希望辛尼斯對我父親的行為提出控告，這會讓他為難的。它所希望的是，出於同情和應當的悲憫，來自雅典的辛尼斯能夠為它指認代達羅斯的住處，它要親自去找他。

「哦，似乎是……可這也說明不了什麼。」我想起關於影子的舊事，但我拒絕承認我父親是殺人犯，尤其是殺害自己親侄子的凶手。

我知道你出於怎樣的理由不信。克宇克斯叔叔說，他當時也依然有些半信半疑，但信的成分超過了一半兒，畢竟它是由一條掉著碎肉的影子說的。讓他走向確信不疑的原因是，辛尼斯不知出於怎樣的理由，他向代達羅斯報告說那條影子曾來過雕石館，而他也不得不指給它代達羅斯家住哪裡，如何才能尋見……克宇克斯叔叔說，我父親當時就極為憤怒——你的舌頭長得太長了！我會讓它再也不能多說一個字的！誰知道你還會說出怎樣的話來！我會讓你消失的，辛尼斯，你要為你的舌頭付出代價，在我殺死塔洛斯之後就不會在乎再除掉另外一個人，我清楚我在做什麼。

被嚇傻的辛尼斯找到我，我是他在克里特雕石館裡最為親近的朋友。他說，克宇克斯，我該怎麼辦？這麼多年我都沒曾把這件事說出來，我覺得自己為代達羅斯大人保持著祕密因此上心裡與他有著特別的親近，可他卻要殺掉我，不肯信任我是出於對他的忠誠才向他彙報的……他哭得痛苦而絕望。這時，國王的衛隊闖進了雕石館，他們將癱軟得不得了的辛尼斯架著走出去，就像拖走一條已經死去的狗。後來你父親給出的解釋是，辛尼斯是個說謊者，是個罪犯，是個逃跑的奴隸，他只能屬於監獄和鬥獸場——從那之後我就再沒有見過辛尼斯，他只在我的夢裡出現過一次，面目模糊，彷彿是從水中撈起來的一樣。在夢裡，他一句話也沒有說。

克宇克斯叔叔說，後來，代達羅斯打聽到辛尼斯被衛兵們抓走的時候我也在場——他試探著，試圖從我的嘴裡了解我都知道了什麼，我雖然裝出完全無知的樣子可我知道代達羅斯並不信。我知道接下來迎接我的後果是什麼，之所以他現在還沒有做是因為辛尼斯剛剛被抓走不久，他不想給人留下猜測。

——你父親殺死了塔洛斯，兩次。後來，他又使用在克里特禁止的巫術，讓邪惡巫師除掉了塔洛斯的影子。這件事，石雕館的匠人們多數知道。

「我母親也……」我沒有再說下去，它讓我痛苦。我父親是有種種的不好，這是我所清楚的，但我不肯相信他會那樣。它讓我痛苦。克宇克斯打斷我，他說我父親受到了雅典最高法院的審訊，他們認定他有罪。所以才有了在克里特島的代達羅斯，他不得不逃亡。

我母親也知道在她嘴裡被咬得有深深齒印的「他」請了巫師，殺掉了影子，但對於「他」之前就曾殺死過塔洛斯也是不信的。她痛恨這個人，後來越來越恨，她認為我父親為了自己能做一切事，無論這些事是美好還是醜惡，但她沒有向我提過我父親殺死了塔洛斯。「伊卡洛斯，你可不能成為他那樣的人啊。否則，我在冥河的那端也會痛苦得再死一次的。」我母親沉陷的眼窩裡總有淚水的痕跡。

迷宮裡，我在無所事事的時候就想我母親的遭受，我為她痛，為她苦，為她抱怨，也為她來痛恨——當痛恨湧來形成浪潮的時候，我甚至會在心裡殺死他，一遍遍。我為自己的想法而顫抖，每次想到我使用刀子、斧子，或者其他的什麼……我的心就會猛烈地顫起來，讓我不能再想下去。

我也想在克里特城裡的發生。想黑暗來臨時天空中盤旋的禿鷲和烏鴉，牠們把克里特看作是樂園，甚至偶爾那些白鶴與魚鷹也會享受到牠們一樣的樂趣。彌諾斯國王對不尊重他意志的人是嚴厲的，而那樣的人卻總是層出不窮。我想著家裡那些嘰嘰喳喳的僕人們，他們就像一群陰暗的老鼠，當我父親在家裡出現他們立即把嘴裡的嘰嘰喳喳隱藏起來，變成另外的人——也不知道他們現在是怎樣了：總是一臉愁容的歐邁俄斯，在背後嘰嘰喳喳的聲音最響的珀涅卡珀，無比貪吃而又力大無比的埃克朋諾爾，還有總跟在我母親後面為她擦拭淚水的卡珊德拉……我和父親，是被彌諾斯國王的衛隊帶進迷宮的，他們來到家裡的時候還算客氣，只是語氣不容置疑。「遵照尊敬的、偉大的彌諾斯國王的命令，有請代達羅斯再次查驗彌諾陶洛斯迷宮，國王不希望這座迷宮有任何的漏洞。因為需要的時間過久，也請他的兒子伊卡洛斯一併前去，慰藉父親的心……」

不知道時間過了多久，無所事事會讓時間變得更為漫長，所以我更不知道時間了——在我這裡，時間也完全是種無用之物，它不用來貪戀也不用來希望，我對它沒有要求，反而因為它的存在讓我感覺著限制。可以用來回想的事情並不多而且它們多是灰色的我不想讓自己沉在裡面，於是我尋找著松針和落葉，躲在樹木的下面或者牆壁的拐角處為自己編故事——在迷宮裡，牆壁的拐角實在太好找了，幾乎每處都是，有的是用土壘起的，有的是由磚或石砌成，有的則是利用著喬木、灌木或者蘆葦……大約幾天的時間下來，讓我有興趣的故事也被我編完了，我只得再重複一次。這樣的重複有些索然無味，我就讓自己回想歐邁俄斯給我講過的國王故事：珀布律喀亞的國王阿密科斯是凶殘的，他殺人無數，更是規定陌生的人進入到他的領地則必須在和他的拳擊中取勝，否則便不能離開他的王國，為此他殺害了許多完全無辜的人；國王彌諾斯曾向海神波塞冬許諾，他將把自己看到的從大海裡浮現出來的第一件物品當作祭品，用以祭供海神——只見海水奔嘯，水裡面浮起一頭健壯、碩大的公牛。大喜過望的國王卻起了貪心，他將這隻公牛悄悄藏在自己的牛群裡，然後牽出了另外一頭牛……底比斯國王拉伊俄斯年輕的時候被趕出家園，他被伯羅奔尼撒的國王收留讓他住在王宮裡，當作客人一樣款待。後來，他卻恩將仇報拐騙了國王的兒子克律西波斯，將他變成了奴隸，國王不得不發動戰爭才將克律西波斯救回去，然而就在路上克律西波斯還是遭到了殺害。拉伊俄斯得到一則神諭，說他命中註定將喪命於自己的兒子之手，於是他在兒子出生後的第三天就命人將嬰兒雙腳刺穿，然後用繩子捆綁起來扔進了荒山；薩爾摩鈕斯是伊利斯的國王，據說是一個蠻橫無理、自以為是的人，他建造了一座豪華的城市薩爾摩尼亞，要求那裡的臣民們對他要像對宙斯一樣祭奉和尊重，否則就會遭受殘酷的懲罰。他打造了雷神的車，而國王在車上揮舞著火把將它當作射向人間的道道閃電。當他尋歡作樂的時候，會命令周圍的人全部躺倒在地上，像是被雷電燒焦的屍體……最終薩爾摩鈕斯國王遭到了懲罰，懲罰他的正是他所模仿的眾神之神。宙斯劈下一道暗紅色的閃電，它擊倒了國王，並使整個薩爾摩尼亞都沉陷於火焰之中，城裡那些可憐的居民們也無一倖免……

我偶爾地會想一下我的父親。在我想到他的時候，他只是一道模糊的影子，我竟然記不起他的臉。

十、迷宮裡

父親走了回來，他的後背上背著一條有破洞的口袋，裡面滿是鳥的羽毛。

「你是幹什麼去了，父親？難道，你是去捕鳥了？難道，你是想，用它織成毯子，準備冬天的來臨？」

當然不是，我要把它們黏起來，做成翅膀。地上的路和水上的路都被封鎖了，我們無法繞過彌諾斯國王把守的衛兵。

「父親，你的意思是……」

他說，我現在能猜到也不算太晚，是的，凶惡多疑的彌諾斯並不是讓他來仔細檢驗迷宮的設計，而是想把它的設計者困在裡面，看他是不是能出得去。「因為他希望得到的就是，能把設計者困死在裡面的迷宮，只有這樣的迷宮才值得信任。」之所以國王要他把自己的兒子也帶進來，就是要進一步測試他：國王覺得他代達羅斯或許可以犧牲自己的生命而使迷宮顯得天衣無縫，但一定不能忍受和兒子一起被困死，一定會用盡全力尋找逃出的路，那樣，他的檢驗效果才可達到。「我們一旦離開出現在外面，也就是自己的死期，國王不能容忍我設計一個有漏洞的、設計者可能進退自如的迷宮。」

父親說，他知道彌諾斯的想法，雖然他並不是這樣說的。他和這個國王已經共事多年，對國王多少是了解的。「你還記得我帶你去王宮時的情景麼？」

十一、在王宮

那年九歲半，我跟在父親的後面，不知道爬了多少級台階，反正我的膝蓋都爬疼了。然後，我們經過一道道長廊，接受一次次檢查，終於在一座大殿的外面停下來，不久，裡面傳來聲音，讓我們進去。我跟在父親的後面，這時我的膝蓋更疼也更軟了。那時已經黃昏，殘存的陽光隨意地塗抹在大殿的牆上，裡面充滿了翅膀的晃動：那麼多的烏鴉在屋頂上盤旋。

彌諾斯國王高高在上，他坐在一把大木椅裡，這讓他顯得很瘦小，我甚至記得他是一個孩子——後來我不得不借助實際來修正我的這一錯誤——可在我十一歲的時候，我想起那次經歷，王座上坐著的依然是一個孩子，而不是別人嘴裡的國王。

他問我父親的建造情況。我父親小心地回答著，他謙卑地幾乎不再像他。「這是你的孩子？叫什麼名字？」

坐在那裡的那個「孩子」有著一種魔力，竟然讓我張不開自己的嘴巴。只得由我父親回答：尊敬的、偉大的國王，他是我笨拙的兒子，名叫伊卡洛斯。哦，伊卡洛斯，很不錯的名字。將來也許能會和你一樣成為克里特最有用的人。我喜歡這孩子。國王揮揮手，我獲得了一個金色的夜鶯，它的肚子裡是好吃的糖果——也許正是這樣的賞賜，讓我的記憶生出錯覺，以為坐在王座上的國王其實是個比我大不了多少的孩子。「代達羅斯，我讓你製造的鋒利刀鋒完成得怎麼樣了？它能不能割開雅典娜的盾牌？還有，我讓你引來冥河的水，把它澆到色雷斯人的馬槽裡去，有沒有進展？我要一面能測試夢境的鏡子，代達羅斯，你知道這世界上想到謀害國王的人太多了，雖然他們會不斷地掩飾，可夢境會使他們的祕密洩露出來。代達羅斯，成為國王就等於是坐在了針氈上，他們都在試圖用隱藏著的牙來咬你。儘管你拿出十二分的小心，可依然防不勝防。」

我被彌諾斯國王贈送的金夜鶯給迷住了，確切地說是被裡面不斷能掏出的糖果給迷住了，後面父親和國王又談了些什麼完全沒有印象，甚至，我對什麼時候離開的王宮也沒有印象。

多日之後，父親問我對彌諾斯國王的印象，我衝口說出：國王？你說那個坐在椅子上的孩子？父親愣了一下，然後驚恐地堵住了我的嘴巴。

「你還記得我帶你去王宮時的情景麼？」父親問。我說記得，我記得來來回回、彎彎曲曲的長廊，記得高大的櫟樹和一口深不可測卻不斷有魚骨升起的井。烏鴉們，牠們幾乎是擁擠的，四處都是牠們的叫聲吵得我耳朵都疼。我把坐在王座上的彌諾斯看成是一個孩子，或許是他太瘦小而且給了我糖的緣故。

「你這麼說過？你說，他是一個孩子？」我父親代達羅斯大聲地笑起來，「你說他是孩子，哈哈，這太可笑了，沒有比這更讓我發笑的笑話了！我兒子說他是個可憐的孩子！」

——父親，我沒有說他可憐。

他就是可憐。因為他的座位下面連著庫克羅普斯的地獄，不斷傳來的哭泣之聲讓他睡不著覺。

十二、迷宮裡

現在我可以說了，伊卡洛斯。我建造了這座迷宮，我被困在了迷宮——但這裡也是彌諾斯國王的手搆不到的地方，耳朵伸不進的地方，我也許要感激自己的這一建造。現在我可以說了，伊卡洛斯，把酒給我拿過來，我需要。

你沒有見過彌諾陶洛斯，是不是？但你一定聽說過，這個迷宮就是為它建造的，是不是？它被描述成一頭公牛，就像從海水裡升起的那頭公牛一樣，不過它有人的身子，是不是？現在我可以說了，謊言，全是謊言。我沒有見過這隻怪獸，死去的特里克斯也沒見過，告訴你吧，兒子，就連國王本人也沒見過這頭怪獸！因為，它是被國王虛構出來的，國王想像自己擁有這樣的一頭怪獸，於是他就有了。給我倒酒。

沒有這頭怪獸。七名童男童女——那是國王想出的把戲，反正他能輕易處理掉這幾個人，他們連一根骨頭也不會留下。沒有彌諾陶洛斯，沒有。伊卡洛斯，別衝著我眨眼睛，我討厭你的這個樣子，你的這個樣子讓我會想起那個醜女人，我娶到她，不過是為了在克里特有個落腳之地，她不過是一個屋簷，一張床，一個靠背而已……別衝我眨眼睛！再給我倒酒！要是灑到外面，我會抽出你的筋骨來的。我說到做到。好吧，伊卡洛斯，你聽我說。

沒有彌諾陶洛斯，那建這個迷宮是為什麼？你應當問這個問題，你應當問。可你就是沒有問，我知道你在想什麼，你在想我實在太怨恨眼前的這個人了，又在想我怎麼能怨恨這個人呢，他可是我的父親啊！要不是他我根本活不到今天……要不你也喝點葡萄酒？我說到哪兒啦？對，建迷宮幹什麼。幹什麼？其實迷宮裡住著的是彌諾斯，是國王！如果冬天來臨，我們父子離不開迷宮，彌諾斯就會住進來啦，我知道我猜到了他的心思。他一直說，迷宮是為彌諾陶洛斯建造的，因為這頭怪獸實在凶暴他不得不用這樣的方式來控制它，可就在我把高樓建起來的時候，他竟然讓另外的工匠搬進了他最喜愛的象骨的床。見到床的時候我就明白，這座迷宮將由國王本人居住——為了迷惑他們，我故意裝做沒有看到，雖然工匠們知道我看到了，可他們絕對不會說出去：把它告訴國王只會讓他們的生命結束得更早一些，他們當然也知道這點。我們都在為彌諾斯國王建造，我們都希望自己能成為國王肚子裡的蛔蟲。

我知道彌諾斯國王在害怕，他一直在害怕，但沒想到他的恐懼有這樣深。他不信任奧林匹斯的神靈也不信任住在冥河那端的亡靈，其實他更懼怕他所能見到的所有人，所有，他曾說過在他身邊所有的人都想拔掉他的頭髮而且的確是這樣做的……他說迷宮是為一頭叫彌諾陶洛斯的怪獸建造的，那樣，就不會有人想到國王會住在迷宮裡。我知道，伊卡洛斯，膽小的彌諾斯甚至深信，如果迷宮建造得足夠完美，會讓冥府之神哈得斯的使者在其中迷路，永遠也找不到出路。他作惡太多了，只得靠更多的惡來麻木自己，然而這樣的惡越多，他的害怕就越積越厚。

如果我們在迷宮裡死去，彌諾斯國王就會一個人住進迷宮裡，只有在需要出現的時候才會在他的王宮裡出現。伊卡洛斯，你為什麼不問我既然迷宮的建造者都走不出去那國王又是如何進得到裡面，並能夠隨時出入？把酒再給我倒滿吧，兒子，我告訴你，現在我可以說了。我在唯一正確的道路上埋設了一條彩色的線，而這條線，只有用冥河邊上的礫石磨成的鏡子才能看到，而這面鏡子掌握在國王的手中。沒有鏡子，誰也不可能從迷宮裡走出去，無論是從水上還是陸地上。

伊卡洛斯，可你的父親太聰明了，儘管這是他後來才想出來的。還有一條路，還有一條路可以出去——那就是，那就是這些羽毛。

我們，可以從天上走！代達羅斯會變成飛翔的鳥兒，心懷惡意的彌諾斯絕對想不到！說實話這也是我在前天才想出來的，之前我只在迷宮裡打轉都把自己繞得昏頭轉向啦。

再給我倒一杯，快。從明天開始。從明天⋯⋯

十三、迷宮裡

他收集了羽毛。他把短的羽毛放在上邊，把長些的羽毛黏在下邊，他擁有了一雙翅膀。長的羽毛不夠，他就把短的羽毛用線連接在一起，看上去，就像天生的一般。

使用線，更多的線，他把羽毛們捆紮起來，讓它們和竹子做成的骨架連在一起，然而又用蠟將它們封牢。他用更多的工具：小刀、銹子、斧頭和鋸子，兩肩翅膀就做好了。然後，他再做另外的兩肩。

「伊卡洛斯，自豪吧，現在，你有了一個會飛的父親！這個世界上，除了奧林匹斯山的諸神，誰還有代達羅斯的本領？」

「我也會讓你一起飛走的。雖然你並不討我喜歡。我也許早應當和那些女人們生幾個孩子——如果出去，我一定要好好地補償一下自己。」

「我母親說，你得上過髒病。還把髒病傳染給了她。」我突然想起了這麼一件事，它就像一根卡到了喉嚨裡的刺。而代達羅斯，則斜起眼睛看著我，隨後狠狠地把我踢了一個跟頭。「那個醜女人總是詛咒我，這個在地府裡也不想安寧的長臉女人真該被鎖鏈鎖住！你給我爬起來，」他說，他盯著我的臉，「不過，伊卡洛斯，你也應該嘗嘗女人了。你這個笨傢伙也需要的。」

不要。我說。

哼，那可由不得你。我想起來了，我把克里特城最出名的阿爾太婭帶回家裡去的時候，你的眼珠子都睜到了外面！伊卡洛斯，我們出去之後我就會帶你去找女人們。等你明白了，你會感激你的父親的，是他讓你見識了女人的好處。快過來，幫幫我，難道你真想困死在迷宮裡面？在餘下糧食和酒用完之前，我是一定會飛去的，到那時候能怪的只有你自己。過來，幫我梳理一下！

十四、迷宮裡

他又喝了那麼多的酒，他把喝得過多的酒都吐在了地上。

然後，他又去喝。

他說，這是我們在迷宮裡的最後一夜，明天早晨，我們就將和駕車的阿波羅一起出發，升入到天空中去。

在那個晚上，他反覆地咒罵彌諾斯：長著獠牙的人，背著龜殼的蛇，冷酷的惡狗，喪失了信譽的變色龍……他說，這麼多年，自己違背著自己的心願為彌諾斯做了那麼多的事，經歷一次次心肺的撕裂，直到變得麻木，可這個短手短腳的國王卻始終沒有長出半點兒的同情，把自己看成是一條捕到了獵物、喪失了作用的狗，眼睛一眨不眨地就把他丟進了煮滿沸水的鍋裡。

說著，他就哭起來，把餘下的酒又倒入酒杯。「我可不想給他剩下一滴！」父親惡狠狠地說著，他的臉變得扭曲，「我是女神阿佛洛狄斯的最真誠也最有才幹的僕從，我是厄瑞克族歷史上最偉大的建築師和雕刻家，我應當贏得所有人的敬重才是，憑什麼他就把我看成是穿破了的舊鞋子！」

我離開他，離開那間建築於迷宮裡的房子，走到清涼的夜色裡去。望著天上密得透不過氣來的星星，我忽然感覺沉重。不知道為什麼，我甚至有些期盼，明天能來得更晚一些。我有些懼怕明天，同樣不知道為什麼。

屋子外面有那麼多的黑暗，它們起伏著，彷彿是黑色的浪潮，拍過來然後又退回到平靜中去，接著另一片浪潮又拍打過來。在漫漫的黑夜之中，我甚至感覺不到自己是身處迷宮，而是在，那個看到塔洛斯影子的晚上。

十五、在克里特的家中

我彷佛回到了舊日，這個「彷佛」顯得固執，雖然理智告訴我不是。

我彷佛剛從自己的房間裡出來，我彷佛聽見另一間房子裡母親在咳，它有撕心裂肺的連綿，完全不像是幻覺。

我也彷佛看到了自己的父親，在陰影中。

他是在和院子裡的影子說話。他以一種從來沒有出現過的、低矮的語調。塔洛斯，你知道我是……我教給你好多的東西你不會忘記這些吧，你是我最好的學生，何況還是我的侄子……

父親！我竟然衝著黑暗喊出聲來，就在我喊出聲來的瞬間，之前的幻覺驟然散去，只留下絲絲縷縷的惆悵，和母親低低的抽泣之聲。

它也是幻覺的部分，我的母親早已踏過了冥河，我知道，她不能再在我的耳邊發聲了。我想留住它，可我留不住它。

十六、天空中

我有了一雙翅膀。父親把最後的羽毛都用蠟黏在了給我的翅膀上，他告誡我說，「你要當心，你必須在中空飛行，不能過高也不能過低。如果你飛得太低，羽翼就會掠過水面，海水的浸泡會讓它沉重，從而把你拉進波濤；如果你飛得太高，距離太陽過近的話，陽光會晒化用來黏住羽毛的蠟，甚至會使羽毛燃燒。」他告誡我，「跟住，別把自己落在後面，否則跟過來的禿鷲能把你的眼睛啄瞎掉！我可不肯養一個瞎子讓別人笑話！」

我和父親展開羽翼，漸漸升到天空中去。

他飛在前面。「叫我偉大的創造者吧，伊卡洛斯，在這個世界上還沒有哪個人能像我們這樣飛行！沒有我，你會死在克里特的迷宮裡，死掉的樣子會比建造它的工匠們更醜陋，會比在克里特城堡吊死的那些犯人們更可憐。」他叫我跟著他在迷宮的上空盤旋，「伊卡洛斯，你再看一看你父親所創造的！即使在上面看它也是一個奇蹟。沒有人會不讚嘆的，即使……如果可憐的塔洛斯也能活到今天的話，他也一定會大為嘆服，乖乖地退回到冥河的裡面去。伊卡洛斯，現在，我也沒有必要隱瞞了，塔洛斯確是我殺死的，你所聽到的所有指控我都認，不管它是真的還是假的。這有什麼關係？伊卡洛斯，我們要飛得遠一些，在另一片土地上開始新生活，只有不可救藥的傻瓜才會把已經過去的事情背到身上。」

我們飛過達薩瑪島，那裡的海水是一片可怕的深藍。「你將會有新母親的，伊卡洛斯，我要在那些好女人中選擇，我要讓她服從，像一個謹小慎微的奴僕。我也要讓你見識女人的好，把那些不必要的忐忑都丟到海水裡去吧，時光流逝得那麼快根本來不及患得患失。」我們飛過提洛斯，那裡的山頂是紅色的，彷彿是剛剛噴射出的岩漿。「這些年，我學會了很多，伊卡洛斯我指的可不僅僅是技藝。我不會放過彌諾斯的，為了這個目標我會動用所有的手段，願意付出所有的代價。」

你還會殺人。

如果需要，會。不過我會盡可能地做得隱蔽些，這也是我在彌諾斯國王那裡學到的，如果他真有給予我的話。如果需要我是會殺人的，我不會為此有半點的負擔，哪怕阻擋我的是你，伊卡洛斯。我希望你也是如此，我們沒必要遮遮掩掩，在新生活裡，我們只能活得更適應些，更有力些，有更多的得到。

父親，你在做這些和準備做這些的時候……我沒有把這句話問出來，它不需要證實，我知道他能給我的答案是什麼。我知道。

那一刻，我突然有了百感交集，突然有了掙脫的願望——而這個願望一經產生就立刻膨脹起來膨脹得就像太陽晒在我的肩上。我想起母親，想起母親最後的那句話，她說，他是我一生的噩夢。現在，我終於可以擺脫他了。

十七、天空中

我終於可以擺脫他了。

回想起母親的這句話，簡直是一片轟鳴。

就在那片轟鳴聲中，我用出自己全部的力氣，向更高的高度飛去。我承認我是一個怯懦的人，我承認自己懼怕——懼怕國王們也懼怕這個父親，即使在新生活裡，我也不得不被他們籠罩，迫於這樣或者迫於那樣——母親說的沒錯，他，本質上是可怕的噩夢，這樣的噩夢我不想再做。

只能如此，只能如此。我感覺背上翅膀上的蠟開始融化，聞到一股類似鵝毛被燒焦後的味道。那樣的味道鑽入到我的鼻孔，它，讓我興奮。

我閉上了眼睛。

拉拉國的故事集

拉拉布的忌妒

1

幾乎所有的人都知道，拉拉國的國王拉拉布是一個愛忌妒的人，這個冬天以來他的忌妒心越來越重了。這一天，拉拉布請一個畫家來到王宮的後花園，他向那位畫家炫耀一棵大青樹的粗壯：「我可以和你打賭！你肯定從未見過如此粗大的大青樹！在夏天，它的陰涼足夠容納整個王宮的人在下面乘涼！它可是拉拉國最粗大的大青樹了，它是樹中之王！」也許是拉拉布酒喝得太多了的緣故，也許是畫家在深山中畫畫，對國王拉拉布的脾氣缺少了解的緣故，誰知道呢，反正，畫家在讚嘆了那棵樹的高大之後，又對國王說：「尊敬的國王，恕我直言，您的這棵大青樹並不是拉拉國最大的大青樹……我，我在一次去拉拉古山寫生的時候，見過一棵更為粗大的大青樹，它比您的這棵大青樹還要高大粗壯一些……」

「你在說謊！」國王拉拉布的臉立刻拉得很長。

「我敢，我怎麼敢欺騙陛下您呢？」畫家打了個酒嗝，他的嘴角流出了幾滴拉拉酒，「那棵樹真的很高大很粗壯！我在寫生的時候遇到了一場暴雨，下了三天三夜，整個拉拉古鎮的人都在樹下避雨，他們喝酒，打牌，晾衣服和做一種粗糙的拉拉紙……三天三夜，避雨的人在樹下沒淋到一滴雨！」

國王拉拉布發怒了。他喚來周圍的衛士：「現在，我命令你們，馬上去拉拉古山下的拉拉古鎮，把那棵大青樹給我砍了！一根小芽兒也不留！」想了想，他又叫住已經騎在馬上準備出發的衛士們：「去，向拉拉古鎮上的人頒布我的命令：誰要是敢和別人提到那棵大青樹，我就統統割掉他們的舌頭！不光是那棵大青樹，讓他們永遠也不要再提『大青樹』這個詞！」

接下來，輪到那個畫家了。愛忌妒的國王拉拉布對他說：「你竟然說見過更粗大的大青樹，這是我不能容忍的，何況，你竟然比我走了更多的地方！現在，我要把你關進監牢裡，讓你一拉拉里也走不出去！」

2

是的，拉拉布是一個愛忌妒的人，他的忌妒心在進入冬天以來可是越來越重。這一天早上醒來，拉拉布國王將手邊的一個蘋果惡狠狠地朝鏡子砸去：「快，來人！把內政大臣抓起來給我打四十皮鞭！真是氣死我了！」王后急忙攔住了他，「尊敬的國王，昨天晚上您還請他吃飯和下棋，怎麼一覺醒來……他做錯了什麼？」拉拉布的怒火仍然在燃燒：「我剛才做了一個夢……我夢見，我去他們家，他對我倒挺熱情的，挺恭敬的，但總讓人感覺有什麼不對。後來我終於發現了！他家魚缸裡養了四十尾珍貴的鸚鵡魚，比我的還多七條！而且全是最漂亮的那種……更可氣的是，他為了不讓我看見，竟然在他的魚缸上蓋了一層布，建了一座假山！我好不容易才發現了破綻！」「我的國王，那只是您做的夢啊！如果他家真有珍貴的鸚鵡魚再打他也不遲啊！」「不行，就是夢裡也不行！要不是在夢裡，我就砍他的頭了！」

洗過臉，國王要去上朝，一出門，看見一隻鷹飛過了上空，「你們把那隻鷹給我抓來！拔光牠身上的羽毛！牠憑什麼飛過我的領地？牠憑什麼能飛那麼高，看得比我更遠？」一隊接到命令的衛士背好弓箭剛剛出發，拉拉布國王又叫來一隊衛士：「去，把王宮外面的樹都給我砍了，不讓一隻鳥在上面築巢！你們找人把拉拉國上空的天空全部讓網子罩住，我討厭那些會飛過的鳥，所有的鳥！憑什麼牠們不用雙腿走路，卻可以自在地飛翔！」

國王的會議當然要商議大事兒，那些大事兒關係著拉拉國的政治經濟文化周邊環境和對外貿易，件件都讓拉拉布感到頭痛。大臣們在不停地爭吵，拉拉布在房間裡踱著步子，突然，他發現遠處有兩個馬車夫坐在地上正興致勃勃地談論著什麼，還有一個馬車夫倚著馬車在打瞌睡——

國王拉拉布的忌妒病又犯了。「哼，我在處理這麼多難題的時候他們竟然，竟然那麼清閒，還睡覺！太不像話了！傳我的命令，罰他們背誦拉拉數學、拉拉物理！背不過就不許吃飯不許睡覺！」要知道，拉拉數學、拉拉物理可不是一般的數學，一般的物理，它們太難了，太複雜了，許多的數學家、物理學家一提到拉拉數學、拉拉物理都會感到畏懼，它們被稱為天才數學、天才物理，在拉拉國，懂得拉拉數學、拉拉物理的人沒有幾個，其他地方就更少了——想到這兒，拉拉布的忌妒心跳得更加猛烈：「衛士們，把那些懂得拉拉數學、拉拉物理的人都給我抓起來！哼，他們要是天才，就應當研究一些真正的學問，他們這樣的人都算天才那我又算什麼？」

這時，一個年老的大臣走到國王拉拉布的面前：「尊敬的國王陛下，您抓懂拉拉數學、拉拉物理的人我沒意見，是啊，在我們拉拉國只有您能稱得上是天才，大天才，前無古人後無來者的天才，那些只懂什麼狗屁拉拉數學、拉拉物理的人怎麼配！不過，不過……這些愚笨的馬車夫，您就不要和他們計較了，他們沒有腦子，腦子裡只有一團漿糊，您讓他們想問題背什麼拉拉數學……我看還是免了吧。您不放他們，不讓他們吃飯睡覺，我們坐不了馬車，怎麼回家啊？」拉拉布背過了身子，「他們必須受到懲罰！你們，就走回家吧，反正也不算太遠。」那個年老的大臣又向前一步，他幾乎是乞求了：「國王陛下，請您體諒一下，最近，我的風濕和骨質疏鬆的毛病越來越重，根本走不動路，我站在這裡骨頭都在痛！」

拉拉布看了他兩眼，突然發現了問題：「你是拄著拐杖來的。你的拐杖真的不錯。」年老的大臣臉色立刻變得蒼白，「陛陛下這這這根拐杖很普通是是是我在在街上買的……人人老了腿腿卻不靈便所所以……」「你是什麼意思？拐杖很普通，你是怕我忌妒，是不是？你是在諷刺我愛忌妒？難道我會連你有一根拐杖我也忌妒？我的權杖比它不好一千倍？」

「不不不，我我我不是這個意思……」老臣臉上的汗流過他的上衣和褲子，一直流進了鞋子裡。

「那你是什麼意思？對了，剛才你說你老了，這又是什麼意思？你是不是在提醒我，你的年紀大了，自然見多識廣，我拉拉布比你差得遠呢？」

「不不不不……不不是……」

「好吧，」那天拉拉布國王的心情還算不錯，「就聽你的，馬車夫們就不用背什麼拉拉數學、拉拉物理了，罰他們站在水裡半個小時，看還敢那麼沒心沒肺、悠閒自在不。至於你，」拉拉布國王指了指那位年老的大臣，「罰你今天不許坐馬車，自己走回家。而且，不許使用拐杖。」

3

「你知道了沒有？拉拉布國王又頒布新法令了！他要求，全體拉拉國的公民都必須低著頭，彎著腰走路！」

「這個總是沒事找事的國王！他在忌妒什麼？難道說，他是一個駝背，見不得別人的腰比他的直？」

「國王新法令！所有的公民都必須穿草鞋、布鞋或黑色的牛皮鞋，如果誰敢穿鱷魚皮、鯨魚皮或老虎皮的皮鞋，一律要砍掉腳趾！」

「拉拉布國王的77462號法令，他要求……」

隨著拉拉布國王忌妒心的越來越重，新法令也就層出不窮，拉拉國的法官們都被這些奇奇怪怪的新法令弄得焦頭爛額，更不要說那些平民們。監獄裡關滿了各種各樣違反國王法令的人，早就擠不下了，加蓋新監獄的工程隊日夜加班也趕不上新犯人的增長速度。「你犯了什麼罪？」「我也不知道，大人，我只是一個水管維修工，一直遵紀守法。」「哦，那你說，抓你的時候你在幹什麼？」「大人，那時我正在塔樓上為人家修理水管兒，水管漏水了。」「可能……可能……你違反了國王的限制攀高的法令，這樣吧，你等著，我查一查條文好對你宣判。」

國王的法令實在太多了，足足有半間房子，而且不斷地有新法令加進來。法官和他的助手查了三天三夜，他一臉茫然地站起來：「累死我了……對了，你犯的是什麼罪，我忙得給忘記了。」那個也跟著站了三天三夜的水管維修工一邊打著哈欠一邊回答：「我也不知道，大人。我只是一個水管維修工。我可一直都遵紀守法。」法官看了看自己的助手：「是不是，違反了……禁止維修水管的法令？我們再查一查！」

……

這一天，王宮外面來了一個老頭兒，手裡拿著一個灰黑色的藥瓶兒，要求見一見拉拉布國王。「他是誰？」他是拉拉國最有名的巫師，拉拉卡。那天拉拉布國王的心情很是不錯，他吩咐傳令官：「讓他進來見我。」讀過我〈國王的冰山〉的人也許會記得這個拉拉卡，他是一個博學的巫師，精通倫理邏輯學、巫師物理和巫師數學。巫師物理與巫師數學是區別於拉拉物理和拉拉數學的學問，所以拉拉布宣布抓那些數學家和物理學家的時候，拉拉卡逃過了一劫。「你拿的是什麼，是獻給我的麼？」拉拉布國王一眼就看到了拉拉卡手裡的瓶子。

拉拉卡對國王說，是的，它是送給國王的，這是他用三個月的時間新研究出的發明，用來治療國王越來越重的忌妒病。拉拉卡說，之所以國王的忌妒心越來越重，是因為國王總是飲用拉拉山上拉拉泉的泉水的緣故。拉拉泉的泉水原本並不含讓人忌妒的成分，但最近幾年，它受到了一種叫忌妒獸的怪獸糞便的汙染，而且那種怪獸越來越多。拉拉卡說，只要將他瓶子裡面的灰色液體倒入拉拉泉，忌妒獸的汙染就會得到解決，而且有驅趕牠們不敢再靠近泉水的功效。

「那你告訴我，你瓶子裡的液體，是用什麼東西配成的？」拉拉布國王的臉色變得很難看。他的聲音裡也透露出一絲的不耐煩，兩絲的凶惡，三絲的忌妒來。拉拉卡雖然博學，雖然精通巫師數學和巫師物理，但終究是有自己知識的盲區，他從來沒有學過察顏觀色的本領，所以他很有興致地回答了國王的問題。他說，那瓶液體，主要的成分是一種桉樹的樹脂，芥子花的花粉，壁虎的尾巴，蚜蟲的腿和花崗岩的粉末。那種桉樹是一種大度的植樹，拉拉國的大黑螞蟻咬開它的皮之後它就滲出樹脂來供螞蟻吸吮；芥子花的花粉不介意飛來的蜜蜂採走了蜜，它是不忌妒的；壁虎在遇到危險的時候可以將尾巴丟棄，丟掉的尾巴從來都不忌妒，它甘於用自己的擺動吸引獵手的注意……

「夠了！」國王拉拉布站起來打斷了拉拉卡的話，他指著拉拉卡鼻子：「你好大的膽子，竟敢說我拉拉布喜歡忌妒！你這樣誹謗我，一定是忌妒我是拉拉國的國王，擁有你所沒有的權力！你是忌妒拉拉泉的泉水只歸我一個人享用！你這些小伎倆，小巫術，是騙不了我的！」

「尊敬的國王，我不是這個意思，我從未對您的權力產生過忌妒，拉拉卡，只習慣專心研究巫師數學、巫師物理……」拉拉卡說著，他沒有想到，他的話更嚴重地招致了國王拉拉布的忌妒：「什麼？你有了巫師數學、巫師物理就對我的王國我的權力沒有了興趣？難道，我的王國比不上你的巫師數學？氣死我了！」

怒氣衝衝的拉拉布根本不聽拉拉卡的解釋，「來人！把這個巫師給我拉出去砍了！你們到他家，把他的巫師物理、巫師數學，把他家裡的所有書籍、用具，哪怕一毫米長的紙片，都統統給我燒毀！我要頒布一項新的法令……」

某天下午，一個失蹤多年的漁夫，駕駛著一艘破得不能再破的船回到自己的家鄉。據他說，他是在多年前去海裡捕魚的時候遇到了風暴，他和他的船被沖到了一座小島，他迷了路，在那裡生活了多年。回到家鄉，這個失蹤多年的漁夫滿懷興致地敲開鄰居的門，卻發現他們都在整理自己的行李，準備逃亡。「拉拉國發生什麼事了？」

鄰居們告訴他，國王拉拉布的忌妒病越來越重，他的心和肝都已經被忌妒給占滿了，忌妒大概已擴展到了腹部和四腳。因為忌妒，國王拉拉布的衛士們到處抓人，被抓的人根本不知道自己有什麼錯。

「一個大力士，因為長得比國王胖，力氣比國王大，而被關進了監獄！」

「比他瘦也不行！拉拉岡鎮的拉拉雨就是因為瘦被抓走的！」

「所有的繪畫都被禁止了，因為畫上的花會長開不敗，草會四季常青，而國王後花園的花和草都做不到這些。」

「所有的牧童都不再吹笛子，因為國王不會吹；一年一度的騎馬比賽也被禁止了，因為國王的馬術算不上一流。拉拉山一半兒的樹木都被燒毀了，因為樹長在山上，顯得比種植在王宮裡的樹高一些。另一半兒之所以沒被燒掉，是由於沒有人能到那麼高的地方，跳過山崖去放火！」

「少女一出生就要被刻上皺紋，因為國王會忌妒她們比他的王妃年輕；在集會時，國王要是念出了錯字你可千萬別笑，否則他會忌妒你比他擁有更多的知識，就會敲掉你的牙齒，或者割掉你的舌頭！」

「他忌妒太子的眼睛長得好看，就把太子的眼睛弄瞎了；一個大臣，因為腿長了一個惡瘡走起路來一瘸一拐，而被愛忌妒的國王痛打了一頓，因為國王從未得過這樣的病症！……」

鄰居們告訴他說，他們必須要逃離拉拉國了，因為他們不知道拉拉布明天會忌妒什麼，自己的哪一點會招致國王的忌妒。現在，拉拉國人心慌慌，許多的人都開始準備逃離了。

「難道，我們拉拉國的臣民就沒人反抗？」

「有，當然有啦，只不過，所有的反抗都很快就被鎮壓下去了，你知道，咱們拉拉國的人從來都是這樣。有一些沒有被砍掉腦袋也不肯向拉拉布國王服輸的人，都被國王送到了一個叫拉拉瓦的小島上。國王的衛士們在島上挖個坑，把那些人像種樹一樣種到了地裡——那可是一個肥沃的小島！不出半個月，那些雙腿被埋進土裡的反叛者們就長成了樹的模樣，他們的脖子後面生出了枝條！」

那個剛剛回到故鄉的漁夫聽了之後，不禁淚流滿面：「看來，我剛辛辛苦苦地回來又得走了！我的腿長得比一般人都大，它終有一天會遭到國王的忌妒；我的左手長有六指，也許哪一天國王也會忌妒上它。再說，我在荒島上生活的經驗，一定會讓國王忌妒死的！趁著我還有離開的力氣，就跟大家一起走吧！」

……

5

餐桌上，國王拉拉布正在大發雷霆：「你們給我看看！今天的黃魚怎麼這麼小？難道你們在哄騙我不成？」「報告尊敬的、萬能的、至高無上的國王，這是我們今年所能得到的最大的黃魚了，為了得到牠我們可費了不少力氣！」「胡說！你是說，拉拉海裡已經沒有黃魚了？」「不是。拉拉海裡還有魚，只是，只是捕魚的漁民沒有了。」「漁民們都到哪裡去了？」「報告國王陛下，他們偷偷地逃了。」

國王拉拉布又拿起一個灰色的小麵包：「你們給我看看，今天的麵包怎麼又黑又小？是誰，剋扣了買麵粉的銀幣？」「報告尊敬的、萬能的、至高無上的國王，誰也沒有剋扣買麵粉的銀幣，而是買不到品質更好的麵粉，拉拉國的農民們都偷偷地逃走啦。」「那叫我的戰士們把逃跑的漁夫和農民都給我抓回來！快！」「報告尊敬的、萬能的、至高無上的國王，您的士兵們也已經逃掉了大半兒，如果您派剩下的士兵們去追，他們多半也會一去不回！」

聽了傳令官的話，拉拉布的雙眼因為忌妒而燒得通紅：「氣死我了，真是氣死我了！這些散發著臭氣的漁夫，愚笨不堪的農民，竟然也能逃到別處去！可惜，我是拉拉國的國王，沒有逃到別國的自由……不行，我要將他們抓回來！」「尊敬的、萬能的、至高無上的國王，他們肯定是抓不回來啦！」

拉拉城的審判

1

那日，拉拉城的市長拉拉布正在看《拉拉新聞報》，一個報導引起了他的注意。報紙上說，前日，拉拉城發生了一起火災，燒毀了兩棟房屋，警方懷疑是有人縱火，因為據當時參與救火的人說，在事發現場，他們看見先後有兩個可疑的人從現場飛快地逃離，而且似乎臉上有被煙熏過的痕跡。「去，把警察局長給我叫來！」

警察局長趕到市長辦公室的時候拉拉布正在發火。「你不是不知道，我最討厭火了，我最討厭失火了！」——拉拉布是對他的祕書在發火，原因是，這個祕書竟然在自己房間裡燒毀廢棄的文件，而這一舉動恰被市長看到。「還有你！竟然讓拉拉城出現失火，還是縱火！我們拉拉城是一座什麼城？是一座文明、祥和、富裕、健康……總之美好得不能再美好的城市！我限你三天內破案，必須把疑犯抓到！不，我限你兩天的時間，超出一分鐘你就會被免職！我說到做到！」

警察局長當然知道拉拉布市長的脾氣，於是，他馬上趕回警察局：「把城東警所的所長給我叫來！我給他三十個小時，把縱火的犯人給我抓到！」

「我限你在二十個小時內將人抓到，不然，你就會被免職！」

「聽見沒有，我限你在十八個小時內將他們抓到！是兩個，不是三個，別抓三個……」

……

查找縱火犯的工作落到片警拉拉遲的頭上時，時間只剩下兩個小時了。「我可怎麼辦啊！」拉拉遲雖然抱怨著，可他卻沒有絲毫緊張的神情表現出來。他玩了一小時的拉拉牌，然後，走到馬路上。

2

犯人是個中年男人，他似乎根本不知道自己的處境。

「你知道你是為什麼被抓進來的麼？」

「不知道，我也想弄明白啊，長官。」那個男人一臉無辜，「我走在路上，遇到一個警察，他看了我兩眼讓我跟他走，我就跟著他來了。我並不知道是什麼事啊。」

「這個拉拉遲！」負責審訊的警長嘆了口氣，然後對另一個負責記錄的警員說，「你把筆錄馬上做好，不然來不及了！我們也沒辦法換人了，就是他吧！」

「長官，我，我到底是犯了什麼罪啊？」

「你好好想想！傻瓜！」

那個男人顯得更加無辜，「我是真想不起來啊長官，我已經想了一路了，我的腦袋都已經想得痛了長官……」

「記住，你是縱火，你燒掉了拉拉城的兩棟房屋！」

「可是，我沒做啊，我沒有燒過房屋，連一根木頭、一張紙片都沒燒過……」

「我們說你做了你就做了，快點兒！不然時間來不及了，你記住，你是因為縱火給抓進來的！如果說錯了，罪加一等！」

3

犯人終於押到了警察局長的面前。

「這就是那個縱火犯？」

「他們說是，長官，可是，我真的沒有縱火。」那個很無辜的男人搶在押送他的警員的前面回答。

「那他們為什麼說是你呢？」

「他們……長官，他們說我在那個街區出現就有嫌疑，因為那個街區剛剛發生了火災。他們說我在那個街區出現是去打聽消息的，可是，我只是路過，長官，不信你去查一下，我只是出來打醬油……」

警察局長皺了皺眉頭，「這些人也真是……還有另一個人呢？」

「他們正在全力追捕，局長大人，應當馬上就能抓到！」送犯人來的警員直了直身子，響亮地答道。局長對他的響亮很滿意，但很不滿意他的回答——「算啦！告訴他們，縱火犯只有一個人，聽到沒有！這些傻瓜，沒有一件事辦得讓人放心！」

回過頭來，警察局長盯著那個依然一臉無辜的犯人，「說說吧，你是怎麼縱火的，為什麼要縱火？」

「長官，我，我真的沒有縱火，我是冤枉的！我只是……」

「混蛋！難道他們沒教你怎麼說麼？」

犯人把頭低了下去，「教過，長官。可我不應當承認自己沒做過的事，這事您也很清楚。我家裡還有年老的母親，我還有……」

「夠了！我們拉拉城的法律，不會冤枉任何一個好人，也不會放過任何一個壞人！在拉拉法律面前當然是人人平等，你要在意自己的母親就不應當去縱火！」

……

4

警察局長在向拉拉布市長彙報案件結果的時候，拉拉布市長正在向他的祕書發表演講：「我們拉拉城是一座文明、祥和、富裕、健康……總之是美好得不能再美好的城市！我們拉拉城是一座希望之城、正義之城——你說什麼？抓到了？好，好，我就說麼，我們拉拉城是一座文明、祥和、富裕、健康……總之是美好得不能再美好的城市！你把犯人給我帶來，我要親自審判！」

面露難色的警察局長吞吞吐吐：「市長大人，這個，犯人……我早將他關進監牢了，你看，是不是……你就不用見他了，他那樣子會讓你心煩……你直接宣判就得了。」

那天拉拉布市長有著很高的興致。「不，我要見一見，我要看看，是什麼人在給我們這座文明、祥和、富裕、健康的美好城市抹黑。關於這件事的處理，要馬上見報！」

「是的，市長，請你放心！」

犯人終於押到了市長的面前。

「你就是那個縱火犯？」

「他們說是，長官。」男人用很低的聲音回答。

「他們說？他們為什麼說是你呢？」

「他們……長官，他們說我在那個街區出現就有嫌疑，因為那個街區剛剛發生了火災。他們說我在那個街區出現是去打聽消息的……」

拉拉布市長皺了皺眉頭，「這些人也真是……還有另一個人呢？」

「他們……沒有另一個人，那只是我的影子，長官。」

「那，說說吧，你是怎麼縱火的，為什麼要縱火？」

「我……我沒什麼理由。我大概是看著房子不順眼，長官，我失業了，肚子裡有股火沒處發洩，它總是冒些小火苗，於是就……」

市長點了點頭，「行，這是個理由。那你是怎麼縱火的，又是怎麼跑掉的？」

男人低著頭，他的表情看上去有些發木：「我用火柴，點著了堆房間外面的草……」

「胡說！」市長拍了一下桌子，「報紙上沒有提到房間外面有草！報紙上說，你是點著了椅子！你肯定使用了汽油！」

「是是是，我是點著了椅子，我使用了汽油……我發現大火起來了，就趁著混亂從拉拉明大道朝拉拉朋大道的方向跑去……」

「你又胡說，看你再胡說！報上明明寫著，你是朝拉拉月大道跑的……」

犯人一臉的苦相，「看我這腦子！我是朝拉拉月大道跑的，長官。」

「那你臉上的灰……是怎麼回事？」

「長官，他們說，這樣看上去更像。是我在縱火的時候不小心，沾到臉上的。」

看得出，拉拉布市長對這個犯人的回答還算滿意。「我們拉拉城是一座文明、祥和、富裕、健康……總之是美好得不能再美好的城市！我們拉拉城是一座希望之城、正義之城——所以，你縱火是不對的，我們所不能容忍的！你在破壞，毀滅，用心實在險惡……念你認罪態度還算老實，我宣布……」

5

「去，把警察局長給我叫來！我要免他的職！」

警察局長氣喘吁吁地來了，他站得就像一個矮冬瓜。他想不透，拉拉布市長為什麼要發火。

「看你幹的好事！」市長將一張報紙扔到他的臉上。

「我，我按您的吩咐，已經……已經登報了啊！我們拉拉城是一座文明、祥和、富裕、健康……總之是美好得不能再美好的城市，它是不容破壞的——」

「你給我仔細看看！」

局長拿起報紙。它並不是市長常看的《拉拉新聞報》或《拉拉繁榮報》，而是一張《拉拉牆角報》。上面報導了前幾日拉拉城失火的消息，並說失火原因已經查明，並不是因為人為縱火，而是因為某戶人家的電器年久失修，造成了短路，進而引發了失火。上面說，拉拉城的警察、消防、衛生等部門對這一失火高度重視，事發後馬上成立領導小組，派出大量相關人員組織滅火，搶救人員和物資，對事故原因進行細緻周密的檢查，取得了顯著成效……

「你說，這是怎麼回事！你必須給我說清楚！」

警察局長思考了三分鐘，然後回答，《拉拉牆角報》的消息是錯誤的，他們弄錯了，他們根本是在生編亂造，明明是縱火，犯人就關在監獄裡，《拉拉新聞報》和《拉拉繁榮報》都報導了市長親自過問，僅用兩天時間就把犯人捉拿歸案的新聞，可現在，他們非要說成是……也許，寫這個消息的記者別有用心。他肯定是別有用心，把他抓來，一問就清楚了……

哼，拉拉布市長重重地出了口氣，「我們拉拉城是一座文明、祥和、富裕、健康……總之是美好得不能再美好的城市，怎麼能容忍這種別有用心的人存在？他們會嚴重損害我們城市的形象，損害我們的聲譽，以達到他們不可告人的目的……去，把這個記者給我抓起來！我限你三天……不，兩天的時間！」

6

等這項工作落到片警拉拉遲的頭上時，時限已被縮短成兩個小時了。

「唉，我可怎麼辦啊！」拉拉遲雖然抱怨著，可他卻沒有絲毫緊張的表現。他又玩了一個小時的拉拉牌，然後，帶上手銬，走出了警局。

拉拉果公主的童話書

1

幾乎所有拉拉國的人都知道，國王拉拉布非常疼愛他的女兒拉拉果，這個已經並不年幼的公主是他的掌上明珠。同時，幾乎所有拉拉國的人也都知道，這位拉拉果公主養在宮殿裡，基本足不出戶，她最大的愛好就是閱讀所有能看到的童話書。大家都說，公主一定是個快樂的人。

可是最近，拉拉果公主一直悶悶不樂。她在觀看拉拉劇的時候顯得無精打采，並且幾次拒絕了平日愛吃的拉拉沙拉和拉拉櫻桃。要知道，拉拉布非常非常疼愛自己的這個女兒，她的變化自然也讓我們的國王坐臥不安：「究竟發生了什麼？我的女兒為什麼悶悶不樂？她有什麼不滿足？」宮女去問，拉拉果公主不發一言，還摔掉了一個拉拉熊水杯。拉拉國的王后，也就是拉拉果的母親去問，拉拉果公主還是不發一言，她踢掉了蓋在腿上的拉拉被。

看來，只得拉拉布國王親自出馬了。

「我的女兒，長在我心上的石榴果，長在我肉裡的石榴果，你究竟為了什麼，為什麼這麼憂鬱？你想要什麼我都會給你滿足！」

開始，拉拉果公主依然沒有回答，她像對待宮女和自己的母親一樣，手裡捧著一本童話書，背對著焦急的國王。沒辦法，拉拉布國王只好再次細聲詢問：「我的女兒，你怎麼啦？長在我心上的石榴果，長在我肉裡的石榴果，你究竟想要什麼？只要說出來，我都會答應你，讓你得到滿足！」

終於，噘著嘴的拉拉果公主說話了。她說，父親，我為什麼沒有一個後母？我為什麼總是得到你和母親的關愛？童話裡的公主遇到的可不是這樣！她們不是遭到遺棄就是被凶惡的後母虐待，唉，為什麼我這麼不幸，不能過上和童話裡公主們一樣的生活！

「唉，我的女兒，長在我心上的石榴果，長在我肉裡的石榴果，你就是為這事不高興？」

是的，是的。我真是不幸。拉拉果公主哭了起來。她哭得，拉拉布國王的心都快碎了，何況，拉拉布國王也有找一個新王妃的想法。「好，好吧，我答應你，我會馬上給你找一個後母！」

2

國王貼出了告示，幾乎所有拉拉國的人都知道，拉拉布國王要選新王妃啦！

「留留娜王妃怎麼啦？她生病了嗎？」

「不，她沒有生病，是我們的國王把她打入了冷宮！」

「沒聽說她犯過什麼錯！她可是一個好王妃啊！」
「她犯下的錯就是生了一個看愛童話的女兒！」
「你是說，聰明、漂亮的公主拉拉果？她又怎麼啦？這和她有關係麼？」
告示前面的議論被打斷了，因為，國王的侍衛們趕了過來：「誰在議論國王和公主？小心割掉你們的舌頭！」
那些人趕緊捂住自己的嘴。拉拉布國王一向說到做到。臨走，有人小聲說了一句，「留留娜王妃可是留留國的公主！我們國王這樣對待她，要是讓留留國的國王知道了……」
「誰還在說！看誰敢再說國王的壞話！」侍衛們惡狠狠地追了過來。

3

然而公主還是悶悶不樂。「我的女兒，長在我心上的石榴果，長在我肉裡的石榴果，我已經按你說的做了，你為何還不高興？」
公主說，儘管我有了一個後母，儘管她也像童話裡那麼漂亮，但她就是不夠凶惡。
「唉，我的女兒，長在我心上的石榴果，長在我肉裡的石榴果，她已經是我們拉拉國最符合你條件的人了，據說，在家裡，她足夠凶蠻呢。」

公主說，可她對我不夠凶，可她總是討好我，不讓我幹活。

「長在我心上的石榴果，長在我肉裡的石榴果！她知道你是我的掌上明珠，當然不敢啦！這樣吧，我讓她按照童話裡的方式去做！」

……幾天過去了，可憐的拉拉果公主還是悶悶不樂。「我的女兒，長在我心上的石榴果，長在我肉裡的石榴果，她已經按照童話裡的方式去做了，你為什麼還不高興？」

公主說，親愛的父親，偉大的國王，她是按照童話裡的做了，可是，可是我根本做不來那些粗活，而她，竟然也不懲罰我！

「懲罰？不，長在我心上的石榴果，長在我肉裡的石榴果，懲罰就免了吧，哪怕拔掉你頭上的一根頭髮，我也會心疼半天！誰不知道，你是長在我心上的石榴果？」

不，不行。公主又噘起嘴，輕輕抽泣起來：童話裡都是那麼寫的！

「好好，長在我心上的石榴果，長在我肉裡的石榴果，我答應你！」

……又幾天過去了，我們的拉拉果公主還是悶悶不樂。「我的女兒，長在我心上的石榴果，長在我肉裡的石榴果，她已經按照你的要求去做了，你為什麼還不高興？」拉拉布國王又來問。

「她應當讓我穿粗布的衣服！童話裡是這麼說的！還有，她的懲罰，她應當更嚴厲一些，童話裡的後母都是那樣！」

沒辦法，我們的拉拉布國王只得答應：「好吧，我的女兒，長在我心上的石榴果，長在我肉裡的石榴果，我滿足你的所有要求。」

4

新王妃應當有一面鏡子，它有一些魔力。每當新王妃向它詢問「在拉拉國裡我是不是最美？」的時候它必須做出回答。這當然難不倒拉拉布國王，要知道，在拉拉國，有一位很有法力的巫師，他的名字叫拉拉卡——「去，把拉拉卡給我找來！新王妃需要一面有魔力的鏡子！」

一面有魔力的鏡子，它是個難題。你還別說，經過三天三夜，拉拉卡還真的造出了魔鏡，新王妃站在它的面前，向它詢問：「在拉拉國，我是不是最美的女人？」它的回答是，不，尊敬的王妃，你還不是最美的，在拉拉國，最美的是拉拉果公主。這面魔鏡讓國王和公主不停地讚嘆，美中不足的是，魔鏡發出的聲音有些沙啞，這是因為巫師拉拉卡由於連續熬夜精力不夠集中，在最後階段打了一個瞌睡的緣故。

過了沒多久，沉浸在童話裡的拉拉果公主又有了新的要求，她說，這個後母應當想辦法害她，給她一個有毒的蘋果。「這可怎麼辦？」面對哭成淚人的拉拉果，國王的心都碎了。

「去，把拉拉卡再給我找來！」

拉拉卡也找不出讓公主沉睡又不會被毒死的辦法，他的《拉拉巫術大全》、《拉拉巫術辭典》、《拉拉巫術祕籍》中都沒有這樣的記錄。「我不管！你必須想一個辦法！必須和童話裡一模一樣！要多少賞金都行！」沒辦法，拉拉卡只得答應下來，不過，他要國王給予他充分的時間，做一個前所未有的巫術沒有時間可不行。至於公主那裡，拉拉卡給國王出了個主意：按照童話發展的順序，拉拉果公主應當先到森林裡去找七個矮人。有毒的蘋果是後面的事，並不急於發生，現在，更應當安排公主進入森林。「好主意！就這樣辦！來人，馬上到拉拉谷的森林裡去，按照童話故事的樣子給我做好安排！」

趁著拉拉布國王高興，平日愛多說幾句的拉拉卡忍不住了，他對拉拉布國王說，現在，拉拉果公主的要求暫時得到了滿足，尊敬的、萬能的、至高無上的國王是不是可以把心思多用一些在國家的事上，拉拉山南邊的拉拉平原已經連續兩年大旱，而拉拉山北部的……「夠了！你憑什麼對我的所做指手畫腳！我才是偉大、萬能、至高無上的國王！我的所做從來都是對的！」也就是那天拉拉布國王高興，「要不是看在你製造魔鏡、想出辦法讓公主滿意的分上，要不是看在製造毒蘋果你還有用的分上，我一定會砍掉你的頭餵我的拉拉鷹！我說到做到！」是的，拉拉布國王說到做到。

5

前面提到，拉拉國的舊王妃留留娜原是留留國的公主。留留國在拉拉國的北方。留留娜公主在嫁到拉拉國不久她的父親就死去了，現在，她的哥哥留留多是留留國的國王。留留娜王妃被打入冷宮的消息已經傳到了留留國，留留多當然很不高興啦！要知道，留留國在拉拉國的北方，留留多國王可知道冷宮有多麼的冷，他聽到這個詞的時候都連打了三個寒顫。

「不行！一定要把我妹妹救出來！我說到做到！」

「我一定要抓住拉拉果，我一定要把她關進留留國的冷宮裡！我說到做到！」

第二天上午，天剛剛亮，負責打鳴的公雞還沒有完全睡醒，留留多國王就帶著大軍出發啦！

6

護送拉拉果公主的隊伍在拉拉谷口遇到了留留多國王的大軍。

「你們是誰？你們是幹什麼的？」

「我們是留留國的部隊！你們又是誰？」

「我們是拉拉國的侍衛！我們要護送拉拉果公主進入拉拉森林！在那裡，她馬上要遇到收留她的七個矮人！你們讓開，你們的到來可不是童話故事裡的內容！」

「收起你的童話吧！本來就不是童話！」留留多國王坐在馬上，他用馬鞭指著昂著頭的侍衛：「你們把拉拉果公主交給我就行啦！」

「不行！我們回去怎麼交代？」

「你們就說，留留國發兵來啦，留留多國王接他受苦的妹妹來啦！」

這時，穿著僕人衣服的拉拉果公主從轎子裡探出頭來，她還提著一個竹籃：「你走吧，等過些日子讓王子再來！他要吻我，把我吻醒，童話故事裡是這麼說的。」

……

7

後面的事情你都知道啦，拉拉布國王受到了懲罰，要不是留留娜王妃求情留留多國王肯定會多踢幾下他的屁股。那個可憐的拉拉果公主，被說到做到的留留多國王抓回了留留國，要不是留留娜王妃求情她肯定會被關進真正的冷宮——就是這樣，怒氣難消的留留多下令，把拉拉果公主關在一個古堡裡，讓她永遠都不要出來。不過，經留留娜王妃求情，拉拉果公主在古堡裡還能繼續看她的童話書。

關在古堡裡的拉拉果會怎樣？你不用急，我們可憐的拉拉果公主也不急，因為公主被人關起來的故事在童話裡早有，沒什麼大驚小怪的，現在，她終於過上了和童話裡一模一樣的生活。古堡的對面有一個大大的池塘，可憐的拉拉果公主經常坐在水邊，盯著水面看。那是一個春天柳樹剛剛發芽，池塘裡的小魚兒游得很慢，因為水還太冷。

拉拉果公主坐在水邊幹什麼？她在等池塘裡的水變暖，等池塘裡出現比小魚兒更多的蝌蚪。這些蝌蚪終有一天會變成青蛙，而這些青蛙裡，終有一個會是受到魔法詛咒的王子——拉拉果公主是在等待，池塘裡的青蛙一多起來，她就想辦法去吻那些能夠抓到的青蛙，她的吻能破掉魔法的詛咒，然後，變回人形的王子就能把她解救出去，並最終娶了她，一生一世在一起，過著幸福美滿的生活——童話故事裡都是這麼說的。

國王的宮殿

1

那日，拉拉國國王拉拉布從一個令人不安的睡夢中醒來，他決定，把自己的宮殿建在拉拉貢山，那是拉拉國最高的一座山峰，史書上說，那是一座火山。

「為什麼要把宮殿建在拉拉貢山？」

「因為國王的夢。國王夢見，自己死後，變成了一隻鷹。」

「可是，為什麼要把宮殿建在拉拉貢山？」

「因為國王的夢。我們的國王是歷史上最偉大的國王，所以，他要把宮殿也建在最高的山上。國王覺得，自己在最高的山上建宮殿，就能和神仙們接近一些，就能，讓自己的靈魂接近天堂。」

「可是，拉拉貢山是火山啊，為什麼要把宮殿建在拉拉貢山？」——這是個問題，還真是個問題。傳令官也弄不明白。所以，國王的親信、大臣拉拉里只好自己去問國王了。

拉拉布的回答是，火山有什麼可怕的？山腳下不是住著不少的居民麼？而且，這座火山顯得那麼堅固，自他記事起就沒有噴發過，自他父親老國王記事起就沒有噴發過，所以，根本沒什麼可擔心的。

「尊敬的、萬能的國王，如果選擇一個高處，您也可選擇在拉拉齊山上建您的宮殿啊，那裡從來就沒有發生過火焰的噴發；尊敬的、萬能的國王，您應當知道，在拉拉貢山腳下的那些居民都是被您和您的父親流放的人啊，他們沒有別的去處，也不能有別的去處……」

「那現在，他們有別的去處了——我宣布，將那些流放者再次流放一遍，至於流放的地點……那就在拉拉海的苦海邊吧，讓鱷魚和水蛇替我繼續懲罰他們！」

「可是……」

「拉拉里，你覺得我的命令可以更改麼？」國王沉下了臉，「我在夢中夢見的就是拉拉貢山，這輩子，我就沒做過如此清晰的夢！這肯定是上天的旨意！再說，」拉拉布擦了擦臉上的汗，「在這個炎熱的地方居住我已經受夠了！你知道哪裡能比拉拉貢山上更涼爽呢？」

是的，拉拉國的炎熱是出了名的，因為它在赤道上。拉拉國能有多麼炎熱？如果您讀過我的〈國王的冰山〉早就知道啦：這麼說吧，海邊的烏龜剛爬到岸上，就得一路小跑又回去海裡去，牠會覺得沙灘上的沙子裡面藏了火焰；誰家的大米要是在太陽底下放的時間略長了些，就會收穫一大堆的大米花兒；要是一隻雞在街上走沒有找到陰涼的話，牠會走著走著變成熟透的燒雞，在很遠的地方就能聞到香味兒。也就是在那篇〈國王的冰山〉中，我已經告訴了大家：國王的宮殿恰恰就在赤道線上。所以他要在涼爽些的山上去建造自己的新宮殿。

要不怎麼說大臣拉拉里是國王的親信呢，本來他是反對在拉拉貢山上建宮殿的，但聽了國王的話，他馬上讚揚起國王決定的英明，並向國王建議：新宮殿一定要建得高大氣派，讓山下的臣民都能看到它的巍峨、壯觀，讓山下的臣民從內心裡嘆服、敬畏；新宮殿要用拉拉國最好的設計，要用最好的工匠，要用最好的木材和石料，要用最好的……反正，一切都要用最好的，以顯示拉拉國雄厚的國力，顯示國王的英明正確、高高在上，顯示國王的勇敢無畏、高瞻遠矚；新宮殿建成之後，一定要請拉拉國和周圍國度裡最有影響力的詩人、畫家參觀，讓他們寫下讚美的詩篇，把雄偉、闊大、莊嚴的宮殿永遠留在圖畫裡……

「我也是這麼想的！」剛才還沉著臉的國王拉拉布終於綻開了笑容，「還是你知道我啊！這些事，就由你去辦吧！」

2

當然不是所有的大臣都像拉拉里那樣熟悉國王的脾氣，譬如說，負責國家地理勘測的大臣拉拉空。接到國王在拉拉貢山建造宮殿消息時他正在拉拉澤，他的馬隊陷在了沼澤中。站在馬背上，拉拉空給國王寫了一封長長的信，信上說，拉拉貢山上不適合建造宮殿，對此他有詳細的勘察，如果國王一定要選擇一處新址那也應當選擇……還有，負責國家歷史資料彙編的大臣拉拉博也提出異議，當時他正在飽受痔瘡的折磨，去拉拉布的舊宮殿還是趴在床上，由四個人抬著進去的——他對國王拉拉布說，一向英明正確、光榮偉大的國王啊，您知道，我一向對您忠心耿耿從來沒有反對過您的任何決定，當然這次也不是反對，而是，而是我覺得有點不妥，為什麼不妥您只要翻翻拉拉國的歷史就知道了：拉拉貢是一座危險的火山，它三百年前曾經噴發過一次，五百年前曾經噴發過一次，一千三百年前曾經……「夠了！」拉拉布沒有讓一向忠誠的拉拉博將話講完，「三百年了，一次也沒有噴發過，你怎麼知道它還會噴發？我，拉拉布，所建立的功勛應當比任何一代國王都要大得多吧，所受到的稱頌都要多吧，難道我，偉大的國王會向火山低頭？再說，除了拉拉貢山，還有哪座山能配得上拉拉布國王的偉大、卓越、光榮？你給我說！」

要知道，拉拉布國王一向不允許別人質疑自己；要知道，因為地處熱帶的緣故，拉拉布國王可是一個暴脾氣。為此，國王下令，拉拉空的馬隊就陷在沼澤裡吧，什麼時候他們都長成拉拉澤裡的拉拉皮樹再將他們移回來；至於趴在床上向國王進言的拉拉博，既然他那麼喜歡趴在床上，那就讓他永遠趴下去吧，以後永遠不許再站起來……痔瘡是個問題，那就割掉它算了，包括拉拉博的半個屁股。

作為警示，負責建造宮殿的拉拉里命人把國王對拉拉空、拉拉博的處罰製成告示散發到各處，並且在拉拉國的各個路口都寫下標語：「反對國王建宮拉拉貢山絕沒好下場！」「敢於反對偉大的國王，就讓你爛屁股！」「建宮拉拉貢，開創新紀元！」

……

所有人都知道了國王的決定，當然，所有的人也都知道，拉拉布國王是一個暴脾氣，他一向不能容忍別人的質疑。無論是國王的大臣，還是拉拉國的百姓，如果在交談的時候談到拉拉貢山，談到國王的新宮殿，肯定要不住點頭，好，好，真是偉大。只有我們偉大的國王才有如此魄力，只有我們偉大的國王，才敢於把宮殿建造在最高的山上！

是不是所有的人都不再反對國王拉拉布在拉拉貢山上建造宮殿了？也不是。

有個在拉拉國鄉下講故事的盲藝人出來反對，他的理由和拉拉博的理由大致相同；還有兩個獵人，他們說，拉拉貢山頂上的拉拉加湖最近一段時間總是冒出暗紅色的氣泡，而拉拉雁也不再在拉拉貢山的山頂上落腳，它也許是在提示，拉拉貢山最近有噴發的跡象……拉拉貢山腳下的那些流放者也開始反對，他們好不容易才在這片土地上扎下了根，現在又要將他們連根拔起，而那個新流放地，拉拉海的苦海邊，據說除了蚊子，就是可怕的水蛇和蜘蛛，以及吃人的鱷魚……「我們可不願意再去那個鬼地方啦！」「尊敬的國王啊，我們再也不願意對您的命令指手畫腳啦！請饒恕我們吧！」「我的這把老骨頭，就是死，也要丟在拉拉貢山！」

於是，萬能的國王頒布了新的法令：無論是誰，只要反對在拉拉貢山上建造新宮殿，就是反對國王和王國，就是想要謀反，而謀反的後果當然是：殺頭。至於那些死也不肯離開拉拉貢山腳的流放漢，也好辦，就把他們的骨灰丟進三百里外的拉拉海，讓他們永遠也不可能再回來……

3

這一下，應當沒有誰敢再反對國王的決定了吧？

這一下，應當沒有誰敢再反對國王的決定了吧？

不，還有一個人。他是拉拉國的巫師拉拉卡，在〈國王的冰山〉、〈拉拉果公主的童話書〉、〈拉拉布的忌妒〉等小說中我曾提到過他，他是一個博學的人，嚴謹的人，問題是，這個博學的人一直都沒學會說謊。

他來到拉拉布的宮殿裡。那時，拉拉布國王正坐在浴盆裡發火，原因是，一個侍衛竟然在給他扇扇子的時候打起了瞌睡——拉拉布國王要砍掉他的手，「我看你還敢怠慢不！你竟然，敢如此對待偉大的國王！真是氣死我啦！」

國王轉過身子，「拉拉卡，我知道你懂得最古老的巫術，懂得解夢和占卜，那好，你給我解釋一下，我夢見自己變成了鷹，究竟是不是好事？」

「當然，當然……」拉拉卡雖然沒學會說謊，但他也清楚，拉拉布國王可不是好惹的。是的，按照《拉拉解夢學》中的解釋，死後變成鷹並不是一個不祥的夢，它意味著……拉拉卡向國王作了說明，他的解釋很讓國王感到高興：「你真是一個博學的人！我要賞賜你，你說，你想要什麼吧！金錢？美女？還是官職？萬能的國王會滿足你的願望！」

但拉拉卡沒有要這些。他要的是，請尊敬的、萬能的國王能聽他把話講完。

「好，你就講吧！」雖然旁邊有大臣拉拉里制止，但拉拉布國王還是表現了巨大的興致。

「還請尊敬的……嗯……偉大的國王不要生氣，請您答應，如果我的話冒犯了您，您也別砍我的頭……」要知道，拉拉卡的頭已經被拉拉布砍過一次了，好在，拉拉卡懂得古老的巫術，被砍掉的頭又重新長了出來，但新長出的頭就少了一些，並且遠不如過去的那個頭堅硬、聰明。

「好，我答應你！」

拉拉卡說，尊敬的國王，我絕對沒有反對您的意思，半點兒也沒有，我的話，是出於對國王陛下的負責：拉拉貢山上確實不能建宮殿，它是一座活火山，並且最近就有噴發的跡象，這點兒，巫師數學可以證明……

「住嘴！」站在國王身後的拉拉里終於站了出來，他一向都和拉拉卡不和，雖然他也是一個博學的人，但在拉拉國，拉拉卡的名聲比他的可大多了：「你這話是什麼意思？你想用你的巫師數學來否定國王的正確？」

拉拉卡急忙解釋，不是，不是那個意思，我的意思只是……

「你的意思是，國王不懂巫師數學就會犯錯誤？只有你，博學的拉拉卡，精於巫術又懂得數學，只有你才是正確的？」

拉拉卡急忙解釋，不是，不是那個意思，我的意思只是……

「你口口聲聲說你不是反對國王，卻一心想讓國王收回已經發出的命令；你口口聲聲說你是為國王負責，可國王一旦收回命令他的威信就會讓人懷疑，之後他的命令在執行上就會大打折扣……你到底是什麼意思？」

拉拉卡急忙解釋，不是，我真的不是那個意思，我的意思只是……儘管他精通拉拉巫術、拉拉數學、拉拉物理和拉拉解夢，可在拉拉里的追問中他顯得異常笨拙，彷彿他的嘴裡面塞著一塊厚厚的布。「對了，國王，你看那條線！我們從那條線開始說起吧！」拉拉卡急中生智，他掏出他的拉拉魔鏡，「我的意思是……」

「夠了！」暴脾氣的國王開始發火，他的耐心已經消耗盡了：「你不要多說啦！難道你不知道，拉拉貢山上的宮殿已經開始建造？最好，趁著我的好脾氣還沒有完全用完，你馬上給我滾出去！否則，會有你好看！」

「不是啊國王，尊敬的國王，巫師數學裡已經計算得很清楚，拉拉貢火山可能在最近幾年裡就要噴發，火熱的岩漿足夠焚化掉所有的宮殿！請允許我給您演算一遍！」

哼，拉拉里再次跳了出來，「萬能的國王，他這是詛咒！」

「拉出去，把他的腦袋給我砍下來！」

拉拉卡急忙爭辯，尊敬的、偉大的國王，您剛才已經承諾，是不砍我的頭的，我知道您從來都是說一不二說話算話的……「好，那就不砍！來人，把這個胡說八道、擾亂人心的拉拉卡給我拉出去，把他的腦袋用木棍敲碎！我一向是說話算數的！」

4

……長話短說一直是講故事的原則，在這裡，我們也嚴格遵循這一原則：用了四年的時間，不多不少，整整四年的時間，拉拉布國王的宮殿終於建成了。從下向上看，它金碧輝煌，聳立在抬頭仰望的雲端，簡直像是在仙境；而從上向下看，世界上的所有事物都變得微小，小得如同是螞蟻和塵埃。

宮殿建得怎麼樣？這樣說吧，真的是壯觀極了，雄偉極了，氣派極了，富麗極了……五步一樓，十步一閣，如果沒人引路，那寬大而曲折的走廊簡直就像是一座迷宮，一不小心就會迷路；而如果你靜下來，坐在任何一處，就會發現無論是石是樹還是樓閣，它的景致都安排得極其精心，宮殿的門窗、廊柱、屋簷也都有細緻的雕飾……這樣說吧，為了建造這座偉大的宮殿，拉拉雨山、拉拉寸山的樹木都被砍光啦，國庫裡的黃金不夠，拉拉雨山的金礦也全部開採了出來；而在建造宮殿的過程中，那些病死的、累死的、處死的、不明不白死去的工匠們的屍骨埋在一起，幾乎形成了一座小小的山峰……這樣說吧，戰戰兢兢來到宮殿裡的詩人們一下子就被眼前的景象驚呆了，他們在自己的大腦裡搜索著那些讚頌的詞兒，然而一進宮殿，他們發現原來有的詞兒根本無法說盡國王宮殿的華美。戰戰兢兢的詩人們絞盡腦汁，想了七天七夜，最後，推舉一個德高望重、總是不停咳嗽的詩人代表他們獻上他們集體的詩句。

那首詩，其實只有兩個字：天堂。

是的，天堂。

「這是你們用七天七夜才想出來的？」拉拉里拉下了臉，詩人們更加戰戰兢兢，特別是那個德高望重的老詩人，他抖成一團兒，都忘記了咳，把所有的痰都嚥了回去。「好，好詩！」拉拉里笑了起來，「國王看了你們的獻詩，很是喜歡！天堂，就是天堂！難道，你們覺得還要用多餘的字麼？」

屋子裡所有的詩人都長長地出氣，他們出的氣太長了，裡面還夾雜著異樣的氣味。拉拉里捏住自己的鼻子，對詩人們宣布：「國王已經頒布命令，要好好地封賞你們！」

「國王萬歲！」

「願偉大的國王永遠健康！」

「拉拉國是世界上最偉大的國度！拉拉布是世界上最偉大的國王！」

……

是的，輪到戰戰兢兢的畫家們上場了，他們發現，即使用盡最鮮豔的顏色也無法畫出國王宮殿的華美富麗，而他們也不能像詩人們那樣，在畫布上寫下兩個字：「天堂」。詩人們堵住了他們的路徑。同樣，戰戰兢兢的畫家們絞盡腦汁，想了七天七夜，其中兩個畫家因為思考還不小心掉進了水池。七天七夜之後，同樣是一個年老的、德高望重的老畫家作為代表，戰戰兢兢地跪到國王的面前。

「你們畫好的畫呢，帶來了沒有？」

「回稟尊敬的陛下，帶來了。」

「那它們都在哪裡？」

「它們……」畫家拿出的是一張張白紙。

「你們是什麼意思？」

戰戰兢兢的畫家（他本是一個結巴，而因為戰戰兢兢的緣故，他結巴地更加厲害）對拉拉布國王說，我們絕絕絕沒有欺欺欺欺騙您的意思，之之之所以交交空白的畫畫畫布，是是是因為宮宮殿太太美了我我我們無法描描繪它它它的美，美。面面對宮殿的美美我我我們都無無從下筆，我我我們畫畫不出這這分美。我我們寧寧寧願受懲懲罰也也也不不不敢下下筆……我我我們從未見見過這這這麼美美的建建築……

「我喜歡這個回答！傳我的命令，賞！並要張貼告示，從今日起，誰要是敢偷偷畫我的宮殿把它畫得不夠完美，一律殺頭！」

5

我們不要忘記巫師拉拉卡，他已經很久沒出現了：他當然還活著。拉拉布國王命令砸碎他的頭，這個命令得到了嚴格的執行——好在，精通巫術的拉拉卡早在進宮之前就吞下了配好的藥水，現在，從被砸碎的頭的那地方又長出了一個新的頭，只是比上一個頭更小了些，也有些扁，而頭髮則更為稀疏。

那麼，他去了哪兒？

拉拉卡一直待在拉拉貢山上，他一邊認真研究自己的巫師數學，一邊對拉拉貢山進行仔細勘探，和山上的鳥、野獸們說話。這些日子，拉拉卡更加憂心忡忡啦！

為什麼？

因為按照他的巫師數學推斷，拉拉貢火山馬上就要噴發了。

它，恰好會吞沒國王新建的宮殿。

拉拉雀聽到大山裡面岩漿的湧動，牠告訴拉拉卡，「山的肚子太熱啦！拉拉雀得離開啦！我得趕快搬走我的巢！」

而拉拉蛇，牠不停地吐著信子，「地要崩了，我的肚皮感覺得出來！它正在顫呢，不信你就趴在地上！像我一樣走路！」

累了，拉拉卡坐在一棵拉拉果樹下，他剛坐下，樹上的拉拉果們就都掉了下來：「好心的拉拉卡！」拉拉果樹一邊抖下自己的果實一邊長長地嘆氣，「火山就要噴發了，我就要被燒死啦，好心的拉拉卡，請你把我的拉拉果都帶走吧，讓它們好在別的地方生根發芽！」

正說著，一隻拉拉鼠也從樹上跳了下來，「先給我兩顆！這麼遠的路，我可不想把自己餓著！難道，你就不怕火山爆發麼？你怕不怕餓著肚子？那滋味，唉！我可不想再來！」

……拉拉卡走到拉拉貢山頂，那裡有一個拉拉加湖。湖水裡冒著紅色的氣泡，它們已經越來越密集了。「快走開！」湖裡的拉拉灰魚很不友善，牠張大嘴，向著拉拉卡露出牠尖利的牙。

「拉拉灰魚，你能不能告訴我，那些氣泡……」

「不告訴你，就不告訴你！」牠甩一下尾，潛向遠處。

這時，另一條拉拉灰魚游了過來，牠告訴拉拉卡，最近這條拉拉灰魚總是異常煩躁，也沒辦法不煩躁，牠還是壯年，而火山馬上就要噴發了。

「那些氣泡……？」

是啊是啊，它就是將要噴發的徵兆，已經很多年了，不過，最近這些日子，它們越來越多，越來越大，而且熱乎乎的，再這樣下去哪條拉拉灰魚也受不了。

拉拉卡向天上的拉拉雁詢問，牠們總是飛在高處，去過許多的地方；他向封在琥珀裡的一隻蜜蜂詢問，因為琥珀是透明的，牠看見過幾百年來拉拉貢山上的事兒……「不行，我得告訴拉拉布國王！」拉拉卡想了想，「至少，我得通知居住在拉拉貢山下的居民們，好讓他們躲過這場災難……」

怎麼通知拉拉布，讓他相信自己所說的話？對拉拉卡來說，還真是個難題。

他還真不知道應該怎麼辦才好。

6

「拉拉里，告訴我，那些人，那些居住在拉拉貢山下的百姓，他們為什麼都在向外面走，並且帶著自己的物品？」拉拉布國王坐在馬車上，向身側的大臣拉拉里詢問。

「回稟偉大的、萬能的國王，他們是受到了拉拉卡的蠱惑，那個萬惡的拉拉卡，因為沒有得到萬能的國王的信任，就在百姓中間散布謠言，讓他們更加混亂！」

「傳我命令，馬上把拉拉卡找到，把他的頭再砍一次，不，三次！要讓人在百姓中闢謠，讓他們知道，我們的拉拉貢山是堅固的，是永遠不會垮塌的！」

「請您放心，我們一定會按照您的命令執行！」

再往前走，拉拉布國王又產生了疑問：「拉拉里，那些樹上的鳥，為什麼飛得這麼慌亂？」

拉拉里派出他的禿頭鷹。——「稟告偉大萬能的國王，牠們的慌亂是因為您的到來！因為您是這個世界上最偉大的國王，牠們敬畏您的威嚴！」

「那，這些在地上奔跑的馬、雞、駝鳥和狐狸，也都是因為敬畏我的威嚴？」

「是的，陛下，您說得太對了！我的鷹是這麼告訴我的，您看，牠都有些……有些不安，因為牠距離您太近了！」

「是啊是啊！」國王拉拉布別提多高興了，「牠們這樣敬畏我是件好事！你讓你的禿頭鷹告訴牠們，也用不著這麼，這麼敬畏我，我還是很容易接近的，只要牠們肯聽國王我的命令！」

……

晚上，拉拉布國王在山腳下宿營，他再次向拉拉里發出詢問：「拉拉里，為什麼我頭頂上的星星也都在躲閃？」

「尊敬的、萬能的國王啊，這是一個好兆頭！我們拉拉國，將在偉大的拉拉布國王的領導下，完成千古從來沒有完成的偉業！星星們說的是這件事！」

「可是，可是，你聽外面的狼、獅子，為什麼叫得這麼淒慘？」

「因為……因為牠們都不是善良的動物！而我們偉大的國王，喜愛的是善良溫順的動物，又那麼嫉惡如仇！牠們感覺自己好日子不多了，所以才發出悲鳴！」

「那我的馬呢？牠們為何也如此不安，發出這樣的叫聲？」

「……尊敬的、萬能的國王啊，我，我覺得……我認為，牠們的不安來自於那些狼和獅子，畢竟，畢竟，牠們從來沒有聽過這麼多狼和獅子，一起發出這樣的叫聲！」

「那，你是不是發現，我的侍衛、大臣們，也都感染了不安？他們竊竊私語的是些什麼？快，派你的禿頭鷹去打探打探！」

「尊敬的、萬能的國王，他們，他們是聽到了拉拉卡的謠言，他竟然說，拉拉貢的噴發就在今晚！還說什麼千真萬確！他是根據自己的觀察和巫師數學得出的結論！」

「氣死我啦！他們為什麼相信？難道……」

「尊敬的、萬能的國王，這事，交給我辦就好啦！謠言只會是謠言，它的欺騙性是不會長久的！明天，如果明天我們的拉拉貢山並沒有噴發，這個謠言就會不攻自破！到那時……」

但，拉拉布國王依然高興不起來：「可是，可是，我也有些不安，總感覺……這是一股什麼樣的氣味？你聞聞！」

「尊敬的、萬能的國王，請您放心好了，這氣味……我馬上去查！要知道，您的決策可是一貫正確的啊！」

「那，你們是不是找到了拉拉卡？聽負責言論的大臣說，他最近曾經給我寫了封信，最後傳到了你的手上，你為什麼沒把它交給我？」

「尊敬的、萬能的國王啊，那封信的確存在！不過，我也的確沒拿給您看，我是怕您看了生氣，怕它影響您的情緒！在信中不光是關於火山的謠言，讓人氣憤的是，他竟然懷疑您決策的正確！他竟然，對您進行指責！這是絕不能容忍的，是不是？尊敬的、萬能的國王？」

「哼！傳我命令……」

7

——淩晨的時候，拉拉貢火山真的噴發啦！在山下宿營的拉拉布也感到了大地的震動，他向山項望去，看到濃濃的煙霧和不斷噴起的岩漿，而他的宮殿，已被吞沒在火焰的裡面。

「快跑！」

「大家快跑！」

「保護我們偉大的、萬能的國王……」

混亂中，氣喘吁吁、狼狽不堪的國王問身邊的侍衛：「拉拉里在哪裡？」

「稟告偉大的、萬能的國王，他早就跑啦，在火山爆發之前！他的禿頭鷹早就向他報告了聽來的消息！」

「氣死我啦！他竟然一直向我說謊！傳我的命令，誰如果抓到叛國的、一直隱藏在國王身邊的大壞蛋拉拉里，重重有賞！」

混亂中，氣喘吁吁、狼狽不堪的國王問還在身邊的大臣，「你們是不是也早聽到了關於火山的消息？」

「稟告偉大的、萬能的國王……」

「說！」

有一個老臣，他已經落在了後面，他的馬已經跑不動了：「國王，國王……」

拉拉布國王恨恨地看了他一眼，這個老傢伙，竟然叫他國王，而沒有叫他「偉大的、萬能的國王」：「你要說什麼？」

「尊敬的國王啊，請恕老臣直言，您當時想在拉拉貢山上建王宮，我們，我們就……」

「你是什麼意思！」國王拉拉布打斷了他的話，「你敢反對國王、懷疑國王就是叛國！而你得到了消息也不告訴國王，更要罪加一等！氣死我啦！要不是看在你沒偷偷跑掉，我早就下令將你投到火山口裡去啦！」

國王的怒氣還沒有平息，「就是你，就是你們，你和拉拉里這些人，一直隱藏著，故意欺騙偉大的國王，在百姓和官員中間散布種種謠言……你們偽裝得太好啦，我太信任你們啦！要不是火山爆發，你們還要繼續隱藏下去，還要繼續矇騙我多久！來人，把他們都給我統統押起來，一個個審問，我要讓拉拉國所有的百姓都看清，他們對國王的惡意矇騙！」

拉拉城的口香糖

1

從前，有一個——「一個國王！」哈，你們也太性急了不是？我要說的可不是國王。「我知道了我知道了！是一塊木頭！」不是，不是。你們不要這麼性急啊，我說的也不是木頭。我說的是，從前有一個拉拉島，拉拉島上有一座拉拉城，我就是拉拉城的居民。

在拉拉城裡誰最富有？這可不是問題，拉拉城的大人孩子都知道，就連河裡的魚、草叢裡的蛇以及垃圾筒裡的貓都知道——當然是拉拉布啦，誰的財富也沒有他的多，至於到底有多多我們就數不過來了，我們想拉拉布本人也數不清楚。在拉拉城裡誰最繁忙？這還用說！當然是清潔工了，他們從太陽上山一直忙到太陽下山，汗流浹背，從不偷懶，儘管這樣他們也未必能把街道清掃乾淨。為什麼呢？是清潔工太少麼？不，不是，是因為街道上總是黏滿了口香糖，嚼過的口香糖。

我們拉拉城的居民都愛嚼口香糖，我們愛得死心塌地，一塌糊塗，只有我們市長是個例外。他是一隻貓頭鷹。一天到晚，無論有事還是無事，我們都努力地嚼著口香糖，等糖的甜味淡下去後就一扭頭，大約四十五度角，噗！嚼過的口香糖劃出一道白色的線，飛落到街上。我們都願意看這條線。只有市長是個例外，他不嚼口香糖，所以也不會把嚼過的口香糖吐到街上。大概因為他是一隻貓頭鷹。

現在你應當知道拉拉布為什麼那麼富有了吧？因為他是拉拉口香糖廠的廠長。在拉拉城裡，人們可以不吃飯，不睡覺，不做工，不戀愛，但是不能沒有口香糖。在拉拉城，我們一見面第一句話肯定是問，「什麼味的口香糖啊？」第二句話就是，「哇，最新款的啊！哪有賣的？」或者，「還用這種？你也太老土了吧。」

拉拉布是那種精明的生意人，他總是在不斷地換花樣，改變口香糖的口味、顏色，或者形狀。你嚼了一段時間的蘋果口味的，有些膩了，菠蘿口味的就上市了；你嚼了幾塊天藍色的，發現又推出了大紅和玫瑰紅的，而那種叫玻璃黃的最為昂貴，數量也少……前些日子他製作了一種心形的情侶口香糖，是專為戀愛中的青年男女製作的，它可以從中間掰開，兩個人一起嚼，然後一起吐泡泡：一心一意的人吐出的泡泡是粉紅色的，而三心二意的人吐出的泡泡則是綠色的。一時間，三心二意的人像灰溜溜的老鼠，直到他們用黃連葉、苦瓜葉漱口變回一心一意為止。現在，拉拉布又推出新品種了！街面上和天空中到處都是他們巨幅的標語：最新型拉拉口香糖！味道永不變淡！最新型拉拉口香糖！味道永不變淡！

最新型拉拉口香糖！味道永不變淡！

拉拉布雇傭了三架木馬直升機，他們拉著懸掛了標語的氣球每半小時從拉拉城上空飛一次。

拉拉口香糖又推出新品了！這是一個多麼讓人興奮的消息啊！我們聽到小道的消息說，新品口香糖的顏色是綠色的，那段時間裡拉拉城居民的眼睛都綠色了起來；後來又有消息說，新品的顏色是淡黃色的，比那種玻璃黃的顏色略重一點，於是我們的眼睛又開始變化，只是有些人的顏色變得快些，而有些人則笨拙而緩慢，等新品口香糖上市的時候，他們眼睛的顏色還是淡綠的。貓頭鷹市長抓住口香糖新品上市的機會發表了多次演講(他是一個演講的天才，我們都這麼認為，他自己肯定也這麼認為，所以他不放過任何一個演講的機會)，可我們拉拉城的居民根本沒聽他在說些什麼。我們專心地等著新品口香糖，有關新品口香糖的消息已經塞滿了我們的耳朵。我們此起彼伏地吐著舊品的口香糖，噗！噗！噗！噗！噗！噗！噗噗噗！市長的演講就被打斷啦！

2

新品口香糖，味道永不變淡的口香糖上市那天，簡直是拉拉城的一個節日！為了配合這種節日感，拉拉布叫人懸掛了一千面彩旗，放飛了三千隻鴿子，一萬個氣球——那天拉拉城的街道上人滿為患，大家都穿上自己最體面的新衣服，伸長了脖子伸長了手臂：「我要我要！」「是我先來的！我昨天就來了！要先賣給我！」「我要哈密瓜味的，還要……」「我要一箱水蜜桃！一箱菠蘿！」「我要榴槤味的，給我兩箱！不，不，我要五箱！」……

那一天，拉拉城裡最為繁忙的是拉拉口香糖的售貨員，他們的勞動強度指數是一〇〇／二〇〇三，都累得氣喘吁吁，汗流浹背，有一些體質略弱點的乾脆趴在地上，吐出長長的舌頭在那裡大口地吸氣。那一天我們的街道根本沒人打掃，清潔工們都加入到哄搶新品口香糖的行動中來啦，就連我們市長，他也買了兩盒。你知道他是一隻貓頭鷹，他是不嚼口香糖的。可他還是買了。

我們幾乎同時嚼起了新品口香糖，它給我們帶來了樂趣，也給我們帶來了力氣，要是新品口香糖這天不能上市，我們就會一天打不起精神，就會產生對世界的厭倦感，這可不是鬧著玩的！每嚼一段時間，我們就相互交換一下感受：「味道太好了！太美妙了！」「我從來沒有嘗過味道這麼好的口香糖！要是我爺爺知道，他肯定要活過今天晚上的！」「啊，感謝上蒼！我都不知道該怎麼表達！」「它們似乎特別黏，你們感覺到了沒有？」

拉拉城的居民們都感覺到了，新品口香糖的膠是特別的黏。我們猜測，這肯定是為了保證味道永不變淡而採取的手段，拉拉布為了讓我們吃到更好的口香糖可真是用了不少力氣，絞盡了腦汁。

「下一塊會不會也這樣黏？」

「我想嘗嘗草莓味的。這麼多口味，我太喜歡了！」

於是，我們一個個扭過頭，四十五度角，噗！噗！噗噗噗！街道上又滿是嚼過的口香糖了，很快，它們就鋪滿了整個路面。我們有了一條新的口香糖路。看上去這沒什麼不好，口香糖路是我們拉拉城獨一無二的，我們的街道充滿了各種的水果的香味。它很誘人。

過了午睡的時刻，夏洛太太想去對面的裁縫店裡做一件新衣服。她照了照鏡子，戴上那頂梨花帽走出了家門。那時的夏洛先生還在午睡，這個懶惰的人總是愛睡覺，因為睡眠占去了太多的時間，他一天至少比別人少嚼六塊口香糖。他正睡著，突然聽見夏洛太太在外面呼喊：「快來救我！我被黏住了，動不了了！」夏洛先生只好暫時停止了夢中的冒險，急匆匆跑了出去：這個不幸的人還沒弄清楚到底發生了什麼事兒，就被丟棄在路上的口香糖給黏住了。

3

後來，所有走到街上的人都被黏住了，新品口香糖的黏性超過了我們所有人的想像，無論是誰，穿什麼樣的鞋子，只要一踏到街上踩到一小點的口香糖，就會被黏住無法再動。「是誰丟的？怎麼會這樣？」「是我們，也是你自己啊。」「清潔工呢？他們都在幹什麼？」清潔工們也沒有一點的辦法，因為他們也被黏在了街上，那種專用的小鋼鏟對新品口香糖起不到任何作用，小鋼鏟們也被黏住了。「警察們呢？難道都在睡覺？」警察們的狀況和我們一樣，他們也都在街上，被黏住了，除了使勁吹哨子之外就再沒有別的辦法。「市長在幹什麼？」市長飛在我們頭上，他叫來警車、救護車和灑水車，可它們一上路也都被口香糖的膠黏住了！

拉拉城的街上塞滿了被黏住的人和車輛，密密麻麻，拉拉城陷入了混亂之中。市長睜一隻眼閉一隻眼地站在屋頂上，路燈上，拉拉口香糖的廣告牌上，發號施令，發表演說——可那起不到任何作用啊。

就這樣過了一天一夜。兩天兩夜。

「我要吃飯！餓死我了！」

「這個小孩子拉肚子啦！」

「天哪，我快要憋死了，這樣的日子什麼時候才到頭啊！」

……

「我們要起訴政府！我們要抗議！」

我們請那些在屋裡沒出來的人們傳遞了紙和筆，然後趴在前面那個人的肩上，或者車窗上什麼上寫下我們的抗議，幾乎所有人都寫了，除了個別過於膽小怕事的人。即使那些懶惰的人也寫了，當然他們只寫了很少的幾句話，或者是在別人的抗議書後面簽上自己的名字。起訴書和抗議信被街上的人流傳遞著，像流水一樣向市政府大樓和法院的門前湧去。很快兩座大樓就被紛亂的信件給塞滿了，淹沒了，兩座大樓在我們的方向看去完全是信件垃圾場上的模樣。但是，沒有人去處理這些信件。為什麼？因為市政府的辦公人員和法院的法官們也都被黏在路上了，他們也紛紛起草了起訴書和抗議信。出於一貫嚴謹而正確的習慣，他們起草得相當緩慢，等他們將信件寫完，前面的人早就厭倦了這種傳遞，藉口腰痠了手麻了而拒絕了他們的要求。沒辦法，拉拉城的法官和辦公人員們只得自己拿著費了很大勁兒才寫好的起訴書，拿在手上，顯得很沒面子。

我們貓頭鷹市長應當說是一個好市長，如果他肯丟掉他太熱愛講演的習慣的話。即使不丟掉這個習慣他仍然應當是個好市長，雖然他從來不嚼口香糖，但他很為拉拉城的「口香糖」事件著急。只是他的著急主要表現在他的講演上，他鷹不停蹄地從一個屋頂跳到廣告牌上，然後又跳到路燈桿上，跳到電線上，聲音都講得沙啞了。貓頭鷹市長說，拉拉城的口香糖事件是一次考驗，一次嚴峻考驗，善良而勤勞的拉拉城居民一定不會被面前的困難所嚇倒；貓頭鷹市長說，我們遇到的困難雖然是前所未有的，但它肯定是暫時的，是會很快就過去的，市政府正在積極想辦法，同時正與拉拉布交涉；貓頭鷹市長說，拉拉城的居民們不要著急，要樂觀面對困難，樹立信心，齊心協力，是一定能最終戰勝困難的。「你讓我們怎麼樂觀得起來？」我聽見夏洛太太說，她哭了起來：「我的腰早就站得發痠了，再站下去它會斷的。我已經三天沒吃東西了，餓得胃都開始吃自己的肉了。我家廚房裡的肉肯定放臭了，而魚缸裡的金魚也已經三天沒餵了！」夏洛太太的話觸及了我們的傷心，我們的情況和她差不多，甚至更差，無論如何也樂觀不起來啊！於是拉拉城的街道上一片嚶嚶嗡嗡，嘰嘰喳喳。「貓頭鷹市長為何高高在上？他必須和我們站在一起！」

善於講演的貓頭鷹市長面紅耳赤，啞口無言。他在屋頂上跳了幾跳，然後跳到路燈桿上，揮動著翅膀，似乎是在辯解，但他的聲音完全淹沒在我們的呼喊中了。有人拿出了口香糖放進嘴裡，噗！口香糖朝著市長腳下飛過去。噗！噗！我們也學著他的模樣，沒有嚼過的口香糖又派上了用場。

「拉拉城居民一定能戰勝困難！」我們的貓頭鷹市長只好飛走了。

「都是拉拉布害的！應當把拉拉布絞死！」

「絞死他！他是拉拉城的罪人！」

「他是拉拉城的敵人！」

在我們喊過之後，一個老年人，也許是拉拉城的某個法官，誰知道呢，我們很少和法官打交道，多數居民都不認識法官——就是那個老年的居民，他說，「拉拉布一定也很焦急，再說，絞死拉拉布也不符合拉拉城的法律……」噗！噗！噗噗噗！老年居民的身上黏滿了口香糖，他的嘴巴也被堵住了，他說不出話來了。

說實話拉拉布的確很著急。他派來廠裡的鏟車和工人也早就被黏住了，現在，他天天都在和口香糖廠的科學家們、製作師們研究對策。永不變淡味道的口香糖能這麼黏也是他們所沒想到的。現在，拉拉城口香糖廠可忙亂了，甚至比正常生產時還忙亂幾倍。

4

又一天過去了。

又一天過去了。

拉拉城的大多數居民都被口香糖黏在街上，臨時的辦法可得想啊！於是，那些沒有走到街上來的人，他們在房屋和房屋之間架起了梯子，搭起了繩子，以便他們可以不踩到路面而能自由往來。有人想到了好主意：在街道兩邊架起繩子，中間垂下一些繩頭，黏在街上的人只要抓住繩頭，脱掉鞋子，他們就擺脱了口香糖的黏性，順著繩子爬到房間裡去就行了。市長採納了這個建議。一些年輕力壯的年輕人得救了。為什麼是年輕力壯的人才能得救呢？因為這個方法實在危險，想想吧，我們都餓了好多天了根本沒什麼力氣，如果一旦抓不住繩子重新掉下來那就慘了：如果你是趴在地上的就得一直這樣趴著了，口香糖會黏住你的衣服讓你無法挪動；如果仍然是腳先落地，那更慘！現在你剛把鞋子丟了，腳或襪子直接踩到口香糖上，那就等於是生根了，動一動肉都會疼！所以除了一些年輕人，多數的拉拉城居民只好眼巴巴望著繩子，長長地嘆氣。

市長組織年輕人順著繩索和梯子爬進拉拉城麵包城，麵包做出來了，從麵包房裡傳遞出來，傳到黏住的市民手裡。「一個人只能留一個！往前面傳！」

我們又有了麵包。「這是什麼味？怎麼這麼酸？」「麵包裡面怎麼有一根線頭？」「知足吧老兄，我的麵包不僅酸，而且裡面有魚刺！哦，我的麵包是魚的形狀。」

不管怎麼說，我們有了麵包。那些由剃頭匠、工藝美術師和清潔工組成的麵包師們忙碌工作著。

黏在街上，睡覺倒不算太大的問題，實在太睏了你閉上眼睡就是了，反正前後左右都是人，用不著擔心摔倒趴在地上。被黏在街上最大的問題是……大小便。另外一些年輕人爬入了倉庫，他們傳遞給我們一些小塑料桶，裝有大小便的塑料桶再經過傳遞，由靠近下水道的居民負責倒掉。「有誰能和我換一下位置？我累死了，薰死了，實在受不了了——」靠近下水道的居民總是抱怨，但這有什麼辦法？他被黏在了那個位置，誰也代替不了他。

「我們已經取得了一個又一個勝利。事實證明，拉拉城的居民是好樣的，是不會被困難壓垮的！」貓頭鷹市長站在一根電線上，這些日子他一直忙碌著，偶爾發表一些簡短的演講。雖然我們仍然被黏在大街上，但怨氣明顯小了許多，我們開始重新理解這個總是高高在上的市長。他是一隻貓頭鷹，按照習性他應當在上，如果我們也是貓頭鷹的話肯定也高高在上了，他也沒辦法，只能這樣。

有了麵包，有了盛大小便的小桶，拉拉城的居民開始審視街上的生活。「市長應當安排一場露天電影！」「至少每兩天晚上放一次焰火！」「麵包師資格需要認真審查，要核發麵包師證、營養證、衛生證、安全管理證、技術考級證！……」反正建議五花八門，涉及交通、安全、衛生、教育、文化、政治、資源開發等諸多問題。「要保護街上女士的隱私權！」說話的是夏洛太太，她的臉漲得通紅，「女士們在使用小桶方便的時候，所有男士都應當迴避！」後來，因為考慮到具體的困難，夏洛太太的建議改成：所有女士都發一條特製的裙子。

有了麵包，有了盛大小便的小桶，一些拉拉城的小偷也開始手癢了，他們怕自己的手藝生疏起來。「我的錢包丟了！」「誰在我口袋裡偷走了口香糖?!」不過那些小偷很快就被抓獲，他們既轉移不了錢包也無法逃走。那個時期，拉拉城的民事刑事案件降到了最低點。

又一天過去了。

又一天過去了。

拉拉布和科學家們的研究也有了進展。拉拉城對口香糖廠一部分沒有開到街上來的鏟車進行了改裝，給它們安裝了堅硬南明鋒利的金剛石刀片，極其小心地將這個居民和口香糖和一部分路面鏟下來，然後端著他，將他送到最近的房屋裡去。「我們有救了！」「拉拉布萬歲！」

這個方法有時會損傷居民的鞋子，有時會損傷拉拉城的路面。而且速度太慢，對於鏟車的司機的操作技術要求很高。後來的後來，拉拉布和科學家們終於找到了更好的辦法：用治療白內障的藥水、唾液和蒼蠅的腿按一定比例混合，製成一種暗紅色的藥水，將它們倒在路面上，口香糖的黏性就慢慢消失了。

5

拉拉城的生活又恢復了正常。

不同的是，從那個口香糖事件之後，拉拉城所有的人都不再嚼口香糖，那些上了年紀的人一時改不了總想嚼點什麼的習慣，就改成嚼花生、嚼黃瓜、嚼槐樹的皮。因為生產的口香糖再也賣不出去，拉拉口香糖廠就破產啦！他們改生產一種黏性很強的膠，這些膠的用處我等一會兒告訴你們。

拉拉城的法官們、警察們也開始辦公了。法官們接到部分拉拉城居民的投訴，他們說拉拉布的鏟車傷到了他們的鞋子還使他們受到了驚嚇，於是要求賠償，法官們答應了他們的要求，另外的居民聽到這個消息後也提出了投訴，他們說他們的鞋子也受到了一定的損害，而且他們在路上被黏住的時間更長，應當獲得更多的賠償，至少和鞋子受損的居民們一樣。法官們也答應了他們的要求。最後，拉拉布賠償我們每人五十拉拉幣，還有一雙新鞋子。拉拉布賠償過我們之後，變得和我們一樣窮啦，對此我們都很高興。現在，拉拉鞋業的老闆拉拉突成了我們拉拉城的首富，拉拉布的賠償可讓他發了一筆不小的財！

沒有人嚼口香糖，沒有人往街上吐口香糖了，清潔工們自然不是拉拉城最忙的人了。那些在路邊下棋、打牌、遛鳥的人就是原來的清潔工們，他們一閒下來就懶惰了，甚至比那些有名的懶人更懶。

現在我告訴你們，那些黏性很強的膠有什麼用處。它們是用來防賊的，睡覺前將一條這樣的膠放在門外，天一亮就將它收回，有了它的保護你盡可安心地睡覺，敞著大門都行。它太方便了，太有效了，很快拉拉城每家每戶都有了這樣的膠條。當然賊們不死心啦，他們偷偷溜進拉拉布的舊廠房，偷來了融化口香糖膠的藥水——拉拉布早就想到了。他更改了這種膠的配方，那些藥水根本不起作用。

一天早晨，我被急促的敲門聲驚醒。一打開門，我就呆在了那裡：市長怒氣衝衝地站在門外，他幾乎要氣瘋了！原來，我那個調皮的、長著滿臉雀斑的兒子昨晚趁我不注意，將我家門外的膠條移動了一下，橫在了街上，它黏住了患有夜遊症的貓頭鷹市長！

國王的冰山

1

「你們給我都滾出去！」

「不，都給我回來！」

……誰在發這麼大的火？是我們拉拉國的國王拉拉布。他為什麼發這麼大的火？因為熱唄，沒完沒了的熱讓誰都心情煩躁，只是，別人可不敢隨便發火。能有多熱？這麼說吧，海邊的烏龜剛爬到岸上，就得一路小跑又回去海裡去，牠會覺得沙灘上的沙子裡面藏了火焰；誰家的大米要是在太陽底下放的時間略長了些，就會收穫一大堆的大米花兒；要是一隻雞在街上走沒有找到陰涼的話，牠會走著走著變成熟透的燒雞，在很遠的地方就能聞到香味兒。最近以來，特別是拉拉布聽到博學的巫師拉拉卡說起，在遙遠的地方有春天夏天秋天冬天，冬天還得生火爐取暖之後，他的脾氣越來越不好了。

「我們拉拉國為什麼一直這麼熱？」

「因為我們在熱帶，國王。」巫師拉拉卡小心翼翼地解釋。他也害怕我們這位脾氣暴躁的國王，「而且，您的王宮正好處在赤道上。您看，就是這一條線。」拉拉卡拿出一枚鏡子讓國王看，那裡面，王宮的屋頂有一條紅色的線。拉拉布國王只看了一眼。

「我不管！你快給我想辦法，快給我弄來一個冬天！至少是秋天！」

拉拉卡巫師可想不出什麼辦法。儘管他是巫師，巫師也不是萬能的啊。於是，拉拉布國王命人用椰子樹葉織成的鞭子打了拉拉卡的屁股，然後趕出了王宮。

「誰要是能想出讓拉拉國不再這麼炎熱的辦法來，就會得到國王豐厚的賞賜！」拉拉布頒布命令。

「國王要重重賞賜那些想出降溫方法的人！」……

時間一天天過去。拉拉國裡所有的人都知道這件事。可是誰也沒能想出辦法來。於是，國王拉拉布越來越煩躁了。他覺得，這煩躁實在讓人難受。

三十個宮女給他扇著扇子，他還是覺得熱。

他泡在水裡，五十個壯漢飛快給他從海裡提來新鮮海水，澆在他的頭上、身上，他還是覺得熱。

七十個磚瓦將，四十個木匠還有十二個設計師加厚了王宮的屋頂，用海綿，椰子樹汁，海龜的蛋殼以及燕子的羽毛建起了一個阻擋陽光的罩子——可是我們的拉拉布國王啊，還是覺得熱。

他甚至不許別人提「熱」這個詞，「太陽」這個詞，「晒」這個詞，就連相近的詞也不許提！可是，可是這也不是辦法啊。

「我們能不能把拉拉國搬到別處去?」

「不能，國王。我們拉拉國建在了小島上，而其他地方都讓別的國家占領了。」

「我們能不能和別的國家換一換地方?」

「大概……不能，國王。」

「我們能不能……」「不能，肯定不能，國王。」

於是拉拉布發火了。他說：「你們都給我滾出去!」大家只得聽他的話。三十個宮女，五十個壯漢和大臣們、衛兵們都滾出去了，沒有了扇子，沒有了新鮮的海水，國王拉拉布感到更熱了。於是他又喊：「不，都給我回來!」

後來，一個叫拉拉里的人得到了國王的賞賜，國王的賞賜那麼豐厚以至於多年以後，拉拉國的臣民們一想到這事兒眼珠還會變得通紅。那個一隻眼的拉拉里是個海員，在一次海難中他弄瞎了一隻眼睛，卻帶回了一隻禿頭的鷹——拉拉里告訴國王，在拉拉國的南邊，很遠很遠的南邊，有一塊陸地叫南極。那裡終年被積雪覆蓋，有著許許多多的冰山，所有的人和動物來到那裡都會凍得發抖，魚在那裡游泳都像跳舞，一旦慢下來就會被凍在冰層裡面，而鳥在飛過的時候，從來不叫，因為只要一張嘴，他們的舌頭馬上就會被凍住，掉到地上。

「這麼說你去過南極?」國王拉拉布來了興致。

「我沒有去過。但我說的絕對是真的!因為這隻鷹去過!牠追一隻白鶴一直追到南極，在返回的途中牠的頭被凍傷了，從此之後那裡就再沒長過毛！」

拉拉布盯著那隻鷹，「你怎麼知道鷹的事情呢？牠又不是鸚鵡，能告訴你牠看見了什麼！」

「尊敬而萬能的國王啊！在海上生活的人哪一個不多災多難，見多識廣！我在一個叫其龜國的地方遇見過一個瞎子，是他教會了我鳥語！別以為我只有一隻眼睛，加上鷹的，我其實有三隻眼睛！而鷹，比我們人看得更高更遠！」

「可是」，拉拉布國王想到了一個難題，「我怎麼去南極呢？要知道我可不想冒險！再說，要是我想吃夏天的水果了又怎麼辦？」

「尊敬的國王！我怎敢叫您去冒險呢？不，您不需要自己前去南極！您只要下達命令，讓拉拉國的臣民造許多大船，去南極將冰山拉來一些就是了！萬能的國王肯定能做到！要知道，您馬上就是拉拉國歷史上第一個製造了冬天的國王，尊敬的而有大志向的國王！」

聽了拉拉里的話，國王高興極了。

「好！現在頒布命令，製造去南極的大船！訓練一千名水手，準備去南極拉冰山！」

2

很快，所有拉拉國的臣民都接到了國王的命令。

「去南極拉冰山？國王是不是瘋啦？」

「距離一定很遠吧？一輩子能到麼？」

「南極在哪裡？有椰子樹嗎？有海馬嗎？會不會有冰凍鯊魚靠口中的火焰取暖？」

「這真是一個偉大的創舉！國王萬歲！」

「我很想早一點看到冰。像我這麼大年紀的人，還從來沒見過冰呢！我希望冰山運來之後再死，從今天下午開始，我就不再出門了，免得讓太陽晒乾我胃裡的水分。」

「我早就討厭沒完沒了的炎熱了！拉拉布真是一個好國王！」

「你以為他是為了我們？他是為了他自己！」

「不管怎麼說……國王萬歲！」

當國王發布命令去南極運冰山的時候，巫師拉拉卡還躺在床上，一邊養屁股上的鞭傷，一邊研究他的倫理邏輯學、巫師物理和巫師數學。國王拉拉布的命令傳到他的耳朵裡，拉拉卡再也躺不下去了。「不行！必須阻止國王的計畫！這是違背倫理邏輯的！」

國王拉拉布的計畫可不是說阻止就阻止的，何況他又是那種暴脾氣。「去去去！我才不聽你的倫理邏輯學！」當然，那個老海員拉拉里，現在的大臣拉拉里更不允許別人破壞他的計畫。「你竟然反對國王的英明決策！你是想阻止歷史的前進！你不願意看到，拉拉布成為拉拉國歷史上最有成就的國王！是不是？……」

拉拉卡巫師被國王關進了監獄，隨後在一個炎熱的正午將拉拉卡砍了頭。好在，拉拉卡是一名巫師，他有一種使人頭再生的巫術。不然的話，拉拉國就再也沒有博學的拉拉卡這個人了。新生的頭比原來的頭小了許多，但不影響他繼續思考倫理邏輯學、巫師物理和巫師數學。「在拉拉國製造冬天是違反倫理邏輯學的！是會遭到上天的懲罰的！」拉拉卡晃動著他重新生出的頭，小聲地說。他可不想，這個頭再被砍掉。

你肯定想不到，去南極運冰山的船下海時候的場面是何等的壯觀！碼頭上擠滿了人，男人和女人，老人和孩子……拉拉國的全體臣民幾乎都來到了碼頭！孩子們要去看，少女們要去看，生病的老人們也嚷著要去看，他們被抬到碼頭上，先後有四位老人在到達碼頭之前去世了。準備生產的孕婦們也來了，至少有十個孕婦在碼頭上生起了孩子，這可忙壞了那些前來觀看船隻下海的醫生們……國王拉拉布也來了，他穿著華麗而厚重的禮服出現在碼頭，身後是扇扇子的十名宮女，只是那些提著海水的壯漢們顯得多餘，他們總不能將海水淋在穿著厚重禮服的國王身上吧……說實話，那天也出奇地悶熱，人們呼出的氣裡都帶著一股焦糊的味道，而那些香蕉樹，棕櫚樹冒著白煙，不小心碰上一下它們就會像點燃的火柴一樣燃燒起來，這時，跟在國王背後的壯漢們和他們提著的水就派上了用場。

我們的拉拉布國王，面對他面前高大的船和前來觀看的拉拉國臣民發表了演說。他的演講稿太長了，放在一個由三個人抬來的箱子裡，拉拉布國王剛講了幾頁他的演講稿就開始冒出了煙，那些壯漢們不得不在箱子的外面灑水降溫——由此看來，拉拉布國王的命令的確是正確的、偉大的。

那天的天氣實在太熱。而國王拉拉布又穿著在最鄭重的場合才穿的厚禮服。很快他就出汗了，很快他的身上就起滿了痱子——拉拉布的爆脾氣又上來了，他甩掉了自己的帽子，將演講稿丟給背後的大臣，匆匆回到王宮。只是苦了那位大臣，他只得將國王的演講稿繼續下去，一直到第二天清晨他才將稿子全部念完。從那天開始，這位可憐的大臣一見到帶字的紙就頭痛，一看到帶字的紙，他的身上就出現大大小小的紅斑點。

船終於下海了。它們排成一排，朝著南方駛去。

「南極的冰山是不能動的。在拉拉國製造冬天是違反倫理邏輯的。」拉拉卡偷偷地說。他用桌子、椅子、茶杯、蝴蝶的翅膀和烏龜的蛋、箭魚的骨頭擺出只有他自己才懂的圖形，而這個圖形太過龐大、複雜，他記住了後邊的卻將前面的給忘記了，「我想要求證的是什麼？那些茶杯、桌子是幹什麼用的，它們都代表什麼來著？」

……

3

去南極的船離開了，拉拉布國王開始焦急的等待。「他們什麼時候才能回來呢？」「也許三五年，也許十幾年，國王。南極離我們實在太遠了。」「那我們暫時忘掉他們吧。可是，天一熱我就會想起他們來，這真讓人討厭。」

時間在一天天過去，也不知過了多長時間。這天早晨，國王拉拉布一覺醒來，忽然聽到遠處有隱隱的哭聲，「是誰在哭？為什麼要哭？」獨眼大臣拉拉里派出了他的禿頭鷹，很快牠就飛回來了。「尊敬而萬能的國王，是那些船員的妻子們在哭。她們聽說，去南極的船遇到了一個叫塞壬的女妖。那個女妖的歌聲相當美妙，凡是聽到她歌聲的人都無法抵禦她的誘惑，朝她的方向駛去。而她的身邊布滿了礁石、暗流和雷雨，那些船可能凶多吉少。」

「那怎麼辦？」

獨眼大臣拉拉里用力眨了眨他剩下的那隻好眼，「尊敬的國王，不要著急，要知道任何偉大的事業都是有挫折的，有代價的。再說聽說的事也不能當真。把她們轟走吧，別讓她們的哭聲影響到您的心情。」

時間在一天天過去，也不知道過了多長時間。這天早晨，拉拉布一覺醒來忽然又聽到了哭聲。「怎麼回事？是誰在哭？」禿頭鷹打探了一圈兒，很快就飛回來了。「是那些船員的母親們在哭，國王陛下。她們聽說，去南極的船行駛到一座小島的前面，那座小島的上空常年陰雲密布，電閃雷鳴，海水流到那裡的時候都嚇得不停顫抖。據說那座島上生活著四條脾氣暴躁的龍，一條龍的嘴裡能噴出煙霧，一條龍的嘴裡噴出的是洪水，一條噴火，還有一條會噴冰雹。牠們已經吞下了無數的船隻，我們的船經過那裡凶多吉少。」

「那怎麼辦？」

「把這些妖言惑眾的人抓起來，各打二十鞭子！請國王在拉拉國各地張貼布告，宣傳去南極運冰山，在拉拉國製造冬天的意義，這可是利國利民的大事啊，個人的損失甚至犧牲和這相比算得了什麼！」

「好吧，你去辦！」

又不知過了多長時間，國王拉拉布正在飲酒，忽然聽到外面有隱隱的哭聲。「這次又是誰？」國王拉拉布生氣了，他推開了酒杯。

「是那些船員的父親，國王陛下。他們說去南極的船已經行駛到地獄的門口。在那裡，天地和海洋、島嶼是壓在一起的，海水流到那裡都被壓碎了，流出了血來，因此上那裡的海水都是紅色的。在地獄門口，流去的海水形成了一個巨大的漩渦，這個漩渦吸走過往的船隻、飛鳥、魚和小島，甚至天都能吸得進去！卻從來沒看到那個漩渦吐出過什麼來。我們的船肯定凶多吉少。」

「那怎麼辦？」

「萬能的國王拉拉布！這點小事兒還用您費心？交給我辦好了！您靜下心來喝酒吧，那些美人魚的表演馬上要開始了！」

巫師拉拉卡又來到了王宮。「請國王陛下開恩，將那些船員的父親都放出來吧，他們在牢房裡吃盡了苦頭。」

「怎麼回事?他們被關起來了?我怎麼不知道?」拉拉布有些驚訝,他早忘記那些人了。

「是狠心的拉拉里給關起來的。你看,他們的怨氣多麼充足!現在連王宮都被充滿了!」巫師拿出一個盒子,國王連看也沒看它一眼。

「把拉拉里叫來,看他有什麼說的!」

很快,拉拉里就帶著他的禿頭鷹來到了王宮。「尊敬而萬能的國王陛下,您可不要聽信這個巫師的妖言!王宮裡哪來的怨氣,分明是他施的法術!您說,那些人不懲戒一下怎麼行呢?要是任他們胡來,任他們在王宮前面哭鬧,國王您的尊嚴何在?我可不能讓這樣的事情發生!」

「尊敬的拉拉布國王,你不知道百姓們都怎麼議論你!如果不把那些船員的父親都放出來,百姓們的怨氣會越來越大,他們甚至可能發生叛亂!」

「你根本是在汙衊我們英明的國王!我不能忍受你這樣胡言亂語!」拉拉里跳了起來,他指著巫師拉拉卡的鼻子:「你根本沒把我們萬能的國王放在眼裡!別以為依仗你的巫術,就能和拉拉布國王作對!告訴你,辦不到!」

巫師拉拉卡,倒楣的拉拉卡,再一次被砍掉了腦袋。好在他懂得再生的巫術,一個新的頭在傷疤那裡又長了出來,這次新腦袋更小了。更小的腦袋就沒有原來那麼博學了。

拉拉卡被砍掉的腦袋,被拉拉里的那隻禿頭鷹給叼走了。

後來真的發生了叛亂。然而懂得鳥語的拉拉里事先從路過的鳥的嘴裡得到了消息，他叫人埋伏起來，那起叛亂很快被鎮壓了下去。

「拉拉里是拉拉國最大的功臣！」拉拉布國王不只一次的宣布。

「現在還是這麼炎熱。運送冰山的船什麼時候才能回來？」

「如果不出問題，應當快了，國王陛下。我們應當造更多的船去南極，那樣即使有的船隻遭到沉沒和其他不幸，冰山也一定能夠拉回來。」

「那還等什麼？快頒布我的命令，全體拉拉國的國民都去造船！違抗命令就是叛國！」

4

一天早上醒來，拉拉布的衛兵向他報告，海水在一夜之間上漲了三米，海邊的一些村子被淹沒了。

「這是怎麼回事？」

獨眼的拉拉里派出他的禿頭鷹，「報告陛下！是我們派往南極的船就要回來了！」「船回來和海水的上漲有什麼關係？」「尊敬的國王！萬能的偉大的國王！他們從南極拉來的冰山，往我們拉拉國這邊越走越熱，那些冰山就開始融化，是融化的冰山造成了海水的上漲！」

「那怎麼辦呢?」

「不用擔心陛下,我們可以建造堤壩!那樣我們拉拉國就平安無事了!」

「頒布我的命令!所有的人都去建造堤壩!」

國王拉拉布還命令他的臣民為他造了一座假山,每天,他都坐在假山的頂上向遠處眺望:

「船在哪裡呢?我怎麼也看不到冰山?」

「那些船還有十幾天才能到達港口。而冰山,因為炎熱的緣故,差不多全化掉了!」

「我要冰山,我就要冰山!叫所有造好的船都下海!把南極的冰山都運到拉拉國來!」站在假山上,熾熱的陽光晒得拉拉布有些頭暈,他叫那些宮女用力地揮動扇子,而那四十個壯漢則氣喘吁吁地從海邊提來海水——「我要冰山!我是國王,我就要南極的冰山!」

……負責去南極運冰山的船隻終於靠岸了。它們在海上航行了八年零八個月,已經破舊得不成樣子。每條船的後邊都拖著長長的繩子,上面爬滿了螃蟹、小蝦、章魚和水藻。「冰山呢?冰山在哪兒?」「報告國王陛下,冰山在路上都化掉了。我們拉拉國這裡實在太熱了。」「不行!我必須要見到冰山!你們回南極,給我們運更大的冰山來,運化不掉的冰山來!」

「國王陛下,我們都沒力氣了。再說,再說……」

「你們怎麼能跟偉大的國王討價還價?讓你們去,是國王對你們的信任,是你們全家的榮耀!」獨眼拉拉里站了出來,「國王將對你們的勇敢進行賞賜。同時,仁慈而偉大的國王已經下令，將你們的事蹟編成史詩，刻在石頭上，萬古流傳！這是多大的榮耀！……」

船員們嘆口氣，搖搖頭，只好重新回到了海上。

某個早晨，太陽剛升起來不久，拉拉國還沒有被太陽光的熱氣所包圍，拉拉布國王突然發現宮殿的外面蹲著一個瘦小的人。「你是誰？怎麼會在那裡？」

那個人站起來。「國王陛下，我是你的臣民，拉拉卡。本來我是不敢再來的，可我的責任和雙腿還是把我帶到了這裡。」

「砍掉了你的兩個腦袋，你竟然還活著！」因為天不太熱，國王拉拉布的脾氣還沒來得及變壞，「說說吧，你為什麼還來？不怕我再砍掉你的頭麼？」

「怕，我的巫術大概也不能再為我生一個新的腦袋出來了，所以我希望國王開恩，不要再砍我的頭了。」

「行，你說吧，我不會再砍了。」

「國王陛下，拉拉國在赤道上，炎熱是必然的，它不應當有寒冷的冬天。為拉拉國製造冬天的想法是違背倫理邏輯的。」

「收起你的倫理邏輯！它和國王的意志比較算不得什麼！我想製造一個就一定能製造一個！」

「可是我們的椰子樹，棕櫚樹都要被砍光了！椰子油也都用來塗抹船隻，老百姓的家裡已經三個月都沒油吃了！」

「困難總是暫時的。」這時的太陽越升越高，拉拉布的煩躁也越來越重，「我不想聽你說這個。你給我滾出去！」

「國王陛下！現在拉拉國的臣民們怨聲載道，已經有不少人乘船離開了拉拉國！」

「滾，滾出去！胡說八道！」

「海水還在上漲，要是你不停止去南極運送冰山，上漲的海水會最終淹沒掉拉拉國的！」

「給我拉出去砍了！」國王拉拉布從椅子上跳起來，「自我當上拉拉國的國王以來，還沒有誰敢這樣跟我說話！我不能再忍受了！」

「國王陛下！你說過不再砍我的頭的！」

熾熱的陽光穿透了王宮的屋頂，拉拉布國王被炎熱烘烤著，儘管坐在水池中，他的眼裡卻依然冒出了火焰：「我不光要砍掉你的頭，還要砍斷你的身子！我說話從來都是算數的！」

這一次，巫師拉拉卡可沒有那麼好的運氣了，他的頭被砍了下來，然後，劊子手又用力砍斷了他的腰。別忘了，那個獨眼的大臣拉拉里和他的禿頭鷹還沒出現呢！他們早恨透拉拉卡了，怎麼會放過他呢？這不，拉拉里叫人將拉拉卡被砍掉的頭埋在了石灰裡，然後又在他的傷口處填滿了椰子樹葉、毒蛇的牙和海蜇的皮。當然，禿頭鷹也不肯放過機會，牠叼走了拉拉卡的心臟、胃和肺。可憐的拉拉卡，他再也不會研究倫理邏輯學、巫師物理和巫師數學了。

這是很久很久以前的事了。現在，在地圖上，你已經不可能再找到拉拉國，因為它早被海水所吞沒，融化的南極冰山造成了海水的上漲。

上漲的海水淹沒了拉拉布的王宮，拉拉布只好帶著兩個衛兵爬到了一棵椰子樹上。「拉拉里在哪？他的禿頭鷹在哪？」

他腳下的一個衛兵低聲回答：「拉拉里和他的禿頭鷹早就跑了，他帶走了最後一條船。」

這時國王拉拉布突然看見，附近的幾棵椰子樹上蹲著十幾隻猴子，牠們正朝著拉拉布的方向看。

「我是國王拉拉布，」拉拉布說，「應該說，你們也是我的臣民。現在，我命令你們給我建造一條船，我要離開這裡。國王拉拉布會對你們進行重重的賞賜！」

那些猴子相互對望了幾眼，忽然，牠們摘下掛在樹上的青椰子，朝著國王拉拉布的方向狠狠砸來。

誇誇其談的人

沙爾．貝洛先生是個誇誇其談的人，許多黃昏或者什麼樣的聚會他的誇誇其談就會派上用場，這是我們重要的節目和期待，甚至是我們這些鄰居能夠時常聚在一起的原因——他說得有趣，但沒人相信。除了唐納德．巴塞爾姆。然而，唐納德．巴塞爾姆還只是個六歲的孩子，在那個年齡，他相信的有時太多了。

「我們不是為了信才來聽的，」卡洛斯先生露著黃牙，他的口腔裡總是帶著菸味兒，「我們是為了有趣。還有我們的時間。」卡洛斯先生說得沒錯，我們不是為了信才來聽的，我們來聽沙爾．貝洛的故事的時候早早地把信推到了一邊，專門留出位置給他的傳奇。沙爾．貝洛先生有一肚子的故事，講到精彩處，他會略略地停下來看一眼自己的妻子，彷彿希望從她那裡得到贊許。奧康納女士微笑著，在丈夫講述的時候她幾乎只有一副表情，彷彿這些故事也是第一次聽到——她坐在輪椅上。在沙爾．貝洛先生搬過來成為我們鄰居的時候就已經如此。她和她的輪椅一起來到我們這座小鎮，這給像唐納德．巴塞爾姆這樣的孩子造成了錯覺，彷彿奧康納女士和她的輪椅是一體的，沒有離開過。

下面，我們一起來聽聽沙爾·貝洛先生的故事吧。

我第一次知道我有那樣的能力——穿過時間，改變一些事件發生的能力是在我五歲的時候，和唐納德·巴塞爾姆先生一樣大小，不過那時我可沒長出你這樣漂亮的虎牙。我有一個漂亮的玻璃玩具，一頭健壯的鹿，是聖誕禮物，至今我也不知道它是我母親送我的還是我的祖父——反正很漂亮，我喜歡得不得了，幾乎天天要抱著它入睡，當時，我還幻想為這頭鹿建一座玻璃動物園，讓更多的玻璃動物和它待在一起——可有一天，一向習慣橫衝直撞的馬里奧·巴爾加斯表哥來我家裡，他是跟著姑姑的屁股來的，大人們寒暄，他就在我們的房間裡竄來竄去，玻璃玩具到了他的手上，之後就不見了。他說從沒拿過，沒見到什麼玻璃的鹿，他才不喜歡鹿身上那股臭哄哄的毛皮氣味，噁心。大人們竟然都信了他的話——我知道我們的唐納德先生也遭遇過這類的狀況，你說什麼大人們都不信，他們實在太固執了，是不是？後來，我一個人出去找，最終在院子裡的櫻桃樹下發現了那頭玻璃鹿，它的頭已經斷掉，摔碎了，更不用說頭上的角了——我相信唐納德先生更能理解我的心情。我都要瘋掉啦！我抱著那些碎玻璃，一邊喊著一邊飛快地朝大門外跑……哦，我也不知道為什麼是朝那個方向，是去追趕姑姑的車？還是出於對大人們的怨恨，故意離他們更遠一點？……這時候，就在這時候，奇蹟出現了，我發現我穿回了舊時間裡，那時玻璃鹿還是完好的，姑姑和表哥還沒按響門鈴。我要保護我的鹿！我能想到的保護辦法就是將它找個地方藏起來。我的確把它藏好了，可那股怨氣還在，於是，我來到院子，在表哥去過的樹下挖了個坑，倒上水，然後又用土和草葉蓋起來——我的偽裝還沒有弄好就聽到了開門，等我趕回，馬里奧表哥正從我房間裡走出去，都沒看我一眼，不過我看他了，我看的是他的手，他手裡沒有我的玻璃鹿！不一會兒，他拖著一腳的泥來到飯桌前，那時候，該輪到我不承認了：我沒去過院子，沒有，你看我的手。剛才，我可是一直在這，萊辛姑姑可以證明。玻璃鹿？它好好的，一直跟著我，跟了我五十六年，沒有半點兒受損。

第二次運用……我十七歲，事情是這樣的，阿爾貝．加繆醫生在出診的時候遭遇了車禍，他走得過於匆忙，被一輛車擠下橋掉進溝裡，摔斷了肋骨。看著他的樣子，他家人的樣子，我很痛苦——這時我想起五歲那年的事兒，也許我能制止它——但這麼多年過去了，我不知道還能不能行，有時我也懷疑它是不是真的發生還是幻覺，所以我不敢確定……我藏在院子裡。等我確定不會有人打擾到我的時候我就開始奔跑，一次，兩次。不行。加上呼喊呢？也不行。唐納德．巴塞爾姆先生不要著急，儘管當時我也急得不得了。三次，四次，我突然想起……哦，它不能說，這個懸念不能揭開，反正，我想到了，照著那個樣子——我又一次穿回到舊時間裡。我在阿爾貝．加繆醫生出診之前趕到他的家中，當時他正準備出門……我告訴他，克萊斯特祖父不行了，他陷入了昏迷，從呼吸和抖動的表情來看這次接他的也許是死神。哪個克萊斯特祖父？他停下來問我，但馬上轉移話題，開始詢問克萊斯特祖父的病情、病史、服藥的情況……突然，醫生回過了神，他幾乎有些憤怒：克萊斯特祖父？他不是在兩年前去世了嗎？難道他會再死一次？你怎麼可以這樣捉弄一個醫生，擋在他出診的路上？時間足夠了。即使他是小跑，那輛車也應該早過了橋。我裝出恍然的樣子，然後是懊悔的樣子向他解釋，但氣哼哼的阿爾貝．加繆醫生並不肯原諒，他把我甩在後面。阿爾貝．加繆醫生安然無恙，當然他對我的救命之恩一點兒感激都沒有，反而始終認定我是個無聊的、喜歡捉弄人的討厭鬼。後來，三五天後，我母親出門遇到了醫生，回到家裡我聽見她自言自語：我怎麼記得有人說醫生摔著了？明明，他什麼事都沒有。

你們應當還記得那場和土耳其人的戰爭……我在勞倫斯．斯特恩將軍的部隊裡。戰爭打得相當激烈，戰場上瀰漫著讓人憂鬱的、刺鼻的血的氣息，這股氣息吹入了我們的鼻孔也吹進了土耳其人的鼻孔，讓我們不停地打著噴嚏。這天早上，大霧，一夜沒睡的勞倫斯．斯特恩將軍剛剛把作戰計畫在頭腦裡醞釀成形，還沒來得及記下來便走出戰壕，爬到一個由屍骨和槍械堆成的小山上，他想觀察一下敵方的情況。我說了是大霧，他看不清對面對面也看不清他，可刺鼻的血的氣息讓他打了一個大大的噴嚏，這個噴嚏立刻將我們的將軍暴露了。埋伏了一夜的土耳其狙擊手調過槍口，朝著噴嚏打過去——那可真是一個訓練有素的槍手！勞倫斯．斯特恩將軍腦子裡的計畫被打散了，隨著他的鮮血噴出來……這可不行！我知道後果，我相信你們也知道後果，對，就連唐納德．巴塞爾姆也知道！我必須制止它的發生！我只是列兵，不可能靠近將軍，對付阿爾貝．加繆醫生的辦法行不通，那我就……我回到舊時間裡，飛快地轉到狙擊手埋伏的地方……在扣動扳機的一霎我猶豫了。狙擊手竟然是個孩子，長得，和我叔叔家的兒子個頭相仿，那一瞬我覺得感覺就是他！這一猶豫也讓他發現了我，我只得一咬牙，朝更舊的時間裡奔去。我回到九小時前，這也是我能夠的極限。之後我再也沒回到更早之前的時間裡去過。那時，霧還沒起，只有冷冷的風在吹著，吹得骨頭發涼。怎麼辦？怎樣把將軍救下來？我嘗試靠近將軍的營房，嘗試把提醒轉達給將軍的參謀，嘗試用種種辦法阻止將軍在早晨出門……都失敗了。這時我發現，大霧開始鋪過來了，留給我的時間越來越少，我也不敢保證自己能有再一次回到這個時間點的機會……後來，我靈機一動：將軍是要爬到小山上去的，噴嚏會暴露他——有了！我有了想法！剩下的就是努力把想法完成：我抽出一些屍體，把另一些壓在下面的屍骨和物品抬到高處去……這可不是輕鬆的活兒！何況，下面的屍體是早死的戰士的，有的已經發臭，在挪動的時候甚至會散掉……我做出一個掩體，然後故意打了一個噴嚏——我的想法是，一旦土耳其的狙擊手開槍就會暴露，後面的發生就可避免：可槍沒有響。我再次打了個噴嚏，這次更響一些，槍聲還是沒響。我也不知道為什麼槍沒響。時間在一分一秒地過去。我聽見了腳步聲，它應當是我們將軍的。怎麼辦？我那個急啊！就在這時我腳下一滑：原來踩到了一個鋼盔！辦法來啦！我計算了子彈來的方向，然後趁著不見五指的大霧將一具屍體豎在子彈的彈道上，這當然很難好在我找到了一些槍枝器械，勉強支撐得住——隨後，我給它戴上了鋼盔。我剛剛將鋼盔給那具屍體戴好，將軍的噴嚏響了，子彈的呼嘯和打在鋼盔上的脆響幾乎是同時！我的耳朵都快被震聾啦！等我緩過神來，聽到槍聲的勞倫斯．斯特恩已經回到了指揮所，據說他是爬回去的……不管怎麼說，後面的故事你們就都知道啦，將軍沒死，他打贏了那場戰爭。對，對對，我和唐納德．巴塞爾姆知道得一樣多。到將軍病死，也不知道有我這個人，也不知道我支在彈道上的鋼盔救了他的命。他不知道，我也不想讓他知道……是的，勞倫斯．斯特恩是個英雄。也許是吧。書上都是那麼寫的。

沙爾．貝洛先生曾把落水的人救了上來，這對他完全是舉手之勞，只要讓時間略略地彎曲一下，他讓自己回到舊時間裡去就可以了；沙爾．貝洛先生為鄰居找到了丟失的羊，那隻羊在進入狼的肚子之前被救下來，考慮到這樣對狼很不公平，沙爾．貝洛先生割來兩磅牛肉算是補償。為了得到奧康納女士的青睞，沙爾．貝洛先生數次返回到舊時間裡，製造偶遇和故事，並藉此趕跑了情敵；律師胡塞爾被堵在路上，案件中最最重要的證人在他被堵住的時間裡竟然打開了煤氣閥門——沙爾．貝洛充分利用可供他使用的九個小時，在律師被堵住的路上提前製造了擁堵迫使胡塞爾先生選擇另外的路線，而他則早早趕到證人家裡為他隱藏了刀具和手槍，並提前關閉了整個小區的煤氣。「回憶真是讓人痛苦，」打開門，證人哭得幾乎站立不起來，「何況是那樣的回憶。每次想起來我都覺得自己要死上一次。」約瑟夫．布羅茨基，一個有些神經質的詩人，他習慣沉醉在遭受迫害的假想裡面，這些假想一方面為他的詩歌注入異常和尖銳一方面也讓他不敢見任何人，包括他在被毒蛇咬傷的時候。「我不需要任何人救我，」已經呼吸困難的約瑟夫．布羅茨基卻相當頑固，「誰知道他們會給我注入怎樣的藥劑？誰知道，這條蛇不是他們的花樣，把我送入醫院也就是進入到任人宰割的境地？」沒辦法，儘管很是厭惡，沙爾．貝洛先生還是施展了魔法，把蛇從詩人的路邊移開……

那，你有沒有失手的時候？這是我們的問題，卻是由唐納德．巴塞爾姆的口提出的。

有，當然有，沙爾．貝洛先生陷入到痛苦之中：有一次，一名叫盧卡奇或者是叫……卡爾．施密特的礦工（沙爾．貝洛先生把他的遺忘歸咎於時間：過得太久啦），在一次井下的透水事故中喪生。而他的妻子則病在床上，家裡還有三個年幼的孩子，分別是三歲、五歲、一歲。沙爾．貝洛是在當地的報紙上得到的消息，時間已經過去了八個半小時。沙爾．貝洛先生用盡全部的力氣。他把那個盧卡奇或者叫卡爾．施密特的先生拉出已經滲水的礦井，就在他們以為已經平安無事的時候一輛前來救援的汽車撞在了礦工的身上。而他的妻子，也在當天的晚上進入了天堂，她甚至都不知道丈夫去世的消息。「那是我的第一次打擊。在此之前，我以為我已經無所不能。是那個事件讓我發現其實命運有好多的褶皺，它是彎曲的，對於自己的命令，上帝有至少一千種方式可以補救，而我，只有有限的一種。」接著，沙爾．貝洛講述了另一個例子：轟動一時的特拉克爾伯爵遇刺案。凶手扮演了崇拜者，他擠在隊伍中，那種狂熱的姿態迷惑了眾人也迷惑了特拉克爾，伯爵甚至探著身子越過一側的妻子而向凶手致意——這使站在後排的凶手得以向前，和伯爵的距離變得更近——在鮮花的後面，槍口露了出來：一連四槍。特拉克爾伯爵倒在自己的血裡，他張大的眼睛流露出的不是恐懼而是詫異，他也許想不到，崇拜者和謀殺者竟然使用同一張面目，而且都是貼切的。當時沙爾·貝洛也在現場，他見識了全過程，見識了當時的熱烈和隨後的混亂——「我想我得救他。」沙爾·貝洛拯救的辦法是，將凶手彈匣裡的子彈換成了他剛剛吃過的果核。「第一粒果核打出去，就會引起伯爵的警覺，我這樣想。當時也來不及多想。」可是，果核並未打出去，它或許在槍膛裡被擊碎了——不管怎樣，效果已經達到，沙爾·貝洛先生以為特拉克爾伯爵已經躲過了此劫，讓他沒有料到的是，狡猾的凶手飛快地解下彈匣將它丟在地上，而從懷裡掏出了備用的另一個——不好！沙爾·貝洛先生一躍而起，然而已經晚了，發現槍口的伯爵正想低頭，可子彈偏偏正好擊中。「後面的事你們都知道了。它的後果是，幾十萬人緊跟著的死亡——我只能將它看成是上帝的意志。大家都忽略了果核的細節，甚至都沒有誰提過凶手曾換過彈匣。」沙爾·貝洛無法輕鬆，他的表情裡滿是痛苦的斑點：「我總感覺，是我發動了那場可怕的戰爭。至少我的疏忽使它沒有被制止。」

雖然我們不信（這樣的故事怎麼讓我們能信？），但我們還是配合著沙爾·貝洛，發出唏噓或者保持沉默。只有一個例外，不，這一次可不是小巴塞爾姆，而是輪椅上的奧康納女士，她笑著，像往常一樣，只是，似乎帶出了大約30CC的嘲弄。

她在輪椅上待得太久了。據妻子們打探，她還有患有耳鳴、失眠和糖尿病。然而當沙爾·貝洛先生給我們講述他的故事的時候，奧康納太太一直在微笑。她的笑，和蒙娜麗莎的笑很有些區別。

「那，沙爾．貝洛先生，他們說，有一次，你去森林裡打獵，遇到了一隻鹿，可你的槍裡已經沒有子彈了。你就把剛吃剩的櫻桃核射了出去。子彈打在了鹿的頭上，鹿受到驚嚇跑遠了。」唐納德．巴塞爾姆斜著眼睛，他的臉在慢慢變紅，「鹿跑遠了，跑遠了……對啦，想起來啦！後來你又去森林，恰好又遇見了這隻鹿！你認出牠來，是因為牠的頭上長出了一棵櫻桃樹！於是你開槍打死了牠，不光吃到了鹿肉還吃到了熟透的櫻桃──是真的嗎？」

沙爾．貝洛先生搖搖頭，不，這不是我的故事，唐納德先生。它和我沒有一點兒關係。

「可他們都說是你的，」唐納德．巴塞爾姆嘟囔了一句，「他們還說，你在打獵中還遇到了一隻狐狸，牠長得太漂亮了，就是用最小號的槍彈去打，也很難不傷到牠的皮毛。這時你就，嗯……拿出一根大針，把狐狸的尾巴釘在樹上，然後折了一根樹枝，去打那隻狐狸。你把那隻狐狸打疼了，牠只好從自己的嘴裡跳出去跑掉了──你就得到了一張完整的狐狸皮──這是真的嗎？」

也不是我的故事。沙爾．貝洛先生再次搖搖頭，唐納德先生，不是我，我沒做過這些。不過這些故事倒是精彩。「我以為真是你的呢，」看得出，唐納德．巴塞爾姆有些失望，「他們總是說你說謊。他們說，你說的那些事兒沒有一件是真的，都是吹牛。」

唐納德先生，你知道我不是說謊就夠了。沙爾．貝洛先生拍拍唐納德．巴塞爾姆的頭，有許多人，長到一定的歲數，就變得不可理喻地固執，不肯再相信別人的話，凡是自己眼睛看不到的都不相信……「可是，先生，就連我母親也說，我遭受了您的欺騙。她可從來都沒騙過我。」

我……我確實不能保證我所說的都是真的，孩子。我承認自己有的時候是在，誇張。但它們，都有一個真實的基礎，有時為了故事精彩，我是會讓幻想和一些枝葉混加其中……但它不等於是說謊，不是。

「他們說，你要是說的是真的，就要當著大家的面回一次舊時間。他們說，你把布熊找回來只是你碰巧撿到了，而不是……」

回到舊時間，唐納德先生，它不能用來表演。再說，我發過誓，不再……至於你的布熊，確實是我撿到的，而不是回到舊時間裡給你找回來的，我也沒那樣說過，是不是？也許，唐納德先生，我失去你的信任了。

唐納德．巴塞爾姆想了想，「不，沙爾．貝洛先生，我還是相信你。我還想聽你的故事。」

好吧，好，我給你講一個新故事，這個故事我從來沒給任何人講過，它是講給你一個人的！

——雖然我從不和人談及我具有返回舊時間的能力，當然那時年輕，在喝了幾杯朗姆酒後出於炫耀也許會隨口透露一點兒……我基本上是守口如瓶，可這事兒，還是被黑貝爾國王聽說了。他有太多的眼線，如果他願意，一棵樹上哪片葉子先掉下來也會清楚地知道。他差人向我傳遞了一個消息：國王陛下將在格麗別爾花園會見我並向我頒發榮譽獎章。會見那天，天不亮，我就被安排早早來到格麗別爾花園，然而等到上午的十一點鐘，黑貝爾國王才在眾多戴二角帽的高級軍官和外交官的簇擁下到達，那樣子，就像一些三桅小帆船在前後顛簸。國王到來的時候我剛剛在一棵樹下撒了尿，你知道我已經整整一個上午……他並沒有注意到我的慌亂，讓他注意到的是正午的陽光，它們明晃晃地晃眼，並且缺少遮攔。「我很了解你，公民……」國王用手遮著太陽光，「你有上帝賦予的能力……」他往旁邊跳開一點，避開陽光對眼睛的照射，「公民，我想你需要……哦，公民，公民……」看著黑貝爾國王著急的樣子，我問他：「國王陛下，我能為您做點什麼？」「好吧，」國王說，「好吧，你往這邊過來一點兒，我請求你這麼做，替我擋住太陽，好，就這樣……」接著國王沉默不語，好像想起了什麼，他轉身問普魯斯特總督：「這一切使我想起點什麼……想起我讀過的書……在書裡面……」那時我腦子轉得飛快，我想他要說的可能是亞歷山大皇帝和哲學家第歐根尼的故事，恰好這故事我讀過——出於賣弄（尤其是在國王面前賣弄）的喜好，我對國王說，您想起的可能是第歐根尼，亞歷山大詢問第歐根尼他能為他做什麼，第歐根尼讓他挪動一下……「對，是亞歷山大同第歐根尼的會晤！」國王點點頭，這時狄德羅子爵接過話頭兒：「您永遠不會忘記普魯塔克寫的傳記，尊敬的國王陛下。」黑貝爾國王打個榧子，表示他終於得到了自己一直在想的話。他用一個眼色示意隨行的人們，注意聽他說話。「如果我不是黑貝爾國王的話，我很願做沙爾．貝洛公民！」接著，黑貝爾國王宣布，「我要頒發獎章給你，感謝你為我們國家所做的貢獻，希望你能再接再厲。你要為我所用，這是神聖的、偉大的國王黑貝爾的命令。從現在起，公民，你要事事服從我！」

——沙爾．貝洛先生，我想看看國王的獎章！你可以拿出它來，即使你不願意在別人面前表演對時間的穿越……

「我將它丟了。」沙爾．貝洛回答，「我將它丟進米爾加夫河裡啦。是在米高橋上丟下去的。」

——我不信，你為什麼要丟了它？

「因為，為了它，為了黑貝爾國王的祕密工作，我失去了我和妻子最寶貴的珍珠——阿倫特。她是我的女兒。只有九歲，也永遠只有九歲。在我女兒那裡，時間厚得像一層密封的鋼板，她穿不過來，我也鑽不過去。」

沙爾．貝洛曾有個女兒，這是真的，他的女兒阿倫特在九歲時遭遇了莫名的車禍，這也是真的——斯蒂芬．茨威格先生向我們證實這一點兒，他可是我們鎮上最有名的偵探，雖然在小鎮所謂的偵探也只有兩個。他還向我們證實，沙爾．貝洛確實曾見過黑貝爾國王，就在國王失去王位的三年前，在苛倫卡爾的檔案館裡可查到相關的記載——這能說明什麼？要知道黑貝爾國王最大的怪癖就是見一些莫名的人，他時常隨機在內務部門提供的人員中選擇：工人、農夫、種植園主、無業者或妓女……這種會見往往就是一個擺設，供彰顯黑貝爾國王的英明、親民所用，說不定沙爾．貝洛就是數千數萬名隨機人員中的一名——我們看不到確切的連線，能讓國王的會見和他女兒的死亡聯繫起來。

「不過，阿倫特遭遇的車禍確實蹊蹺。據説車一直停在她上學的路上，直到她出現的那一刻才發動。據説阿倫特在前一刻剛剛遇到了可怕的預兆：一個巨大的廣告牌突然倒塌，就在距離她半個身位的地方倒了下去。那輛追趕著她生命的車一直追到一家咖啡館裡，在過程中還曾碰到過電線桿。」斯蒂芬．茨威格看了兩眼沙爾．貝洛的房子，此時，它被籠罩在一片昏暗中。「可憐的人。開車的人是一個酒徒，喝了近二十杯杜松子酒。」

——他會不會和黑貝爾國王有關係？屬於國王的人馬？

不是，斯蒂芬．茨威格讓自己的酒杯略有傾斜，沙爾．貝洛居住的苛倫卡爾市是黑貝爾國王的反對者胡塞爾「發家」的地方，那時胡塞爾對苛倫卡爾已經有相當的掌控力。如果有證據——即使沒有證據，只有顯得合理的猜度——能夠指向黑貝爾，胡塞爾是肯定不會放過的，他們一定會大書特書。可我們所知的是，當胡塞爾成為市長之後，他和他的團體完全忽略了這件事，隻字不提。當然，還有另外的證據表明這事兒和黑貝爾國王沒有一點兒關係。

「沙爾．貝洛只是胡扯，他的嘴裡能夠跑出一千隻兔子，」托馬斯．曼的眼睛裡全是血絲，熬夜和酗酒讓他看上去極為疲憊，「而你，有心的斯蒂芬先生，竟然跑出那麼遠去調查他女兒的車禍事件！真是難以置信。他只是喜好吹牛，你就讓他胡吹好啦，何況我們都愛聽他的那些亂七八糟的故事！他要是，要是能夠飛回過去，那，他怎麼不去救自己的女兒？不讓自己的妻子離開輪椅？怎麼讓自己過得如此，如此清苦、貧困？……」

是因為另一個案子。我只是順便查看了一下，而已。這完全是舉手之勞。斯蒂芬．茨威格還在搖晃著他的玻璃杯，裡面的酒比起剛才竟然沒有多少的減少，可憐的沙爾．貝洛先生，對了，他似乎有段時間沒有參與我們的聚會了。

「他妻子病了，是另一種病，一種很嚴重的病——醫生說，她生命的燭火已盡，沒有太多的時日了。」

可憐的人。鄰居們一片嘆息，她總是那麼安靜，得體在微笑著，總是在……她樂於幫助別人。她的身體一直不好，輪椅把她吸住了，我無法想像那種生活，簡直是個牢籠。她就像一個影子，你根本無法進入到她的心裡去，我想那裡會是一片冰窖或者是堆滿了苦艾的房子。不，不是，你看她的笑，她的心裡不會有冰的存在……「他要是有本事，就別讓自己的妻子坐上輪椅！」托馬斯．曼突然提高了音調，他打著酒嗝，「讓我們見識一下他的超能力！」「曼，別說了，我可不想再聽到這樣的話。沙爾．貝洛是個有趣的人，不是麼？他講的故事給我們帶來了快樂，就足夠了，我相信沙爾．貝洛先生構思那些故事可費了不少的腦筋！」曼德爾施塔姆夫人插過去，她奪下了托馬斯．曼的酒杯。就是，有人跟著附和，我們愛聽沙爾．貝洛的誇誇其談，我們是來聽故事的，並沒準備相信它是真的。誰會追究《荷馬史詩》、《唐．吉訶德》和《神曲》中的故事是不是真的呢？我們，還是關心一下沙爾．貝洛先生和他的太太吧。

我們，還是關心一下沙爾．貝洛先生和他的太太吧。

在醫院裡，我們重新見到了奧康納和沙爾．貝洛先生。躺在病床上的奧康納終於離開了輪椅，她不像原來的她了，只有那分強聚起來的微笑還勉強有些舊影子。沙爾．貝洛先生也不是了，他不再誇誇其談，只是一個手足無措的、有些禿頂的小老頭兒，「她很想再見見你們。」

看得出，奧康納女士還有些精神。她和我們幾個人聊起舊時光，以及在舊時光裡消逝的那些，里爾克，布魯諾．舒爾茨，習慣穿著多條長裙的卡達萊太太，被雷劈倒的山毛櫸樹，一隻叫芭比的狗，還有她停在九歲的女兒。阿倫特是個漂亮的、懂事的女孩，她要是還活著……「這些天，她總是想起阿倫特來。」沙爾．貝洛先生的聲音顯得乾澀，「我，我們沒能……」

凶手們。奧康納女士收斂了笑容，她轉向沙爾．貝洛先生，用一種緩慢的語調，你也是。

空氣驟然凝結起來……曼德爾施塔姆夫人試圖調節一下氣氛，她掛出輕鬆的表情可這分表情也跟著被凍住了。「唐納德．巴塞爾姆先生來了沒有？」奧康納女士問。

唐納德．巴塞爾姆被讓到病床前，「唐納德．巴塞爾姆先生，你不是願意聽故事麼，那，你是不是可以請他講一講，阿倫特出事那天他在做什麼，他在哪裡？我希望這次他說的是真的。」

——我，我不是早說過了，我在羅布維薩，去和穆齊爾先生談一宗照明的生意，你也曾問過他。沙爾．貝洛竟有些氣喘，女兒的死我當然有責任，我也很後悔，你知道我也時常想起她，她是我痛苦的深淵……

「那個凶手害了你又害死了我的女兒，可你，還在為他掩護。」

——不關他的事。沙爾．貝洛搓著自己的手，他確是一個作惡多端的人，可我們的生活，我們的女兒，都與他沒有半點兒關係。女兒的死，已經是壓在我們身上的石頭，你知道我們幾次搬家都是為了躲開這塊石頭的重量，可你和我都沒有做到。我知道你一直在怨恨我，你希望我的誇其談是真的。我也希望我真的能夠，如果能夠把女兒從那場可怕的災難下拉出來我願意接受上帝的一切懲罰，如果必須，我會自己推開門，走進地獄……

「我有些累了。」奧康納女士閉上眼睛，「我知道我有些過分。我也知道你其實也掙扎在痛苦中。我沒有怨恨，早就不了，我更願意做的是和你分擔。只是，我想在臨終之前知道……」

——我……

「算了吧。讓這段時間過去吧，讓他們也都回到之前的時間裡，忘記曾來過病房。讓它重來，它不會這樣發生，我也不會再問這個問題。」奧康納女士再次睜開眼睛：「你要記得漱一下口，免得讓我發覺你咬破舌尖後散出的那股腥氣。」

到彼岸去

今年三月，我們同學有個聚會，在加拿大工作的張成回來了。通知我的時候趙之強特別強調了這一點，他說張成回來一次不容易，人家現在可是成功人士。你一定要來，我們同學也太長時間沒聚了。我說，是啊，我和張成十七年沒見了，從畢業後。他現在在加拿大幹什麼？醫生，電話那端說。隨後，趙之強又補充了一句，男性外科醫生，主要是給小雞雞裡面加條兒，使它變粗。

今年三月，我們同學有一個小型的聚會，聚會地點是在渤海大廈，當然，這個聚會和所有的同學聚會沒有區別，你完全可以想的到。席間，從加拿大歸來的張成、擔任副市長的高永明、雅克鞋業公司總經理楊洞被讓到上座，坐在高永明身邊的班主任曲老師略略有些不安，推三阻四，事兒事兒的，這些你也可以想到。話題圍繞感嘆今昔以及張成的工作展開，看來趙之強給同學們打電話時都那麼強調和補充了一下，他的工作是給小雞雞加肉條兒。

席間，高永明副市長和張成碰杯，詢問外科手術的有效性以及成功率。在他到來之前我們早已問過多次了。坐在旁邊的楊洞將手搭在他的肩上：「市長老弟，要是需要你就去加拿大加它幾條，所有費用我全包了！」

高副市長的臉色變了變，趙之強飛快地插話：「楊洞你他媽的真不夠意思！光知道巴結市長！我們比市長更需要！我們的費用你也得出！」「是啊是啊，市長需要人民更需要啊！」

高副市長也恢復了常態，他和楊洞碰了碰杯，然後對著同學安蕊：「當年安蕊可是一枝花啊！我那時可是天天想，而且一到星期天就想得厲害！我寫了好多的情書，就是沒有敢送出去。要是那時張成在加拿大，楊洞出錢，我還真去做一做給自己長長自信，說不定就將安蕊追到手了！」

「討厭，你高大市長怎麼看得上我啊！」狀如水桶的安蕊笑了，她笑得有些特色，有一絲當年的樣子。

——這個聚會和所有的同學聚會沒有區別，你完全可以想得到。

在去唱歌的路上，不知是誰提議，我們去一次彼岸怎麼樣？在張成走之前。這個提議引起了大家的興致，是啊是啊，我們再去一次彼岸。「就像當年那樣！這個主意好！」趙之強揮動手臂，他的眼裡甚至含著淚水。「當年，要不是那場該死的雨……」他喝醉了。

我們決定再去一次彼岸，像當年那樣，像我們即將畢業前的那個上午那樣。誰不去是小狗。

曲老師拉拉高副市長的衣袖，我就不去了。

曲老師拉拉楊洞的衣袖，我就不去了。

他一臉歉然，我老伴兒……身體不好。我就不去了。

我坐趙之強的車來到碼頭，那時同學們都沒有到來。

碼頭上空空蕩蕩，幾乎沒什麼人，只有一些稀落的鳥屎分布在地面上。

我們一句一句遞著話，看得出，趙之強對這次彼岸之行頗有興致。我問他還在政研室麼，有沒有升遷的可能，他搖著頭：「我也許要終老政研室了。我和高副市長一前一後進的市委，你看人家的運氣。」

他狠狠地吸了口菸。

我說你也不要那麼固執，那麼正直。也許要尋找機會，「讓高永明教你兩招，說不定管用呢。」

這時，趙之強的電話響了。

劉洪豔不來了，他說。

張文東和廣舉也請假，說有突發事件。

他媽的，這些小狗。趙之強將一根菸蒂丟進水裡，水面「呲」的一聲。

水慢慢浸泡了整支菸，使它變黃。

我們一句一句遞著話，等待變得有些漫長，有一些時間在其中彎曲了，並且產生了黏度。趙之強站起來，給高副市長打過電話，然後坐回到椅子上。「高市長來不了了。他和書記去省裡開會。」他的語氣有些慵懶。

陽光燦爛。而趙之強左邊的臉上有一層灰。遠遠地，開往彼岸的船靠近了碼頭，水面上的菜葉、塑料瓶和各種花花綠綠的物品開始顛簸，它們帶有氣味兒。

張成來了，他從出租車裡伸出右腳，我們看到他黑灰色的鞋。下車的時候他大概有些猶豫，不然不會用那麼長的時間才探出整個身子，他又用不著開出租車票。

張成的到來使趙之強恢復了一些生氣。我們三個人，一句一句，主要是他們倆說。話題和那次同學聚會時基本相同，趙之強後來還問了幾句張成加拿大文化方面的問題，而張成似乎知道很少。

「我記得那時你還寫過詩，還送我一首，」趙之強打開自己的包，拿出一個很舊的筆記本，「看看，是不是你的字體！是不是你寫的詩！」

張成拿過筆記本，看了兩眼，然後遞回去。「還真是我的字。我都忘了。」

「我也是翻日記本翻出來的，」趙之強並沒有將這個藍皮的筆記本合上，「我給你們念一念，張成寫的詩。」

別念了，張成制止了他，那些破詩，有什麼好念的。

水桶樣的安蕊也來了，她還打了一把粉色碎花的太陽傘。

話題出現偏移，我們一句一句，說了些什麼你肯定能想得到。

「我們先上船吧。」張成說。他拍拍屁股，然後掏出手帕擦一擦手。

「高永明沒來啊。」朝船艙走去的時候安蕊無意間問了一句。

我們繼續等待。等待使時間變得彎曲、黏稠，像蝸牛走過之後留下的痕跡。我們一句一句，話題馬上快用完了。

趙之強叫了茶。他叫服務員多拿幾個杯子，多拿六七個吧。隨後他馬上糾正，三四個吧，不夠再要，等他們來了再說。

陽光爛漫，很有一層暖意，水面瀰漫的氣味則更重了。

趙之強又打開了他的筆記本，「我們上次去彼岸，你們還有沒有印象？都十七年了，過得真快。」

「在我的筆記本裡，這是記得最詳細的一頁。」

我轉動著面前的杯子，沒有說話。

在我的筆記本裡也有關於那次不成功的旅行的日記，就在來碼頭之前，我將它甩進了紙簍。

「你還記得那個小挎包麼？軍用小挎包，上面有一個紅五星。你還記得它裡面裝的是什麼？」張成搖搖頭。「我記得是書。」

「是《茨維塔耶娃詩選》和《癌症樓》！」趙之強敲了敲他的車子，他轉向安蕊：「你記得自己帶的是什麼嗎？」

「我忘了，記那個幹嗎。」安蕊拿出她的手機，「這個齊安紅，說好一起去的。我可好長時間沒出來旅遊了，女人可不像你們男人。」

我帶的是一本《中國大歷史》，一本《資本論》，還有兩瓶酒。

我和趙之強說，我帶了兩瓶酒，一瓶是西鳳，另一瓶不知是什麼了。「你還帶了《資本論》！」他說。

沒有，絕對沒有。高副市長帶著《資本論》應當更合理些，我說。我堅定地說。「肯定是你！」趙之強的屁股朝我一邊的座位移過來，拿著他的筆記本。

我說不用看，你肯定張冠李戴了，就這個記性，要讓張成給你大腦裡安幾個條兒可能會好些。安蕊放肆地笑了起來，「反正那時候你們男生多數都帶著書。我記得你們一到碼頭就開始爭吵，一個個都跟鬥雞一樣，嗓門特大，上船之後還吵，後來讓你們吵得下起大雨來了，彼岸就沒有去成。」

楊洞的車終於來了，下來兩個人：楊洞和一個女孩兒。他們一起上船，楊洞卻沒給我們介紹。

「楊洞，你還記得麼，我們畢業前去彼岸，你帶的是什麼？」

「我帶的是什麼？」

「徐志摩的詩集！」

「真的假的？」楊洞的身子向後仰去，「我靠！想當年咱楊洞也是文化人啊！小楊，是不是？」

被稱作小楊的女孩露出些笑意。他膩在楊洞身側。

齊安紅終於到了碼頭，她穿著一條暗褐色的裙子，抹了與上次聚會不一樣的口紅。「齊安紅今天真漂亮，打扮給我看的吧。」楊洞向前探了探頭，「你的衣服真好看，要是不穿衣服，會更好看。」

「狗嘴裡吐不出象牙！」齊安紅瞟了瞟他身邊的小楊，「楊總啊，你每天拿大糞刷牙吧！」

笑過之後。

兩個女人開始嘰嘰喳喳，她們沒有理會小楊，彷彿她並不存在。

趙之強低著頭，發信息。何鈴鈴孩子發燒來不了。趙哲昨晚喝多了，在床上躺著了，難受，去不了。沈易欣請假，說大家從彼岸回來一定要到她的茶樓喝茶。

開船的人過來問，人是不是到齊了，要不要開船？

「再等一下。五分鐘，就五分鐘！」趙之強說。他站起來，動了動自己的手，「反正都等了這麼長時間了。」

楊洞問張成，他的聲音很響：「張成，你們給小雞雞做的那個手術，往裡面加的是狗雞巴的條兒還是驢雞巴的條兒？能不能加得和驢一樣粗？」

一團轟笑。那個小楊也笑了，她笑得很輕，一隻手消失在楊洞的身側。

「這個楊洞！一點兒出息也不長，還總呢！」齊安紅說。

你給肖建國打個電話，趙之強說，看他來不來。趙之強的臉色有點暗，大約是船艙頂遮住了陽光的緣故。我們去的人太少了。

「誰愛來不來，管他呢，」楊洞說，「我們這次去彼岸一定要好好玩玩，一定要好好喝酒，好好瀟灑！無論先生女士，一律給我放開喝！先生們找小姐，女士們找鴨，錢由我出！當然，要是為節約資源同學們自由組合也行！」

「這個楊洞，總是滿嘴噴糞！」齊安紅伸手打了楊洞一下。

楊洞抓住了她的手。

「高大市長不來了？」楊洞問。

張成說，高大市長有事兒來不了。

「他那屁事可真多！」

「要不，你再給他打個電話？同學們聚一次也不容易。」趙之強昂著他的臉。

「上次去彼岸，那天雨下得可真大。本來天晴得好好的。」

「是啊，天一下子暗了下來，電閃雷鳴的。」

「那次，可把曲老師給嚇壞了。」

「想想都十七年了。要不人老得快呢。安紅你的兒子都五歲了吧？」

「八歲，小學二年級。學習不認真，天天上網打遊戲。」

……

就在船即將離開碼頭的那刻，齊安紅突然站起來：「不好意思，我忘了一件極為重要的事，真不好意思。彼岸我是去不成了，我得回去。」

她對著張成，「下次你從加拿大來，一定要通知我，我們家那口子做東！不好意思，我的確是有事兒，先回了，你們去吧！」

夏岡的發明

在我二十八歲至三十五歲的那些年裡，很大一部分時間都是在靜靜發呆和無所事事中度過的，我旁觀著那些年裡一些事件的發生，或大或小，但都與我沒有什麼直接的關係，就像我和周圍的事件之間隔著一層玻璃：我能夠看見，但不能介入。在我二十八歲至三十五歲的那些年，我學會了吸菸，一個上午我丟在地上的菸蒂如果排成一排，它能夠等於或略長於我的身高——我的身高是一點七二米。我三十五歲那年，終於有了一些事做，不過我的事在多數人眼裡仍然屬於無所事事：我三十五歲那年所做的事就是，參加聚會，和朋友們整日整地聚在一起。

讓我來介紹一下我的朋友：南島、秋波、夏岡、麥雷，以及寬葉蓉。這樣介紹可能過於簡略了，無法給人留下深刻的印象，下面我重新再來介紹一下，分別加上定語或者其他的什麼詞。他們是：詩人南島，從事下半身寫作，在他的詩中最常用的一句就是「這些傻逼」；歌星秋波，他一直叫我們叫他歌星秋波，他先後在三十多家酒吧打工，但也先後被三十多家酒吧趕了出來，人家辭退他的理由真是驚人的一致，「簡直是一隻叫驢」。瘋狂的發明家夏岡、公務員麥雷，麥雷那時在一家行政單位上班，打水掃地擦桌子寫材料，看領導的臉色猜測領導的心思，可是一直沒有得重用。我們叫他失意的麥雷，要不是失意，他怎麼會和我們這群人混在一起。最後一位是位需要隆重推出的女士，寬葉蓉。她原不是我們一夥的，但她成了南島的女友之後就常常和我們在一起。她是個高高的黑髮美人，身上長著許多的美人痣，當然，這是南島對我們說的，南島說這些的時候寬葉蓉也在場，他在她的身上指指點點；一顆在乳房上，一顆在肚子上，一顆在膝蓋上，一顆在臀部上，一顆在脖子後面。所有的痣都在左側，如果你上下看，它們大略排成一行：

•　•　•
•
•
•
•
•

「她的頭髮像烏木一樣黑，她的肌膚像雪一樣白。」說到這些時寬葉蓉正躺在南島的身上，她笑得像一隻北極熊。那是個冬天，寬葉蓉穿著一件白色的皮衣，在我們這些人中間，她顯得最為溫暖。

下面我說說夏岡的發明。

我們之所以有這樣的一個聚會主要是因為詩人南島，他說我們應當有一個聚會、有一個沙龍，於是我們就有了聚會，他說要有光便有了光，他說要有女人於是他的身邊就有了一個、兩個、三個、四個的女人。儘管麥雷在背後多次對南島和他的詩提出過各種批評，最為尖刻的一句就是，南島的詩裡面充滿了尿和屎的氣味。我們知道麥雷的意思，他看不慣南島，他想由他來組織我們的聚會，他或許還會要我們寫些聚會紀要學習體會之類的文章，他或許會把我們的聚會開成一個真正的會議——所以我們都沒有滿足他。南島並不在乎麥雷的這種批評，他說，尿、屎、精液和快感是下半身寫作的支點和本質，「能理解到這些說明麥雷也快成為一個詩人了。」好了不說這些了，我要說的是夏岡的發明。

我們的光就是夏岡的發明。

我們聚會的地點是一間廢舊的地下室，裡面混亂地堆放著各式的鋼管、電線、螺絲、塑料袋和紙盒，還有彈簧、齒輪什麼的，當然最多的還是灰塵。也不知道南島是如何找到的這樣一個地方，也不知道南島是如何得到的這個房間的鑰匙。房間裡一片昏暗，我們沒有找到電源的裝置，好在我們是有備而來的，我們帶來了三個手電筒，可問題是我們不能每次聚會都帶什麼手電筒，誰想說話就用手電筒照亮他的牙——要有光。這話是南島說的，南島之前是一些偉大的人說的，說完這句話後南島滅掉了他的手電筒。其餘的兩個也是在那時滅掉的，這裡面肯定有著某種預謀，因為在手電筒的光暗下去之後首先響起的是寬葉蓉的笑聲和尖叫，然後是——

在這裡我的記憶可能會和真實之間有一定的出入。有些時候我會覺得那天我們混亂了很長的一段時間，期間某個人的屁股還狠狠地坐在了我的身上，從那個屁股的堅硬程度來看應當不會是寬葉蓉的屁股，無論是誰的屁股吧，我都用力地擰了它一下。後來某個人的手電筒又亮了一下，但隨即又滅掉了，光只在我們中間出現了不到一秒。混亂之後，夏岡的聲音在黑暗中響起，他說，我來吧。而另一些時候，我又覺得黑暗僅僅黑暗了幾秒夏岡就說話了，他在黑暗中說，我來吧。

當然我說的這些並不重要。

第二次我們聚會的時候就有了光。那天我是帶著手電筒去的，在手電筒的照射下夏岡的發明赫然地立在那裡，我們不知道他是什麼時候完成的。——光在哪兒呢？我只看到了一個醜陋的機器可光在哪兒呢？南島說。夏岡看了我們兩眼，然後拉住南島的手，你上去，像騎自行車那樣蹬一下，對，光就來了。

光是來了。可是必須要有一個人不停地騎車，等他累得汗流浹背、疲憊不堪了再換一個人上去，一場聚會下來所有的人都那麼軟塌塌的，走到外面，我們簡直是一群剛剛從海灘裡逃生出來的落水者——真有一次，一個好事的老太太走近了問我們，我們是不是出了車禍，我們的車子是不是掉進了太平湖，是不是有很多的人死了？我們說是。南島還向那個老太太描述了車禍發生的慘狀，很快，那個老太太就糾集了很多的人，她們像一群企鵝那樣，搖擺著，樂癲癲地朝著太平湖的方向跑去。

這不是個辦法。這當然不是個辦法，每次聚會都累得我們腰痠背痛，它漸漸地變成了一種折磨，如此下去，要不是我們把它拆散了，就是它把我們拆散了，而越來越多的跡象表明，它將我們拆散的可能性更大。我們一致要求夏岡對他的發明進行改進，否則的話，我們就拆掉他的發明，然後解散聚會。

我還以為你們喜歡運動呢，夏岡說。

最近齊靜要我加強鍛煉，她說我太胖了，夏岡說。其實在這裡即使我不進行插敘你也肯定明白，齊靜是夏岡鍾愛的人，但她一直否認自己是夏岡的女朋友，她不願和我們這樣的人混在一起。請注意她所用到的那個詞，是混。有時想想也是有道理的。

為此夏岡背上了重色輕友的罵名；在大家的一致要求下，他還是修改了他的發明，這對於我們瘋狂的發明家來說，這簡直是舉手之勞。

後來，在我們的建議下，夏岡對他的發明幾經改進，它變成了一個仰臥的女人、一個發光的女人、透明的女人、寧靜的女人。（我說它是寧靜的女人主要是為了和寬葉蓉以及齊靜進行區別，那兩個女人都有嘰嘰喳喳的嘴。）

它的身上有一個開關，只要一按光就會出現，根本不再需要疲憊不堪、汗流浹背地做什麼。當然，你要是還想運動的話就隨你的便好了，騎上去，手放在它的肩膀或者乳房的位置，然後雙腿用力——光會在你的運動中變得強烈起來，或者五彩繽紛。你要是不想要這些也隨便你好了，光的顏色和強度可以隨意調節。

這僅僅是夏岡的一個小小的發明，甚至不能算是發明，因為它不出人意料。是的，夏岡對我們的讚嘆很不以為然，他說，這算個屁。連屁都不算。你們根本沒見過真正的發明。

或許是我們對他一個微不足道的發明讚嘆引起了他的興致，或許是地下室裡擺放的那些材料引起了他的興致，或許是想讓我們見識真正發明的念頭引起了他的興致，或許是發明的興致本身就引起了他的興致……我不是他我當然不知道他從什麼地方得來了那麼大的興致。反正，在那次聚會之後夏岡運來了紙、筆和厚厚的書籍，搭起了一個簡易的車床，買來了鋸子、鉋子、斧子……好了，這個過程應當得到簡略，如何進行發明以及如何進行準備那是發明家夏岡自己的事，和我們無關。我們只要看看他的那些發明就行了。

把廢紙化成紙漿然後做成水杯的機器，經過它加工的水杯質地透明，敲擊一下有金屬的響聲，可它的主要原料是紙；縫合傷口的機器手，有一次王老太太的雞被秋波的自行車撞出了七米，他把遍體鱗傷、不住呻吟的雞放進了機器中，半個小時後那隻雞已是容光煥發，健康如初。第二天早晨牠就下了一個雙黃的蛋。它也有出錯的時候，出錯的原因可能是麥雷操作失誤所致。那天他抱來一隻受傷的狗，將牠放入機器之中麥雷忽然想起科長桌上的菸灰缸還沒有倒掉，於是他飛快地騎車回去，然後飛快地跑來，把機器打開——在縫合了傷口之後，無所事事的機器手為打發多餘的時間將狗的鼻子，嘴巴和屁股統統縫上了。它的做法直接導致了狗的死亡。除此之外夏岡還發明了一種專門黏住空氣中二氧化碳的膠，我們在屋子裡說話、呼吸，這塊膠很快地大了起來，最後我們不得不終止了那日的聚會。它吸進二氧化碳太多了，我們被它擠到了牆角，要不是關鍵時刻所有人都屏住呼吸慢慢向外移動的話，它可能會將我們擠死。在很長的一段時間裡，瘋狂的夏岡進行著這種亂七八糟的發明，南島幾次建議他去看一下心理醫生，「他也許能讓你有一些正常點的發明。你的腦子都讓齊靜給搞壞了。」

是啊，那時刻寬葉蓉死心塌地的愛著南島，而夏岡則死心塌地地愛著齊靜，在我們眼裡無論南島還是齊靜都不可愛，他和她幾乎一無是處。但愛情是沒有道理可講的。在齊靜沒給夏岡一點晴朗的臉色，他在悻悻中回到我們的聚會的時候，他就一邊狠狠地咬著自己的左手的食指，一邊進行著那些奇怪的發明。很多發明他都是想獻給齊靜的，可齊靜對此一直不屑一顧。你想想看他的那些發明怎麼會討一個女孩子的喜歡呢。

他想找一個能討女孩子喜歡的發明，我們亂七八糟地給他出了種種主意但都被夏岡否定了。還是讓夏岡找到了辦法，這應當感謝上帝，感謝愛情，同時感謝晴朗的天空。——你們猜，為什麼齊靜在夏天很少穿裙子出門？她對自己的雙腿不滿意。她認為它太粗了，太短了。我們第一次看到夏岡是那麼興奮，他像一隻得到了骨頭的狗，使勁地搖動著尾巴。「其實不是，她不穿裙子的原因也許是因為她的腿上有太多的毛。」這話是寬葉蓉說的，她一直把齊靜說得一無是處，這並不妨礙她們倆走在一起就像一對姐妹。

我要發明一種使腿變細變長的機器，我要讓她在冬天都想穿上裙子出門。

這對我們的發明家夏岡來說，並不是一件困難的事。很快他就完成了，可是齊靜一直不肯出現，她說她才不信夏岡的什麼狗屁發明呢。

最後還是來了，她是挽著寬葉蓉的手來的，她是第一次踏入那間地下室，在走進來的時候，寬葉蓉衝著我們做了一些神采飛揚的鬼臉。我們被齊靜驅逐出了地下室。她不要我們看到其中的過程，她對我們說，誰偷看她的腿她就挖掉誰的眼睛。

站在地下室的門口，失意的麥雷先發了一陣感慨，他說他無論如何也不會選這樣的野蠻女友，在單位看領導的臉色，在家裡看老婆的臉色，還叫活不活啊。她脫褲子的樣子一定很難看，南島說。她的腿上肯定有很長的毛，南島說。南島說到最後一個字的時刻齊靜突然地在他背後出現了，她在我們身邊飛快地跑了出去，當然在這種飛快之中，並不妨礙她的手在南島的臉上打出一記響亮的耳光。

夏岡的發明失敗了。

他並沒有使齊靜的腿變細變長，相反，她的腿比剛坐在夏岡發明的機器上時更為粗大了，而且變成了顯著的「O」型——「其實她要是多坐一會兒也許，也許……」我不知道該用什麼語言來描述我的朋友，發明家夏岡的懊喪，我在這裡預留出大約三百字的空白，根據想像和需要你自己來填吧。反正，怎麼想像都不算過分。

好的，我儘量做到長話短說：出於愛和對自己過失的彌補，夏岡又發明了一種反方向的鐘。

他站在齊靜家窗子的外面，對玻璃和窗簾……最後他還是叫寬葉蓉去說的。她說，夏岡對前幾天的發生感到非常抱歉，其實他真是想幫你的。她說，夏岡真的很愛你。她說，夏岡又發明了一種新的東西，它可以讓人變得年輕。她說，這是一種反方向的鐘，可以讓時間倒轉，你要是想返回從前的樣子就來試一下。她說，夏岡說了，你現在都這個樣子了，都是他造成的，他要為此負責……

寬葉蓉返回地下室時淚流滿面。不只是眼淚，流下來的還有一些散發著霉味的飯粒和菜葉，她的嘴那麼委屈，可是卻又不敢真正地張開，她怕一旦把嘴張開，飯粒和菜葉會紛紛落進她的嘴裡。

夏岡的愛情結束了。其實自始至終齊靜就從來沒有愛過他，他一直是一廂情願，自作多情，「我在看過她的粗腿之後就不再喜歡她了，對了還有那麼多毛。」夏岡咧開了嘴，他努力做一分笑的表情。可是，在我們中間，他和寬葉蓉一起淚流滿面。

「她那麼任性，誰要她誰就倒楣了。」

「她哪裡像個女人啊，簡直，簡直是頭豬。」

「我覺得，她有同性戀的傾向。」

好的，我們接著說夏岡的發明。那個反方向的鐘。有了上次實驗失敗的教訓，我們誰也不敢第一個嘗試，誰知道它能不能成功，會出現什麼樣的後果呢，誰知道它會不會將你變成一隻癩蝦蟆或者別的什麼東西？它閒置了大約半年的時間。最後接受我們試驗的還是齊靜，她實在太討厭自己的那雙粗腿了，在這半年裡改變了原來模樣的粗腿，一直像根巨大的魚刺一樣鯁在她的喉嚨裡，讓她坐臥不安。她利用半年的時間嘗試了各式各樣的減肥方法，包括吸脂術。但是，那雙腿還在。於是，她坐進了夏岡的機器，「如果它再次失敗我就殺了你！」這是她留在機器外面的一句話，有點咬牙切齒。說實話在坐進機器時，她的腿並不粗了，甚至都讓人感覺是過細了才對，可是我們無法阻止她。這個可憐的人，可憐的犧牲品。按下按鈕的那刻夏岡的臉蒼白，他的手在輕輕顫抖——我們當然知道他怕什麼，他的恐懼也傳染了我們幾個，我們屏住呼吸——

別打斷我好不好，我希望在這個地方造一下氣氛，這需要大約七到十秒的時間。你數著。是我們幫助夏岡把機器的門打開的，他都沒有了把門打開的力氣。我們看到的是，裡面站著一個大約十四五歲的哭泣的女孩，那身寬大的衣服對她來說簡直是一個……她的雙手用來提著褲子，以免它滑落。把我變回來，把我變回來，把我變回來！如果不是那粗糙的、野蠻的聲音，我們無法將她和齊靜聯繫在一起，可是要想再變回來難度就大多了。去年我在馬里安巴的大街上曾碰到過她一次，還是十四五歲的樣子，她用那麼惡狠狠的眼神，惡狠狠地看了我兩眼。

這個可憐的人，可憐的犧牲品，想想吧，直到她死去，她都只能是十四五歲的樣子，這多可怕，多讓人傷心！

（我們把這次實驗的失敗歸罪於夏岡的時間沒有掌握好，按按鈕的時候手還在抖；夏岡則指責我們在幫他完成他的發明的時候偷工減料。他指責不無道理，我們在他的圖紙上標注用七吋鋼管的地方換成了五吋的，而且在需要封口的地方我們自作主張，用的是南島使用過的安全套。不過事已釀成再進行指責又有什麼作用？）

這是後話，是半年以後的事了。我們還是先回到半年之前，看看那時還有什麼發生。

齊靜拒絕了實驗很讓夏岡痛苦，他和他的發明一起悲痛異常。期間他還曾賊心不死地對齊靜進行過多次拙劣的引誘，他制定過種種計畫，制定了多次的約會，可結果是，在約會是他一個人孤零零地到場。這是夏岡寫給齊靜的一張便條：

親愛的齊靜，我的聖母：

我的朋友們現已離我而去，只剩下我一個人。我猜他們厭倦了聚會，或者，是到協會大樓去起訴我去了。我曾給他們和你造成了多大的傷害！特別是你。對我而言，生命中除了投身於你的掌心之外，就什麼也沒有了。今天早晨，坐在廣場的長椅上，我已幾次暈眩過去了，我一邊想著你一邊感受著那些能把我們的心靈拴在一起的鐵栓。你能跟我談談嗎？貓房大鐘響四點的時候，我會到廣場上來。我能奢望你的到來嗎？

我不會再提我的那些發明。

夏岡

夏岡很不快樂。失去了齊靜之後他很不快樂。雖然，他一直也不曾得到過。為了讓夏岡快樂起來，找個地方發洩憤怒和沮喪，我們決定去打一隻狗。牠是一隻大狗，所以牠還可以，牠不錯。但我們的夏岡還是很不快樂。南島給他朗讀一首新寫的詩作，他說這首詩最初發表的地方是寬葉蓉的肚皮上，為了將她的身體寫滿，所以詩寫得很長。本來按照秋波、麥雷和我的意思是不用朗讀了，我們看原版的就行了，但寬葉蓉堅決不幹。夏岡還是不快樂。秋波給我們唱歌。他主要的意思是安慰失戀的夏岡，所以我們只是旁聽，旁聽是可以不聽的，於是我和南島、麥雷、寬葉蓉先後堵住了自己的耳朵。可是夏岡還是不快樂。

我們沒辦法讓夏岡快樂起來。本來公務員麥雷還準備做一次關於解決失戀問題的報告的，他先後寫了七次才最終定稿，但我們說還是算了吧，免了吧。安慰只能增加他的痛苦，我們是這麼說的，我們其中的潛台詞是，麥雷的報告不僅會增加夏岡的痛苦，也會增加我們的痛苦，秋波的演唱已經讓我們受不了了。

夏岡很不快樂。他用力地咬著自己左手的食指，彷彿那是一塊難對付的排骨，他咬出血來了，咬出骨頭來了。

我說這些，我說夏岡的不快樂和夏岡後面的發明有關。

•

在夏岡的介紹中我用的定語是瘋狂，這是一個事實，南島和麥雷都說過發明家本來就是瘋子，只是他們多數沒有夏岡那麼瘋狂。夏岡的瘋狂還表現在他的鍥而不捨上。

他開始嘗試一項發明，如果這項發明得以成功的話，他就可以輕易地占領齊靜的內臟，讓她死心塌地愛他。他的這項發明引起了寬葉蓉的極大興趣。因為，在南島的身邊還有什麼大葉荷、窄葉蓉、沈麗川等等一大群一塌糊塗的女孩子。「我也要全面的占領。」

夏岡著手制定一項計畫，這是一個龐大的計畫，像一張地圖那麼大。他和寬葉蓉一起來制定這樣的一項計畫，他們倆顯得那麼著迷。按照寬葉蓉的建議，夏岡在他的圖紙上插上紅色、藍色、白色和綠色的大頭針，以示線路的區別。南島負責給他們購買大頭針，他似乎很樂意做這樣的活，「讓我的朋友快樂起來是一件值得高興的事啊。」麥雷私下裡跟我們說，南島說的並不是真話，他要的是寬葉蓉的沉迷，那樣，他可以輕鬆地約會其他的女孩子。我們認同麥雷的看法，我們把麥雷的看法轉達給了寬葉蓉。那有什麼關係？寬葉蓉說，這沒關係，反正我們的發明就要完成了。以後他就只能愛我一個人了。寬葉蓉說，就讓他最後的瘋狂吧，反正，他也沒太多的機會了。……

然而夏岡的發明最後並沒有完成。也許這項發明過於複雜了，過於龐大了，我們看到他的圖紙上，最後被密密麻麻的大頭針所占滿，我們面對的是一塊顏色的鋼板。在用力地插上最後一個大頭針之後，夏岡推開了他面前的顏色鋼板，我要發明一個新機器。

那這個發明就不做了？寬葉蓉有些不解。

我要發明一個製造快樂的機器。夏岡宣布，我要發明一個製造快樂的機器，它會讓你永遠停留在快樂當中。我在不快樂中生活得太久了，我討厭不快樂的生活。

那……寬葉蓉的大腦還處在短路的狀態，她覺得夏岡最後插在圖紙上的大頭針是紅色的，可是在那個位置是一大片藍色的大頭針。這個問題寬葉蓉和我們說過多次，她一直百思不得其解，可對我們來說，藍色的和紅色的大頭針並沒有什麼區別。

他願意做，就讓他做吧。麥雷說。他的意見也是我們大家的意見，反正怎樣我們也不太可能阻止他。都什麼年代了，南島說，這個傻逼，南島說。

這是夏岡最重要的一項發明，他的這項發明最終還在我們那座城市構成了事件，《倫敦國際發明年報》還在一個醒目的位置刊出了夏岡的一張照片，照片上的夏岡有一頭混亂的頭髮，甚至他的懷裡還抱著一把相當鋒利的劍。照片上的夏岡當然還是夏岡，只是我們都不知道他們是從何處得來的這樣一張照片。我和我的那些朋友，都不知道他什麼時候擁有了這麼一把虛張聲勢的劍。也許是他的某個新的發明？

很長時間我們都沒看見他了。現在我們仍然會有聚會，討論些上帝是不是存在，他現在的確切年齡的問題，神和人在性快感上具體區別的問題、憂傷的問題、大便的問題、活著還是死去的問題。我們很長時間沒有看見夏岡了。有時我猜測，最近這些新加入到我們聚會中的人會不會有一個兩個是夏岡的發明，為了進行驗證我不只一次拉過他們的耳朵。看看，沒有夏岡我們還是感覺缺少些什麼的。你得允許，一個人在失去了一個朋友之後發些胡亂的感慨，它至少標明我還是一個有感情的人。

如果你感興趣的話，我是不是可以描述一下夏岡的那個重要發明？我這樣說好了，它是一個巨大的機器，為了防止再有什麼失誤或者人為的破壞（夏岡說他的幾次發明的失敗讓他認為存在這樣的可能），所有的複雜的機械都被包在大鐵櫃的裡面，露在外面只有一個粉色的按鈕。粉色是寬葉蓉的建議，原來夏岡選用的是藍色。為什麼不是紅色？為什麼不是白色？寬葉蓉叫我們住嘴，我喜歡，我就是喜歡粉色。這是個問題嗎？

你先想好自己感覺最快樂的事，一件事。餘下的就是按下按鈕。其他的由機器去做好了，它會全辦好的。第二天早晨，你就會發現自己永遠地停在了快樂之上，你所有的時間都可以用來做你最快樂的事。

相信我。我檢查了三百遍了，不會有問題的，我向你們保證。

可叫我們怎麼相信他呢？前面他又不是沒有出過錯，我們可不想被他的發明把嘴和鼻子全部縫上，我們也不想變成十四五歲的孩子，我們更不想遭到電擊或者變成癩蝦蟆。是啊，沒人聽他的。

遵照長話短說的要求，我省略夏岡反覆勸說我們的過程，省略我們四處勸說找人來參與他的實驗的過程，最終，我們找來了一個四肢癱瘓、患有糖尿病、肺炎和腎功能不全、以及痔瘡等種種奇怪和不奇怪病的老頭。好在他的大腦還算清醒。我們跟他說了，我們要他聽明白了就點一下頭，同意了就再點一下頭——那個老頭用力地點了下頭。在他點頭的那刻用力也許猛了一些，他左眼的視網膜竟然掉了，他的僅剩的兩顆牙也掉了。

我們抓住他的手，按在了按鈕上。

第二天早晨，發生了奇蹟的第二天早晨，麥雷騎著自行車把我們一一喚醒，快，快去看那老頭！就在街上！（要知道麥雷儘管時常參與我們的聚會，可他總是有意和我們區別，他其實希望我們將他當作一個未來的官員，所以他很少具體參與我們的具體的事，即使參與也只是用嘴來指揮，很難想像他會騎車來叫醒我們！他來叫我們，肯定有什麼大事發生。）

我們真的在街上看到了那個老頭。他正在街上遛鳥。他能走了，他的病全沒了，他的牙全部回到了嘴裡，視網膜回到眼上。他衝著我們擺手，我太快樂了，我的病竟然全好了，我還能像以前那樣遛鳥了！別說讓我停在快樂上，就是只有一天我也就滿足了！感謝你們的發明！

還說什麼？還用說什麼？

麥雷一邊擦汗一邊用力地按下了按鈕。是不是非要等到明天早晨才行，能不能今天早晨，現在不就是早晨麼？他說，我真想早點快樂起來，現在，我太不快樂了。

秋波第二個按下了按鈕，儘管在路上，他還跑丟了一隻鞋子，但他還是落在了麥雷的後面。

接下來是南島、寬葉蓉。這麼說吧，他們一一地按下了按鈕，還有眾多聞訊趕來的人……那真是一次瘋狂的聚會！地下室的門外人山人海，一直到深夜前來按按鈕的人才散去。

在這場按按鈕的風暴之中，只有我和發明家夏岡沒有去按。我不按，是因為我覺得我沒有的東西太多了，能想到的快樂太多了，有很多的錢，有漂亮的女人，贏得別人的敬重，留下顯赫的名聲……別看我活了三十六年了，可這些我還一樣不曾有過，因此我實在難以區分它們誰是熊掌而誰是魚，可是，我選擇的快樂只能是一件。我決定先看看再說。

夏岡不去按，主要原因是他想找到齊靜，兩個人一起去按。另外一個原因是，他想看看他的發明最終的效果如何，所以我們倆兒都不太著急。

至少，過兩天再說吧。

我們在一個會場裡看見了麥雷。那時他坐在主席台的中央，正在念著一篇什麼樣的報告。他舊日的那些領導坐在會場裡，只是，和他換了一下位置，他們坐在了台下。那些人好像仔細地記著報告裡面的內容，我和夏岡走到他們的背後：其中一個人在寫一個什麼菜譜，有兩個人在畫著圓圈，還有一個在白紙上畫了許多肥肥的烏龜。最慘的是麥雷的科長，他一會兒跑過去給麥雷倒水，一會兒安排晚到場的人員的座次，一會兒去調空調的溫度……麥雷也看見了我們。他面無表情地點了點頭，在他點頭的時候，沒有對他念稿的速度和語氣有任何的影響。

然後我們敲開寬葉蓉家的門，開門的是南島。這絲毫不讓我們感到驚訝。南島飛快地給我們打開門，然後飛快地向床上跑去，他用一塊枕巾遮住他的下半身。在被窩裡，寬葉蓉伸出她的腦袋，她衝夏岡笑了一下，謝謝你讓我如願以償，走的時候請把門關上。

在路上，夏岡問我，我看見了，你看見了嗎？我知道他的意思，他是問我在南島撩開被子的時候看沒看見寬葉蓉的身體。我說看見了。奇怪，我沒看見那些痣。我說我也沒看見。

然後我們去找秋波。我們知道他在哪兒。然而我們的猜測是錯的，我們找過了三十幾家酒吧都沒有見到他。後來，在大劇院的門口，我和夏岡去買冰點的時候聽到了秋波的歌唱。聲音是從大劇院裡發出來的。我們去看看他麼？我問。別去了，我們知道他在哪裡就行了。夏岡把冰點飛快地吃進嘴裡，拉著我的手飛快地逃離。我們不能再聽了，再聽一會兒我們會把吃下去的冰點吐出來的，如果走到大劇院裡面去聽，我們會全把昨天吃下去的東西和腸子一起吐出來的。「他唱得真的很像。」你當然知道夏岡的意思。

沒有什麼問題，沒有任何的問題，夏岡的這項發明是成功的，幾乎所有的人都因為夏岡的發明找到了永恆的快樂，幾乎所有的人都顯得那麼快樂無比。現在，我們只需要找到齊靜就行了，而且夏岡最後答應我，假如明天早上齊靜還拒絕出現的話，他就不管她了，他要一個人去按。明天早晨，這是我們約定的最後期限，我也想好了，從我住的地方到那間地下室有一段路程，我可以邊走邊問，大多數人選擇的是什麼我就選什麼，相信多數人的選擇不會有錯。

早晨，我第一會遇見的是那個遛鳥的老頭，此刻，他的臉上早已失去了笑容。「我都走了三天了，」老頭說，「我快要累死了，可我停不下來。」老頭說我的鞋底都已經磨沒了，現在磨的是我的腳掌和腳趾，它們要是也磨沒了還能磨什麼？最後那個老頭拉住我的胳膊，能不能讓我先停一下，讓我去趟廁所，換雙鞋，給我的鳥餵餵食，然後再回來呢？我能不能不再回來？這樣的，這樣的快樂我受夠了。

這是我沒有想到的。這是個問題。對於快樂，他們有需要停下來的時候，他們不能總在快樂上。於是我沒有去地下室而是朝寬葉蓉的家中跑去。在路上我遇到了夏岡，他也是從街上來的，他也知道了這件事。

我們一起敲門。寬葉蓉說你們進來。我們剛剛進去迎面就碰到了一個枕頭，隨後是另一個枕頭、痰盂。都是你做的好事，寬葉蓉指著夏岡的鼻子大聲哭了起來，都是你，都是你做的好事！這是什麼破快樂！我要的快樂是和南島待在一起，待在床上，可這個混蛋要的是和許多女人待在床上。現在好了，他走了，我想下床卻下不去。

寬葉蓉說我恨死他了，他就是回來我也會把他趕出去的。

寬葉蓉說我再也不相信什麼狗屁男人。我也恨死了床。

寬葉蓉說，我不要什麼狗屁快樂了，我要下床，你把我放下來！

……

我們去了會堂。會堂裡除了麥雷之外已空無一人，可他還在那裡一字一頓，面無表情地念著他的那篇報告。我們走到他的身後，首先，聞到的是一股尿味，他的褲子、鞋子都是濕的。求求你讓我停下來吧，在報告的一個間歇麥雷對我們說。我實在受不了了。在另一個間歇，麥雷幾乎是在懇求：「我的科長也去按按鈕了。他肯定想做比我更大的官。回頭他還不整死我呀。」

秋波的情況也好不到哪裡去，包括所有的人。對了，我知道，你想了解南島的情況，我們在路上曾多次遇到過他。他奔波在趕往下一個女人住處的路上，疲憊已經壓垮了他，而且，他不知道自己能夠遇到的是什麼。「我多想中止這場奔跑，我多想回到寬葉蓉的身邊，相對而言，還是待在床上快樂一些。要真把我當哥們，你們就想個辦法讓我停下來。」

但是我們沒有辦法。在夏岡找出解決的辦法來之前，一切都還得繼續，所有按過按鈕的人，無論願不願意，都還得繼續停在各自的快樂之上。

後記——奇思怪想，與《怪異故事集》

我是一個喜歡奇思怪想的人，我習慣不給自己的小說設置什麼現實限度。這部《怪異故事集》中，收錄的是最近幾年裡，我寫下的一些有些怪異的、有超現實感的小說。也正是因為這部小說集，我得以翻檢和審視我的寫作，我發現我寫下的超現實故事竟然那樣多，占有近一半兒的數量——即使在一些寫實性的作品中，我承認自己也不夠老實。

我承認自己不夠老實，不甘於僅僅「體現」這個世界，「認知」這個世界，還一直試圖「再造」一個世界，儘管這個再造的世界和現有的世界有時挨得很近，其中某些材料還是從現有的世界裡挪來的。反正，小說本質上就是弄虛作假，就是謊言，就是魔法師的事業，我何不做得更為徹底一些，更有遊戲精神一些，更有趣一些？同時，也更有個人偏好一些？

於是，我將一些古代人的夢塞入到綠石頭裡，砸開它，我們就會夢到古人的夢；我讓「天使」從A城的上空飛過從而引發事件，攪動起人們的好奇也攪動起闡釋的欲望；一個住進「我們」之間的異鄉人當然是擁有魔法的，他擁有諸多的變化可以在人們面前消失也可以驟然出現，除了魔法他還擁有不為人知的祕密，他的祕密連鬼魂們也難以解開；無意間，一個在郵政局工作的人被選定為「死亡信使」，有一類信函屬於陰間發出的，收到這類信函的每個人都將很快進入到死亡，而這樣的信函也可能要送到親人的手上……我寫下它們，寫得興致勃勃，寫得百感交集，也寫得寒意叢生。在一篇題為〈歷史小說〉的文字中，泰戈爾不無遺憾地指出：「人類社會的童年時代早已過去，那時自然和非自然，事實與想像，好像幾個親兄妹，在一個家庭裡玩耍吃喝，長大成人。今天，它們發生著巨大的家庭內訌，這是連做夢也沒想到的。」泰戈爾的這段話或多或少滋生了我的野心，我希望在我的寫作中，自然和非自然，事實和想像能夠重新恢復到兄妹關係，而這，本應是可以做到的。十九世紀、二十世紀以來的世界文學已經做出了諸多卓越的彌合工作，有時想想，我不過是一個遲到的後來者。好在，我還有我的可能，我希望我的可能是不同的。

在一個非我創造的世界裡生活，我體味著孤單、渺小、麻木和絲絲縷縷的恐懼，說實話我對這個非我創造的世界也匱乏熱情和敏感，我時常感覺自己與這個世界隔著一層玻璃，我是被隔在外面的那一個。好在，寫作能讓我擁有一個我所創造的世界，在這個世界中我實施我的魔法和憲法，創造新奇和陌生，讓男人和女人、老人和孩子、毒蛇和毛毛蟲一起穿梭其中，讓一個叫沙爾．貝洛的人誇誇其談，言稱自己能夠改變時間，並在被改變的時間裡建立過卓越的功勛，讓希臘神話裡的父與子重新復活，讓……需要承認在我所創造的人與物中有的人取自我的肋骨，有的人則取自我的血液或氣息，有的取自我的大腦。談及作者，居斯塔夫．福樓拜曾說過，作者在書中應該像上帝在他的世界裡一樣，既無處可尋又無所不在，既看不見又處處可見。在我的《怪異故事集》這類寫作中，我的「上帝感」會更強一些，我迷戀這分感覺，甚至也因此而倍加狂妄。

不過在寫作中我也不是一個「好上帝」。我是一個怯懦的、猶疑的、笨拙的創造者，甚至有些呆板，甚至有些簡單。我沒有能力構建什麼天堂，連這樣的想法都不曾有過，有時候我覺得自己不過是一個弱小的「盜賊」，從另一個上帝那裡盜取了屬於他的材料、歷史痕跡和故事，我能加入的不過是些虛幻的情緒和思考，而已。它們像一種水分，我把盜來的物砸碎，將它們和成泥漿，然後建造——我的確不是一個「好上帝」，偶爾我會為我的笨拙和無能感到懊惱，有時，我甚至想將我的這個世界「推倒重建」。之所以沒有盡數地推倒，是因為我不敢保證我的下一步創造能比之前的好多少。是的，作為寫作者，我一直都在創造的狂妄和對創造物的羞愧、懷疑之間來回擺盪，時而信心滿滿時而感到沮喪。《怪異故事集》中的小說們俱是擺盪的見證，當然我挑選了一些似乎不那麼讓我羞愧的。

「當人想模仿走路時，他便刨造了不像腿的車輪。」這是吉約姆．阿波利奈爾在為畢加索《蒂萊齊婭的乳房》所寫的序言裡，對所謂的超現實主義風格下的定義，我深以為然，我希望我的寫作也是如此，我希望我寫下的這些「怪異故事」，是我所刨造的車輪。至於「模仿走路」——它是我寫作的目的，我從另一個上帝那裡取來的和用自己的方式加入的，都是為著這個「模仿走路」。「確實，小說在撒謊（它只能如此）；但這僅僅是事情的一個側面。另一個側面是，小說在撒謊的同時又道出了某種引人注目的真情，而這真情又只能遮遮掩掩、裝出並非如此的樣子說出來。」巴爾加斯．略薩說。這種遮遮掩掩恰是小說存在的理由，是它的魅力之所在。

最初，我是個詩人，我的寫作是從詩歌開始的，當然現在也依然還在寫。在我的書房裡，還留有三十年前的詩歌筆記，在那本筆記中我抄錄著洛夫、余光中、瘂弦、蓉子、羅門、張默、張錯、楊牧、管管、古蒼梧、向陽等諸多台灣詩人的詩，需要承認我的詩歌寫作是從對他們的模仿開始的，後來才接受大陸朦朧詩和國外現代詩的影響。在我的教學中，我也曾以白先勇、朱天文、張大春等人的小說為例證講述寫作方法，他們也給予著我諸多的啟迪。我的部分詩歌和小說也曾在台灣的報紙刊物發表過，現在，這本《怪異故事集》於我是一個全新的旅程，這個旅程讓我幻想、期待同時忐忑。

附錄 李浩主要作品發表情況

作品名稱	刊物(或出版社)
1、小說	
〈古典愛情〉(短篇)	《山花》一九九八年第五期
〈那支長槍〉(短篇)	《人民文學》二〇〇〇年第一期
〈閃亮的瓦片〉(短篇)	《人民文學》二〇〇〇年第一期
〈拿出你的證明來〉(短篇)	《山花》二〇〇〇年第二期
〈生存中的死亡〉(短篇)	《北京文學》二〇〇〇年第九期
〈鴿子飛翔〉(短篇)	《解放軍文藝》二〇〇一年第一期
〈尋找一個消失的人〉(短篇)	《解放軍文藝》二〇〇二年第一期
〈貯藏機器的房子〉(短篇)	《人民文學》二〇〇二年第二期
〈蹲在雞舍裡的父親〉(短篇)	《十月》二〇〇二年第四期
〈三個國王和各自的疆土〉	《十月》二〇〇二年第四期
〈英雄的輓歌〉(中篇)	《鍾山》二〇〇三年第一期
〈碎玻璃〉(短篇)	《人民文學》二〇〇四年第二期
〈一個下午的火柴〉(短篇)	《上海文學》二〇〇四年第二期
〈他人的江湖〉(短篇)	《花城》二〇〇四年第三期

〈將軍的部隊〉（短篇）	《朔方》二〇〇四年第十期
〈舊時代〉（短篇）	《上海文學》二〇〇五年第十期
〈夏岡的發明〉（中篇）	《山花》二〇〇五年第十一期；《花城》二〇〇九年第二期
〈失敗之書〉（中篇）	《山花》二〇〇六年第一期
〈被噩夢追趕的人〉（中篇）	《大家》二〇〇六年第一期
〈一次計畫中的月球旅行〉（中篇）	《青年文學》二〇〇六年第九期
〈貯藏在體內的酒〉（短篇）	《上海文學》二〇〇六年第十二期
〈蜜蜂蜜蜂〉（短篇）	《鍾山》二〇〇七年第二期
〈樹葉上的陽光〉（短篇）	《大家》二〇〇七年第六期
〈等待莫根斯坦恩的遺產〉（中篇）	《人民文學》二〇〇八年第一期
〈説謊者〉（中篇）	《大家》二〇〇八年第一期
〈飛過上空的天使〉（短篇）	《花城》二〇〇八年第三期
〈灰燼下面的火焰〉（短篇）	《山花》二〇〇八年第四期
〈告密者札記〉（中篇）	《大家》二〇〇八年第四期
〈貯藏的藥瓶〉（中篇）	《作家》二〇〇八年第四期
〈我們的合唱〉（短篇）	《芙蓉》二〇〇八年第五期
〈記憶的拓片〉（短篇三題）	《十月》二〇〇八年第六期
〈哥哥的賽跑〉（中篇）	《小説界》二〇〇九年第三期
〈李浩新作〉（兩篇）	《大家》二〇〇九年第六期
〈郵差〉（中篇）	《青年文學》二〇〇九年第八期
〈A城捕蠅行動〉（短篇）	《山花》二〇〇九年第九期

〈為了，紀念〉（中篇）——《山花》二〇一〇年第二期

〈如歸旅店〉（長篇）——《十月》二〇一〇年第五期

〈一個國王和他的疆土〉（短篇）——《十月》二〇一一年第六期

〈爺爺的「債務」〉（短篇）——《人民文學》二〇一一年第九期

〈隊長的自行車〉（短篇）——《中國作家》二〇一二年第二期

〈烏有信使，和海邊書〉（短篇）——《花城》二〇一二年第三期

〈鏡子裡的父親〉（長篇第一部）——《十月》二〇一二年第五期

〈父親簡史〉（短篇）——《山花》二〇一二年第七期

〈童話書〉（短篇三篇）——《人民文學》二〇一二年第七期

〈鏡子裡的父親〉（長篇第二部）——《十月》二〇一三年第二期

〈會飛的父親〉（短篇）——《花城》二〇一六年第一期；《青年文學》二〇一六年第一期；

——《作品》二〇一六年第五期；《廣西文學》二〇一六年第六期

〈父親的七十二變〉（長篇）——《作家》二〇一六年第十一期

〈封在石頭裡的夢〉（中篇）——《十月》二〇一七年第一期

2、評論

〈歌者部落〉——《詩歌報》一九九四年第十期

〈經驗寫作的困局〉——《文學報》二〇〇八年一月十七日

〈徐則臣：心裡樹起經典的塔〉——《文學報》二〇〇八年二月二十一日

〈在日常瑣細中發現〉——《詩林》二〇〇九年第四期

〈有關幽默的ＡＢＣ〉——《中國圖書評論》二〇〇九年第五期

〈七根孔雀羽毛：向日常發問〉　《文藝報》二〇一一年三月十六日

〈天藏與小說的智慧〉　《文藝報》二〇一一年九月六日

〈一個人的戰爭〉　《文藝報》二〇一一年十一月二十一日

〈創造之書，智慧之書〉　《小說評論》二〇一一年第一期

〈河流與土地，現實與追問，想像與飛翔〉　《中國作家》二〇一一年第六期

〈站在寫作者的角度〉　《文藝報》二〇一二年二月十六日

〈寫給無限的少數〉　《文藝報》二〇一二年三月十六日

〈喬葉寫作的個人標識〉　《文藝報》二〇一二年九月十日

〈變形記，和文學問題〉　《名作欣賞》二〇一二年第十二期

〈聲與色——文學裡的音樂性和美術感〉　《作品》二〇一六年第四期

〈玄思，或博爾赫斯的可能〉　《山花》二〇一六年第六期

〈布魯諾·舒爾茨：忐忑的鼴鼠與魔法師〉　《世界文學》二〇一六年第六期

3、詩歌

〈秋天裡飛走的鳥〉　《創世紀》一九九三年秋季號

〈紫色陶罐〉　《創世紀》一九九四年夏季號

〈今夜曇花〉（組詩）　《詩歌報》一九九四年第四期

〈籲：睡與醒之間〉（外一首）　《詩刊》一九九四年第十一期

〈吟唱〉（組詩）　《詩神》一九九五年第七期

〈小小的清晨〉（外一首）　《詩刊》一九九五年第十期

〈大海風〉（組詩）　《詩神》一九九六年第十一期

〈詩歌：走在路上〉（組詩）　《詩神》一九九七年第八期
〈詩二首〉　《詩神》一九九七年第十二期
〈不是〉　《詩刊》一九九八年第二期
〈鄉間〉（組詩）　《詩歌報》一九九八年第四期
〈一點點的聲音〉　《詩刊》一九九八年第八期
〈新民謠：誰誰歌〉　《星星詩刊》一九九八年第八期
〈那個人〉（外一首）　《詩刊》一九九八年第九期
〈簡單的抒情〉（組詩）　《詩神》一九九八年第十二期
〈站在高崗上〉（組詩）　《解放軍文藝》一九九九年第八期
〈懸浮〉（外一首）　《詩刊》一九九九年第十一期
〈向高處攀升〉（組詩）　《解放軍文藝》二〇〇〇年第十二期
〈李浩詩選〉（組詩）　《詩選刊》二〇〇三年第十期
〈小於或等於一〉（組詩）　《花城》二〇〇五年第四期
〈想想一天思念的開始〉　《詩刊》二〇〇五年第五期
〈李浩的詩〉（組詩）　《詩選刊》二〇〇六年第十期
〈李浩詩三首〉　《鍾山》二〇一一年第四期

4、作品入選

〈英雄的輓歌〉（中篇小説）　《二〇〇三中國中篇小説經典》
〈無處訴説的生活〉（中篇小説）　原載《江南》二〇〇四年第四期，《小説選刊》二〇〇四年第十期
〈將軍的部隊〉（短篇小説）　《新華文摘》二〇〇四年第二十四期，《名作欣賞》二〇〇八年第八期，

	《新世紀獲獎小說精品大系》
〈碎玻璃〉（短篇小說）	《二○○四年最佳小說選（點評本）》，《回應經典》，
	《21世紀中國文學大系·二○○四年短篇小說》
〈一隻螞蟻和牠被改變的命運〉（散文）	《二○○四文學中國》
〈舊時代〉（短篇小說）	《二○○五中國短篇小說經典》
〈發現小偷〉（短篇小說）	《21世紀中國文學大系·二○○五年短篇小說》
〈閱讀〉（隨筆）	《新語言讀本·高中卷》，《二○○五中國隨筆年選》
〈失敗之書〉（中篇小說）	《二○○六中國小說排行榜》，《二○○六中國中篇小說經典》
〈今夜曇花〉（詩歌）	《二○○六年中國詩歌精選》
〈一隻叫芭比的狗〉（短篇小說）	《二○○七中國小說（北大選本）》
〈說謊者〉（中篇小說）	《北京文學·中篇小說月報》二○○八年第三期
〈告密者札記〉（中篇小說）	《北京文學·中篇小說月報》二○○八年第八～九期
〈等待莫根斯坦恩的遺產〉（中篇小說）	《世界的罅隙——中國先鋒小說選》，《二○○八文學中國》
〈飛過上空的天使〉（短篇小說）	《二○○八中國最佳短篇小說年選》
〈被噩夢追趕的人〉（中篇小說）	《北京文學·中篇小說月報》二○○九年第三期
〈郵差〉（中篇小說）	《北京文學·中篇小說月報》二○○九年第九期
〈爺爺的「債務」〉（短篇小說）	《二○一一中國短篇小說精選》
〈童話書〉（短篇小說）	《中華文學選刊》二○一二年第九期
〈鏡子裡的父親〉（長篇小說）	《走失的風景——七○後作家小說選》
〈父親樹〉（短篇小說）	《八行書——中日青年作家作品精粹》
〈在路上〉（短篇小說）	《守望先鋒——中國先鋒小說選》

〈鬼魂小記〉（短篇小說）　《21世紀主潮文庫．全球華語小說大系》

〈那支長槍〉（短篇小說）　《粉紅夜——《人民文學》新小說》《（李敬澤）一個人的排行榜》

5、出版

《誰生來是刺客》（小說集，21世紀文學之星叢書）　作家出版社，二〇〇三年一月

《側面的鏡子》（小說集）　花山文藝出版社，二〇一〇年一月

《藍試紙》（小說集）　台灣秀威出版社，二〇一〇年八月

《如歸旅店》（長篇小說）　金城出版社，二〇一〇年十月

《父親樹》（小說集，中日青年作家新作品）　新星出版社，二〇一三年三月

《告密者》（中篇小說集）　花城出版社，二〇一三年五月

《鏡子裡的父親》（長篇小說）　北京出版社，二〇一三年八月

《將軍的部隊》（小說集）　上海文藝出版社，二〇一三年八月

《閱讀頌　虛構頌》（評論集）　花山文藝出版社，二〇一三年九月

《果殼裡的國王》（詩集）　花山文藝出版社，二〇一五年八月

《變形魔術師》（小說集）　安徽文藝出版社，二〇一五年九月

《烏有信使與海邊書》（小說集）　敦煌文藝出版社，二〇一六年一月

《消失在鏡子後面的妻子》（小說集）　花城文藝出版社，二〇一六年一月

6、獲獎

〈那支長槍〉（短篇小說）　獲得河北省第九屆文藝振興獎。（二〇〇一年）

〈將軍的部隊〉（短篇小說）　獲得河北省「年度優秀文學作品獎」。（二〇〇四年）

〈舊時代〉(短篇小說)

〈牛朗的織女〉(中篇小說)

〈如歸旅店〉(長篇小說)

〈爺爺的「債務」〉(短篇小說)

〈那天晚上的電影〉(短篇小說)

〈鏡子裡的父親〉(長篇小說)

第四屆魯迅文學獎。(二〇〇七年)

河北省第十一屆文藝振興獎。(二〇〇八年)

獲得河北省「年度優秀文學作品獎」。(二〇〇五年)

獲得第七屆《滇池》文學獎。(二〇一〇年)

獲得河北省「二〇一〇年度優秀文學作品獎」。(二〇一〇年)

第九屆《十月》文學獎。(二〇一一年)

獲得第九屆《人民文學》獎。(二〇一一年)

河北省「年度優秀文學作品獎」。(二〇一一年)

第三屆蒲松齡全國短篇小說獎。(二〇一二年)

獲得第十一屆莊重文文學獎。(二〇〇九年)

第一屆「都市文學雙年獎」。(二〇一二年)

獲得第一屆孫犁文學獎。(二〇一五年)

人間書訊

當代大陸新銳作家系列——

01 在雲落　張楚著　二〇一四年十二月出版

二〇一四年魯迅文學獎得主張楚第一本台灣版小說集

河北作家張楚的《在雲落》以現代主義筆緻，書寫北方小縣城裡面貌模糊、生存堪慮的人們面對生活中種種困阨與苦難時的現實選擇與精神狀態。無論是〈曲別針〉裡既是殘暴凶手也是慈愛父親的宗國，或是〈七根孔雀羽毛〉裡吃軟飯的宗建明，甚者是〈細嗓門〉裡因不堪長期家暴殺了丈夫後，被捕前到了閨蜜所在的城市，想幫閨蜜挽救婚姻的女屠夫林紅；張楚既逼近他們的生命創傷又滿含悲憫，寫出他們絕望的黑暗與卑微的精神追求，介乎黑暗與明亮間蒼茫的生存景觀。

02 愛情到處流傳　付秀瑩著　二〇一四年十二月出版

被譽為具有沈從文之風的七〇後女作家

在《愛情到處流傳》中，北京作家付秀瑩以沉靜的目光靜看「芳村」，遙念「舊院」，不管是「芳村」系列中農村大家庭裡夫妻、母女、贅婿們之間的愛情與競爭，或者是〈小米開花〉裡，小米的性啟蒙與看待身體的方式，無一不精準的抓到鄉村人們特有的、微妙的人際關係、獨特的處世方式與世界觀。另一部分作品則是書寫都市人們精神與情感的隱密曖昧：〈出走〉裡男性小職員亟欲逃離瑣碎平庸日常生活的衝動；〈醉太平〉中學術圈裡浮沉男女的利益交換、欲望追逐；〈那雪〉則寫出了都市女性的情感缺憾。付秀瑩以傳統溫柔敦厚的溫暖剔透筆法，書寫了這人世間的岑寂荒涼。

03 一個人張燈結彩　田耳著　二〇一四年十二月出版

當魯蛇（loser）同在一起！

《一個人張燈結彩》具有鮮明的通俗色彩，來自湘西鳳凰的田耳筆下的人物都是現實世界中的失敗者、邊緣人、被損害者，他們在陰鬱、沒有出口的情境中，群聚在一起，以欲望反抗現實困厄的生存法則，以動物感官吹響魯蛇之歌。他們欲以魯蛇之姿，奮力開出一朵花。

04 愛情詩　金仁順著　二〇一四年十二月出版

與衛慧、棉棉、陳染齊名的七〇後女作家

二〇〇二年的〈水邊的阿狄麗雅〉造就了二〇〇三年張元、姜文和趙薇的電影《綠茶》。二〇〇九年的〈春香〉又開啟了朝鮮民間傳說的故事新編。不管是朝鮮族的金仁順、女作家的金仁順，或是編劇的金仁順，她總面對著愛情，描繪著孔雀開屏時的美好與幸福，以及華麗開屏背後的殘酷與幽微。

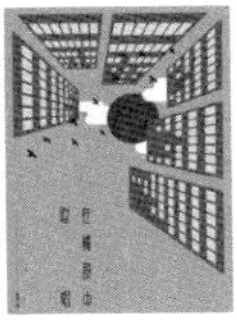

05 在樓群中歌唱　東紫著　二〇一四年十二月出版

山東作家東紫擅長日常生活化敘事，在《在樓群中歌唱》一書中，她敏銳細膩地觀察人情百態，寫出各階層人物在近乎無事日常生活中的情感空虛與心靈創傷。〈白貓〉藉由一隻白貓介入初老失婚男性與闊別十年的十八歲兒子重聚的生活，帶出父親對兒子期待又戒慎恐懼的情感、初老失婚男性枯寂冷漠的生活與對生命的回顧與甦醒。〈在樓群中歌唱〉中，透過喜歡唱著「我在馬路邊撿到一分錢，把它交到警察叔叔手裡邊」的清潔工李守志無意間撿到十萬元所引發的波瀾，寫出消失中的德性與安於本分的快樂。東紫的作品看似庸常，卻宛若「顯微鏡」般總能於瑣碎中見深刻。

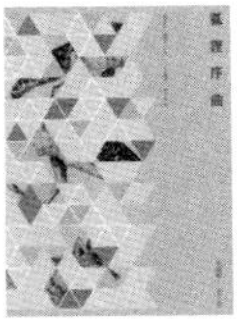

06 狐狸序曲　甫躍輝著　二〇一四年十二月出版

剛滿三十歲的甫躍輝來自中國南方邊陲保山，大學考上了上海復旦大學，從此開始了一個鄉村青年的都市震撼教育，也開啟了他的創作之路。身為作家王安憶的學生，也為現在大陸最受注目的八〇後青年作家之一，他的小說主人公多數和他自身一樣，是外地移居上海的異鄉人，他們孤寂，他們飄零，他們邊緣，他們是大城市中的一點浮塵微粒，他們存在，但並不擁有這個世界。然而，這群浮塵微粒也有過去，因此，他也喜寫老家保山，這個孕育他想像力的故鄉。在這些鄉村書寫中，可以察覺出他對幼年時代農村生活的懷念。然而，懷念亦表示這群浮塵微粒再也回不去了，他們註定在這個世界中繼續飄零。

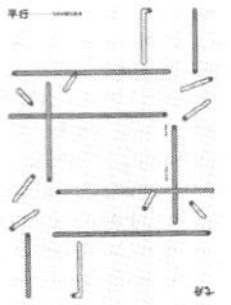

07 平行　弋舟著　二〇一五年十一月出版

蘭州作家弋舟寫作題材多元，他描寫愛情、親情、友情，他勇於直面社會的不公、時代的不義、人身肉體的老朽、愛情的逝去、親情的消融、友情的善變。弋舟用他充滿愛情的眼光，深情的注視著這些生活中的起承轉合、陰晴圓缺，然後執筆，將這一切化作一句句重情又深刻的文字。

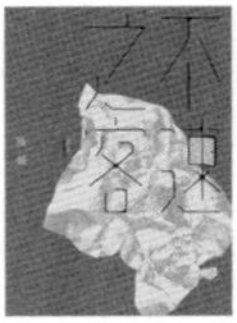

08 走甜　黃咏梅著　二〇一五年十二月出版

杭州七〇後女作家黃咏梅擅長從日常出發，透過一點一滴、細水長流般的生活細節，描繪出單身大齡女性的複雜心理和細緻的情感流動。她筆下的女人們，多數生活在狹小的南方騎樓。她們煲湯，她們喝粥；她們有情有義，有哀有怨；她們不死去活來，不驚天動地；她們放下浪漫，立地成佛；她們在平凡的日常中，過得有苦有甜，有滋有味。

09 北京一夜　王威廉著　二〇一五年十二月出版

定居廣州的八〇後作家王威廉喜從哲學思辨出發，透過他筆下的一個一個人物、一篇一篇故事，討論人的存在意義，並對虛無和絕望進行巨大的反抗。如此，王威廉的作品成為在思想與藝術張力之中，又隱含著深奧迷思的詭祕綜合。

10 春夕　馬小淘著　二〇一五年十二月出版

北京女作家馬小淘小說中的角色幾乎都是伶牙俐齒的新世代少女，她們多數從事廣播工作，透過作者幽默犀利的對話和明快聰慧的筆調，表現出這批新世代年輕人的機靈、俏皮與刁鑽，字裡行間充盈著八〇後的生猛活力。然而，她們並非不解世事。在一些世故卻又淡然的細節和收束中，我們又可以看出這些新世代少女直面低工資、無情愛、蟻族困境等日常生活壓力時的韌性和勁道。

11 不速之客　孫頻著　二〇一五年十二月出版

太原八〇後女作家孫頻迥異於一般女作家溫柔婉約的陰柔寫作特質，以極具力道和痛覺的陽剛式寫作方式，創作出一篇篇討論底層人們生存與死亡、尊嚴與卑微、幸福與苦難的作品。透過這些懷有強烈敘述美學和文字魅力的作品，孫頻展現出在人間煉獄中，人們用殘破的肉身於黑暗與光明中穿梭、抗爭的力度、堅韌與尊嚴。

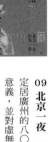

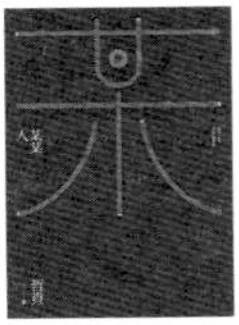

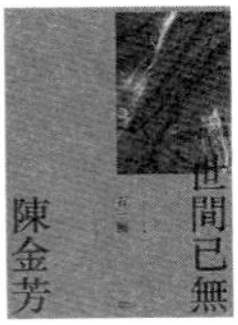

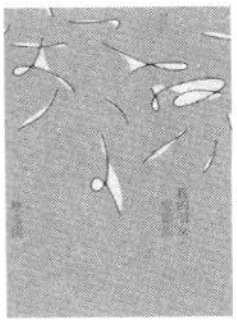

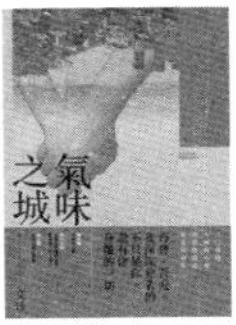

12　某某人　哲貴著　二〇一五年十二月出版

溫州作家哲貴運用他曾經擔任過經濟記者的經驗，創造出「住酒店的人」、「責任人」、「空心人」、「賣酒人」、「討債人」這五種類型的人物，並透過這些人物描繪出中國改革開放之後的巨大社會困境，以及由此帶來的人心的徬徨與荒涼。這群人在被他命名為「信河街」的經濟特區中，在各大高檔會所、高爾夫球場、高級餐廳中進行巨大的資金、商業交易和利益交換，然而經濟危機讓他們無法從中脫身，他們躁動不安、騷動無助，他們漸漸的迷失於商業數字中。最後，在大環境一步一步的侵逼之下，人心只能深陷於迷惘、浮動、空心和荒蕪中，無法自拔。

13　世間已無陳金芳　石一楓著　二〇一六年九月出版

七〇後的石一楓被認為是踵繼王朔的「新一代頑主」，寫作上呈現著戲謔幽默的京味語言，敘述風格亦莊亦諧。本書收錄他的兩篇中篇小說〈世間已無陳金芳〉和〈地球之眼〉。前者透過農村姑娘陳金芳的命運，揭露我們這個時代最深刻的祕密，也透過陳金芳的遭遇，唱出一首全球化下失敗青年的黑色輓歌。後者則在探討人的成功與失敗問題，特別引人注意的是，圍繞著主人公安小男的遭遇所呈現出來的資訊時代的道德意識問題。

14　我的朋友安德烈　雙雪濤著　二〇一六年十一月出版

評論家祁立峰說，以奇幻小說《翅鬼》得到ＢｅｎＱ華文世界電影小說首獎的雙雪濤，本次在《我》裡收錄的短篇小說，更具純文學質量。故事以聲線清晰、節奏明快，突梯而無以名狀的情節，荒謬卻神來之筆的衝突，以及看似蔓衍出來無意義的角色，隱約指向了短篇小說最具文學性的沉重、純粹與荒涼。《我》書中的短篇大多以是少年成長作為題材，如少年成長小說特有的疏離與異化、破繭而出的必要之痛、欲說還休萌萌噠之性啟蒙……透過作者非常態非典型的故事拼貼，草蛇灰線，埋伏千里。就在他的那些簡潔乾淨，流暢而不多加雕琢的透明處，挖掘到了生活或人生最不可解的無限與雜質。

15　氣味之城　文珍著　二〇一六年十一月出版

大陸八〇後女作家文珍擅長用縝密樸素的情節和細膩舒緩的文字，刻畫現代大城市中平凡普通人的大情與小愛、青春與滄桑、愛欲與庸常。不管是〈銀河〉中那一對被一通通房貸催繳電話纏身的私奔出軌男女，或是〈安翔路情事〉中麻辣燙女孩和灌餅鋪男孩的愛情心事，或是〈氣味之城〉中在妻子消逝之後、渾身滿溢孤寂感的丈夫，或是〈我們夜裡在美術館談戀愛〉中那一對具有時代鴻溝的跨世代戀人，抑或是〈第八日〉中青春乾涸、肌黃如紙、內心荒蕪的八〇後少女，透過文珍的筆力和見微知著，描繪出一幅幅如同現代都市浮世繪般的生活與情感日常。

16 聽洪素手彈琴　東君著　二〇一六年十二月出版

東君在中國當代作家系譜裡誼屬七〇後創作者，作品開始發表迄今約有十六年，本書乃是作者「從各個時期，擷取了幾篇代表性作品」所輯，大抵以東甌為小說場景，寫溫州一帶的歷史掌故或當代人物。他的小說形式、風度不拘一格，既有沈從文《邊城》色彩，又略有幾分錢鍾書《圍城》的影子。同時也展現了帶有野史、民間文獻的風格之作，也有鄉野傳奇的況味。作者還將對古典文學與宗教的熱愛，融入其筆下創作。書中既有中國式的古典意蘊，但亦非脫離現實的仿古之作。

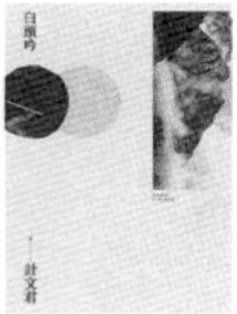

17 白頭吟　許文君著　二〇一七年一月出版

許文君的中篇小說大都選擇與作者對位關係明顯的女性角色作為聚焦人物和主人公。作為敘述視角和觀察世界的切入點，這一女性角色是敏銳的、易感的，她的「知曉方式」能輕而易舉地將讀者引領到世界的深層，即人的心靈世界。它是一個有關女性成長的精神分析學結構，女性的創傷、焦慮、掙扎與成長是在與男性「他者」和同性助體的交流與對話中被體現，女性主體性建構是這種內在性對話的結果。

18 白色流淌一片　蔣峰著　二〇一七年一月出版

本書記錄了一個人、一個家庭的三十年，這也是變革中國的三十年。在過去三十年間，世界日新月異、變化多端，且正在以誇張、扭曲的形式，加速旋轉著向下墜落。極富理想主義情懷的許佳明以自身的成長見證了當代中國近三十年諸多怪現象。從本質上說，本書還是青春敘事，只是作者蔣峰的青春更帶著些現實的諷喻。小說標題所指的「白色」是一個人精神世界的高度濃縮，同時隱隱投映出其命運的走向。

國家圖書館出版品預行編目(CIP)資料

怪異故事集 / 李浩作. --初版. --臺北市：人間, 2017. 10
352面；14.8 x 21 公分
ISBN 978-986-94046-9-3（平裝）

857.63 106009280

怪異故事集

作者 李浩
執行編輯 曾菂筑
校對 張宥勝、高怡蘋、曾菂筑
封面設計 蔡佳豪
內文版型設計 黃瑪琍
排版 仲雅筠

發行人 呂正惠
社長 陳麗娜
總編輯 林一明
出版 人間出版社
台北市長泰街五十九巷七號
電話 （02）23370566
傳真 （02）23377447
郵政劃撥 11746473．人間出版社
電郵 renjianpublic@gmail.com

定價 三五〇元
初版一刷 二〇一七年十月
ISBN 978-986-94046-9-3

印刷 崎威彩藝有限公司
總經銷 聯合發行股份有限公司
新北市新店區寶橋路二三五巷六弄六號二樓
電話 （02）29178022
傳真 （02）29156275